SCIENCE FICTION

Vom gleichen Autor erschienen außerdem
als Heyne-Taschenbücher

GOR – Die Gegenerde · Band 3355
Der Geächtete von Gor · Band 3379
Die Priesterkönige von Gor · Band 3391
Die Nomaden von Gor · Band 3401
Meuchelmörder von Gor · Band 3412
Die Piratenstadt von Gor · Band 3433
Sklavin auf Gor · Band 3455
Die Jäger von Gor · Band 3472

JOHN NORMAN

DIE MARODEURE VON GOR

Band 9 der Saga von Tarl Cabot auf Gor, der Gegenerde

Fantasy-Roman

Deutsche Erstveröffentlichung

WILHELM HEYNE VERLAG
MÜNCHEN

HEYNE-BUCH Nr. 3521
im Wilhelm Heyne Verlag, München

Titel der amerikanischen Originalausgabe
MARAUDERS OF GOR
Deutsche Übersetzung von Thomas Schlück

2. Auflage

Redaktion: F. Stanya

Printed in Germany 1977
Umschlagzeichnung: Atelier Frank & Zaugg, Bern
Umschlaggestaltung: Atelier Heinrichs, München
Gesamtherstellung: Mohndruck Reinhard Mohn OHG, Gütersloh

ISBN 3-453-30387-3

1

Ich saß allein in der großen Halle auf dem Kapitänsstuhl. Es war dunkel.

Die etwa fünf Fuß dicken Mauern aus gewaltigen Steinblöcken ragten ringsum auf. Jenseits des langen Tisches, an dem ich saß, waren die riesigen Fliesen des Bodens zu sehen. Der Tisch war leer. Keine Spur mehr von den festlichen gelben und roten Tüchern, die im fernen Tor gewoben worden waren; keine Spur mehr von den schweren Platten, deren Silber aus Tharna stammte, und von den hübsch geformten Kelchen aus herrlichem Turia-Gold. Es war lange her, daß ich den kräftigen Paga der Sa-Tarna-Felder nördlich des Vosk gekostet hatte. In diesen Tagen kamen mir sogar die Weine aus den herrlichen Lagen Ars bitter vor.

Ich hob den Blick und betrachtete die schmalen Öffnungen in der Mauer zu meiner Rechten. Draußen, am tarnschwarzen Himmel, sah ich einige Sterne. Die Halle war groß und leer und still. Ich war allein. Selten ließ ich in diesen Tagen meinen Stuhl ins Freie tragen; die meiste Zeit brachte ich an diesem Ort zu.

Schritte näherten sich. Es war Luma, die Erste Schreiberin meines Hauses. Sie war eine hagere, nicht besonders attraktive junge Frau, doch ihre Augen waren tiefblau, und sie war eine ausgezeichnete Verwalterin, eine ehemalige Pagasklavin.

»Kapitän«, sagte Luma und blieb seitlich von meinem Stuhl stehen.

Ich hatte das Mädchen in ehrlichem Kampf gewonnen, in einem Schwertkampf gegen Kapitän Surbus. Zu meiner Verblüffung waren nach den Gesetzen Port Kars durch meinen Sieg auch die Schiffe, Besitztümer und Titel Surbus' an mich gefallen. Seine Männer standen plötzlich alle in meinen Diensten, seine Halle wurde mein Heim, seine Reichtümer die meinen. So war ich Kapitän in Port Kar geworden, dem Juwel am schimmernden Thassa.

»Ich möchte dir die Bücher zur Inspektion vorlegen«, sagte Luma.

Luma trug ihren Sklavenkragen längst nicht mehr. Ich hatte sie befreit, denn sie hatte meinen Reichtum vermehrt. Sie freute sich über das Vertrauen, das ich in sie setzte, ganz zu schweigen von den Freiheiten, die ich ihr einräumte.

»Ich möchte die Bücher nicht sehen«, sagte ich.

»Die Geschäfte gehen ausgezeichnet«, meldete Luma. »Du wirst ständig reicher.«

»Geh«, sagte ich, »Schreiberin Luma, geh.«

Und wieder saß ich allein in der Dunkelheit. Ich wollte nicht gestört werden. Ich sah mich in der großen Halle um. Ich war reich, Luma hatte recht. Ich lächelte bitter. Zugleich gab es auf dieser Welt nur wenige Männer, die so hilflos und so verarmt waren wie ich. Es traf zu, daß das Vermögen des Hauses Bosk erheblich zugenommen hatte – im ganzen bekannten Gor gab es wohl keinen zweiten Händler, der so reich und mächtig war wie ich. Zweifellos wurde ich von vielen beneidet, die mich nicht kannten, mich, Bosk, den Einsiedler, der als Krüppel aus den Wäldern des Nordens zurückgekehrt war.

Ich war reich. Und doch war ich arm, denn ich vermochte meine linke Körperseite nicht mehr zu bewegen.

Die Wunden hatte ich mir zugezogen, als ich hoch im Norden, an der Küste des Thassa, den Beschluß faßte, mir meine Ehre zurückzuholen – in einem Kampf gegen Feinde, die unter dem Kommando Sarus' aus Tyros standen.

Ich hatte einmal Tarl Cabot geheißen. Mein früheres Ich hatte unter diesem Namen bei der großen Belagerung von Ar gekämpft. Aber Tarl Cabot gab es nicht mehr. Noch waren die Lieder über die große Belagerung Ars in aller Munde. Tarl war später in das Sardargebirge eingedrungen und gehörte zu den wenigen Menschen, die die Wahrheit über die Priesterkönige kannten – jene ungewöhnlichen Wesen, die die Welt Gor beherrschten. Er hatte im Nestkrieg eine wichtige Rolle gespielt und genoß die Freundschaft des Priesterkönigs Misk. Und er war in das Land der Wagenvölker gezogen, auf die Ebene von Turia, um das letzte Ei der Priesterkönige zu retten, das er wohlbehalten ins Sardargebirge zurückbrachte. Tarl Cabot war ein junger, mutiger Mann gewesen, jeder Zoll ein Krieger. Er hatte den Priesterkönigen gut gedient. Und dann hatte er sich in das Delta des Vosk gewagt. Er wollte sich mit Samos aus Port Kar in Verbindung setzen, einen Agenten der Priesterkönige, um diesen Wesen weiter zu dienen. Doch im Voskdelta hatte er seine Ehre verloren. Er hatte seinen eigenen Kodex verraten. Nur um sein elendes Leben zu retten, hatte er die Sklaverei über die Freiheit eines ehrenvollen Todes gestellt. Er hatte das Schwert und die

Ehre beschmutzt, die er Ko-ro-bas Heimstein verpfändet hatte. Durch diese Tat hatte er sich von seiner Vergangenheit losgeschnitten – und an seiner Stelle kniete ein Sklave mit dem unwürdigen Namen Bosk – mit dem Namen eines großen zottigen, büffelähnlichen Lebewesens der goreanischen Ebenen.

Dieser Bosk hatte später seine Geliebte, die schöne Telima, gezwungen, ihm die Freiheit zu gewähren und war nach Port Kar gezogen, Telima als Sklavin mitnehmend; und nach vielen Abenteuern war er hier zu Reichtum und Ruhm gekommen und führte zeitweise sogar den Titel eines Admirals von Port Kar. Er war es gewesen, der in einer großen Seeschlacht die Flotten aus Cos und Tyros besiegt hatte. Er hatte sich in Telima verliebt und ihr die Freiheit wiedergegeben, doch als sie erfuhr, daß er den Aufenthaltsort seiner ehemaligen Freien Gefährtin Talena wußte und sie retten wollte, war Telima aus seinem Haus geflohen und wutentbrannt in die Rencesümpfe des gewaltigen Voskdeltas zurückgekehrt, die ihre Heimat waren.

Ein echter Goreaner wäre ihr gefolgt und hätte sie in Sklavenketten zurückgebracht. Doch in seiner Schwäche hatte er nur getrauert und hatte sie ziehen lassen. Sicher verachtete sie ihn nun.

Bosk von Port Kar war in die nördlichen Wälder gezogen, um Talena zu befreien, seine ehemalige Freie Gefährtin. Dabei war er auf Marlenus von Ar gestoßen, den Ubar von Ar, Ubar aller Ubars. Obwohl er nur ein Kaufmann war, hatte er Marlenus aus Ar vor der Schande der Sklaverei bewahrt. Daß ein Mann von seinem niedrigen Stande dem hohen Herrscher geholfen hatte, kam fast einer Beleidigung gleich. Aber Marlenus war befreit worden. Zuvor hatte er sich von seiner Tochter Talena losgesagt, die um ihre Freiheit gefleht hatte, wie es nur eine Sklavin tut. Durch diese Tat war seine Ehre gerettet worden. Die Ehre Tarl Cabots ließ sich jedoch nicht zurückgewinnen.

Aber dann war ich allein in das Palisadenlager der Männer aus Tyros eingedrungen, darauf gefaßt, den Tod zu finden. Nicht daß ich ein Freund Marlenus' oder etwa sein Verbündeter gewesen wäre. Nein, ich hatte mir als Krieger – als ehemaliger Angehöriger dieser Kaste – die Aufgabe gestellt, ihn zu befreien.

Und dieses Ziel erreichte ich – ich gewann meine Ehre zurück.

Aber diese Tat hatte mir Wunden eingebracht und einen schmerzerfüllten Körper, dessen linke Seite ich nicht bewegen konnte. Mein Körper fesselte mich so stark an diesen Stuhl, wie es Ketten nicht vermocht hätten.

Der Stuhl mochte der kostbare Thron eines Kapitäns sein, doch trug er nur klägliche Überreste eines Mannes.

Ich saß in der Dunkelheit und machte mir so meine Gedanken über Ehre und Mut. Welche Bedeutung hatte diese Vorstellung im Leben der Menschen? Was unterschied uns von Urts und Sleen? Die Fähigkeit zu multiplizieren und zu subtrahieren, zu lügen oder Messer herzustellen? Nein, es ist in erster Linie das Ehrempfinden und der Wille, sich durchzusetzen.

Ich versuchte die linke Faust zu ballen. Aber die Hand bewegte sich nicht.

Im Ehrenkodex der Krieger heißt es: ›Sei stark und tue, was dir gefällt. Das Schwert der anderen zeigt dir deine Grenzen.‹

Ich war einer der besten Schwertkämpfer auf Gor gewesen. Doch jetzt war die linke Seite meines Körpers taub.

Allerdings herrschte ich immer noch über Stahlklingen, über die Waffen meiner Männer, die mir aus unverständlichen Gründen treu blieben, mir, einem Krüppel, der sich nicht aus seinem Kapitänsstuhl erheben konnte. Ich war den Männern dankbar, ein Gefühl, das ich ihnen nicht zeigen durfte, denn ich war Kapitän.

Sie durften nicht erniedrigt werden.

›Im Wirkungskreis seines Schwertes‹, so steht es im Kodex der Krieger, ›ist jeder Mann ein Ubar.‹

›Stahl ist die Münze des Kriegers‹, heißt es dort weiter. ›Damit erwirbt er, was ihm gefällt.‹

Als ich aus den Wäldern des Nordens zurückgekehrt war, hatte ich mir Talena, die frühere Tochter des Marlenus, vorführen lassen. Samos hatte sie von zwei Panthermädchen erworben, nachdem ich mein Leben für sie riskiert hatte.

Und so standen wir uns gegenüber.

Wieder sah ich die herrlichen grünen Augen, die vollkommen geschwungenen Lippen, die makellose olivenfarbene Haut.

»Es ist lange her«, sagte ich.

»Ja«, erwiderte sie.

»Viele Jahre sind vergangen«, sagte ich und lächelte. »Ich sah dich zum letztenmal an dem Abend, da wir unsere Gefährtenschaft begannen.«

»Als ich erwachte, warst du fort.«

»Ich habe dich nicht freiwillig verlassen.«

Samos forderte mich mit einem Seitenblick auf, nicht von den Priesterkönigen zu sprechen. Sie hatten mich damals zur Erde zurückgebracht.

»Ich glaube dir nicht«, sagte sie.

»Hüte deine Zunge, Mädchen!« sagte Samos, dem die Sklavin gehörte.

»Ich bin die Tochter von Marlenus aus Ar!« sagte sie stolz.

»Im Wald hast du um deine Freiheit gejammert und darum gebeten, daß dein Vater dich kauft.«

»Ja«, sagte sie.

»Weißt du, daß Marlenus auf sein Schwert und das Medaillon von Ar geschworen und dich als seine Tochter verstoßen hat?«

»Das glaube ich nicht!«

»Du bist nicht mehr seine Tochter. Du bist ohne Kaste, ohne Heimstein und ohne Familie.«

»Du lügst!« rief sie.

»Knie nieder!« grollte Samos und hob seine Peitsche.

»Laß die Strafe«, schaltete ich mich ein.

Samos sah mich mürrisch an.

»Was kostet sie?« fragte ich ihn.

»Ich habe zehn Goldstücke für sie bezahlt.«

Sie schien verblüfft zu sein, daß sie eine so geringe Summe erbracht hatte. Doch für die Jahreszeit und den Ort des Verkaufs war der Preis beachtlich.

»Ich gebe dir fünfzehn«, sagte ich.

»Einverstanden.«

Mit der rechten Hand griff ich in den Beutel an meinem Gürtel, zog die Münzen heraus und reichte sie Samos.

»Binde sie los.«

Samos gehorchte.

»Tausend Goldstücke wären nicht zuviel für mich!« sagte sie. »Als Tochter Marlenus' hätte ein Freier tausend Tarns und fünfhundert Tharlarion aufbieten müssen.«

»Du bist nicht mehr die Tochter des Marlenus aus Ar«, sagte ich.

»Und du bist nicht mehr Tarl Cabot – du Sklave!«

»Ich verstehe nicht, was du meinst«, sagte ich.

»Ich hatte mir die Freiheit herausgenommen«, gestand Samos, »ihr von den Ereignissen im Voskdelta zu erzählen – obwohl ich damals das Ausmaß deiner Verletzungen noch nicht kannte.«

Ich ballte wütend die rechte Faust.

»Es tut mir leid«, sagte Samos.

»Die Geschichte ist kein Geheimnis. Viele wissen davon.«

»Ein Wunder, daß dir überhaupt noch Männer gehorchen!« rief

Talena spöttisch. »Du hast deine Ehre verraten! Du bist ein Feigling und ein Tor! Du bist meiner nicht würdig!«

»Warum hast du ihr von den Ereignissen im Voskdelta erzählt?« wandte ich mich an Samos.

»Damit die Liebe, die es vielleicht zwischen euch gegeben hat, endgültig zerstört wird.«

»Du bist grausam.«

»Die Wahrheit ist grausam.«

»Ich möchte zu meinem Vater zurück!« sagte Talena.

Ich zog fünf Goldstücke aus der Tasche. »Mit diesem Gold soll sie von Tarnwächtern sicher nach Ar geleitet werden«, sagte ich zu Samos.

Talena befestigte einen Schleier vor ihrem Gesicht. »Ich lasse dir das Geld zurückschicken«, sagte sie hochmütig.

»Nein, nimm es als Geschenk, als Zeichen für meine frühere Zuneigung.«

»Sie ist ein bösartiger Sleen«, sagte Samos.

»Mein Vater würde diese Beleidigung mit den Tarnkavallerien Ars rächen.«

»Du bist verstoßen!« erinnerte sie Samos und verließ den Saal. Ich hielt die fünf Goldstücke in der Hand.

»Gib mir das Geld«, sagte Talena und entriß mir förmlich die Münzen. »Schau dich an, du Schwächling!« rief sie. »Du kannst ja keinen Finger mehr rühren! Leb wohl!« Und sie verließ den Raum.

Und jetzt saß ich allein in der Dunkelheit meines großen Saals. Talena war längst in Ar. Wie erstaunt und niedergeschlagen mußte sie gewesen sein, als sie erfuhr, daß ihr Vater sie wirklich verstoßen hatte! Sie hatte darum gefleht, als Sklavin gekauft zu werden, und um seine Ehre zu schützen, mußte sich Marlenus von ihr lossagen. Sie gehörte keiner Kaste mehr an; das einfachste Bauernmädchen hatte mehr Rechte als Talena. Marlenus hielt sie bestimmt in seinem Zentralzylinder von Ar gefangen, damit ihre Schande seinen Ruhm nicht befleckte. Ihr Wunsch hatte sich erfüllt: Sie war wieder in Ar – doch als Gefangene.

Ich hatte sie gehen lassen.

Und als Telima aus meinem Haus geflohen war, nachdem ich meinen Beschluß verkündet hatte, in den Wäldern des Nordens nach Talena zu suchen, hatte ich sie ebenfalls ziehen lassen. Ein echter Goreaner wäre ihr gefolgt und hätte sie gewaltsam zurückgeholt.

Ich dachte über dieses Verhalten nach; auch über meine Krankheit. Ich hatte die besten Wundärzte Gors zu mir rufen lassen. Aber sie wußten mir nicht viel zu sagen. Allerdings hatte ich erfahren, daß Schäden am Gehirn und an der Wirbelsäule nicht vorlagen. Die Mediziner waren ratlos. Die Wunden waren tief und schwer und würden mir von Zeit zu Zeit Schmerzen verursachen, doch meine Lähmung war ihnen angesichts der Art meiner Verletzungen rätselhaft.

Eines Tages kam ein weiterer Arzt an meine Tür – ein Arzt, den ich nicht gerufen hatte.

»Laßt ihn eintreten«, hatte ich gesagt.

»Er ist ein Flüchtling aus Turia, ein Verbannter«, hatte Thurnock gesagt.

»Laßt ihn vor.«

»Es ist Iskander.«

Der Name Iskander von Turia war mir bekannt. Obwohl der Mann die Mauern seiner Heimatstadt seit vielen Jahren nicht mehr gesehen hatte, führte er ihren Namen noch immer in seinem Titel. Man hatte ihn verbannt, nachdem er vor den Mauern Turias einen jungen Tuchukkrieger namens Kamchak verarztet hatte. Wie so viele andere war er nach Port Kar gekommen und hatte dort eine neue Karriere begonnen. Jahrelang war er Privatarzt Sullius Maximus' gewesen, einer der fünf Ubars von Port Kar in der Zeit vor der Machtübernahme durch den Kapitänsrat. Als Sullius Maximus aus der Stadt fliehen mußte, war Iskander zurückgeblieben.

Iskander aus Turia stellte genau dasselbe fest wie die anderen Ärzte. Als er aber seine Instrumente wieder in dem Beutel verstaut hatte, den er über der Schulter trug, fügte er hinzu: »Die Wunden sind dir durch Tyrosklingen zugefügt worden.«

»Ja.«

»Es befindet sich ein kaum feststellbares Giftmittel in den Wunden.«

»Bist du sicher?«

»Ich habe es noch nicht konkret festgestellt – aber es dürfte keine andere Erklärung geben.«

»Ein Giftmittel?« fragte ich.

»Vergifteter Stahl.«

Ich schwieg.

»Sullius Maximus«, fuhr er fort, »ist in Tyros.«

»Ich hätte nie für möglich gehalten, daß Sarus aus Tyros vergiftete Klingen benutzen würde.« Ein solches Verhalten verstieß nicht nur gegen den Ehrenkodex des Kriegers, sondern galt grundsätzlich als unwürdig für einen Mann. Gift war die Waffe der Frau.

Iskander zuckte die Achseln. »Sullius Maximus hat ein solches Mittel gefunden. Er probierte es mit Nadelstichen an den Gliedern eines gefangenen Gegners aus und lähmte ihn vom Hals abwärts. Er ließ ihn über eine Woche lang zu seiner Rechten sitzen, als prunkvoll gekleideten Gast. Als er des Vergnügens überdrüssig wurde, ließ er ihn enthaupten.«

»Gibt es ein Gegenmittel?«

»Nein.«

Ich lachte bitter auf, als ich an dieses Gespräch zurückdachte.

In diesem Augenblick gab es Unruhe am Eingang zur Halle. »Kapitän!« rief eine Stimme. Es war mein alter Freund Thurnock. Hinter ihm wurden eilige Schritte laut. Offenbar liefen Mitglieder des Haushalts zusammen.

»Ich muß sofort vorgelassen werden!« verlangte eine fremde Stimme. Ich fuhr hoch. Es war die Stimme Samos', des Ersten Sklavenhändlers von Port Kar.

Mit Fackeln in der Hand traten sie ein, Bedienstete steckten die flackernden Stangen in die Ringe an den Wänden. Angehörige meines Hauses traten vor. Samos erschien auf der anderen Seite des Tisches, begleitet von Thurnock. Auch Luma war anwesend.

»Was ist los?« fragte ich.

Daraufhin trat ein weiterer Mann vor. Es war Ho-Hak, ein Rencebauer aus den Sümpfen. Sein Gesicht war bleich. Wortlos hielt er mir ein goldenes Armband hin. Das Schmuckstück war blutverschmiert.

Ich kannte dieses Armband. Es hatte Telima gehört, die in die Sümpfe geflohen war, als ich mich auf die Suche nach Talena machte.

»Telima«, sagte Ho-Hak.

»Wann ist es geschehen?« fragte ich.

»Vor kaum vier Ahn«, erwiderte der Mann und wandte sich an einen anderen Rencer in seiner Begleitung. »Sprich!« befahl er.

»Ich habe nicht viel gesehen«, berichtete der Mann. »Ein Tarn und ein Ungeheuer. Ich hörte den Schrei einer Frau. Ich stakte mein Renceboot darauf zu und hielt meinen Bogen schußbereit. Dann ein neuer Schrei. Der Tarn flatterte tief über den Rencepflanzen dahin, das Ungeheuer auf dem Rücken, geduckt, zottig. Ich fand ihr Rencefloß, die Bootsstange schwamm in der Nähe. Es war viel Blut daran. Und dort fand ich auch das Armband.«

»Und die Leiche?«

»Es waren Tharlarion in der Nähe.«

Ich überlegte, ob das Ungeheuer möglicherweise aus Hunger angegriffen hatte. Im Haus des Cernus hatte es ein ähnliches Tier gegeben, das Menschenfleisch verzehrte. Vielleicht war es ganz gut, daß die Leiche nicht gefunden worden war. Sie wäre sicher in einem schrecklichen Zustand gewesen. Da war es schon besser, daß die Überreste den Tharlarion zum Opfer gefallen waren.

»Warum hast du das Biest nicht getötet oder den Tarn angegriffen?« fragte ich.

»Ich hatte keine Gelegenheit dazu«, erwiderte der Rencebauer.

»In welche Richtung ist der Tarn geflogen?«

»Nach Nordwesten.«

»Das kann nur einer der Kurii gewesen sein«, schaltete sich Samos ein.

»Kurii?« fragte ich.

»Das Wort ist eine goreanische Verballhornung ihres eigenen Namens für ihre Rasse«, erklärte Samos.

»In Torvaldsland bedeutet das Wort ›Ungeheuer‹«, sagte Tab, ein Kapitän meiner Flotte.

»Interessant«, sagte ich. Wenn dieses Wort in Torvaldsland bekannt war, mochten die Ungeheuer dort ebenfalls bekannt sein.

Der Tarn war nach Nordwesten geflogen. Vermutlich folgte er der Küstenlinie, vielleicht drang er bis zu den öden Ländereien des abweisenden Torvaldsland vor.

»Nimmst du an, daß das Ungeheuer angegriffen hat, weil es hungrig war?«

»Das Ungeheuer«, sagte der Rencebauer, »ist vorher schon zweimal auf verlassenen, halb verfaulten Renceinseln gesehen worden. Es schien auf etwas zu warten.«

»Hat es Nahrung zu sich genommen?«

»Soweit wir feststellen konnten, nicht.«

»Hatte es Gelegenheit dazu?«

»Vielleicht sogar noch mehr als in dem Augenblick, als es wirklich angriff.«

»Das Ungeheuer hat nur einmal angegriffen?«

»Ja«, sagte der Mann.

»Was meinst du, Samos?«

»Der Angriff scheint gezielt gewesen zu sein. Welches andere Mädchen in den Sümpfen trägt ein goldenes Armband?«

»Aber warum?« fragte ich. »Warum?«

Er sah mich an. »Die Probleme der Welt scheinen dich ja doch noch zu interessieren.«

»Er ist verletzt!« rief Luma. »Du redest seltsam. Er kann nichts unternehmen. Geht!«

Ich senkte den Kopf und spürte plötzlich, wie sich meine Faust auf dem Tisch ballte. Heiße Freude durchströmte mich. Ich hätte schreien können vor Überraschung und Erleichterung: Ich konnte meine Faust ballen. Das Gift war überwunden!

»Bringt mir einen Kelch!«

Man gehorchte. Der Kelch bestand aus schwerem Gold. Ich nahm ihn in die linke Hand und drückte ihn langsam zusammen. Dann schleuderte ich ihn von mir.

Die Angehörigen meines Hauses wichen überrascht und erschrocken zurück.

»Ich ziehe los«, sagte Samos. »Es gibt Arbeit im Norden. Ich werde die Rache vollstrecken.«

»Nein«, sagte ich. »Ich reise selbst.«

Erstaunt sahen sich die anderen an.

»Telima war einmal meine Frau«, sagte ich. »Es liegt an mir, die Rache zu vollziehen.«

»Du bist ein Krüppel! Du kannst dich nicht bewegen!« rief Luma.

»Über meiner Couch hängen zwei Schwerter«, sagte ich zu Thurnock. »Das eine ist schlicht und hat einen abgewetzten Griff; das andere ist prunkvoll und besitzt einen juwelenbesetzten Griff. Bring mir die zweite Waffe, die Klinge aus Port Kar.«

Thurnock hastete aus dem Zimmer.

»Paga!« brüllte ich. »Und bringt mir heißes Boskfleisch!«

Ich nahm den Kelch entgegen, der mit beißendem Paga gefüllt war. Seit meiner Rückkehr aus den Wäldern des Nordens hatte ich keinen Paga mehr getrunken.

»Ta-Sardar-Gor«, sagte ich und verspritzte einen Teil des Getränks als Gottesgabe auf den Tisch. Dann stand ich auf.

»Er steht!« rief Luma. *»Er steht!«*

Ich warf den Kopf in den Nacken und schüttete mir Paga in den Hals. Dampfendes Fleisch wurde gebracht, und ich biß heißhungrig hinein. »Sattle einen Tarn«, sagte ich zu Thurnock. »Ich fliege nach Norden.«

»Jawohl, Kapitän«, flüsterte er.

»Du darfst nicht gehen«, sagte Samos. »Vielleicht ist das ein Trick, der dich in die Falle locken soll.«

Ich lächelte ihn an. »Natürlich ist es ein Trick«, sagte ich. »Für jene, mit denen wir es hier zu tun haben, ist Telima gar nicht wichtig. Sie haben es auf mich abgesehen. Und sie sollen ihre Gelegenheit bekommen.«

Trotz weiterer Einwände machte ich kehrt und ging mit großen Schritten auf das Tor der Halle zu. Luma hatte die Hände vor den Mund geschlagen.

Ich sah sie an. Ich hatte lange keine Frau mehr gehabt.

2

Der Weihrauch stieg mir beißend in die Nase.

Es war sehr heiß in dem Tempel. Dichtgedrängt standen die Gläubigen. Man konnte kaum etwas erkennen, denn die Weihrauchwolken waren sehr dicht.

Der Erste Wissende von Kassau, einer Stadt am Nordrand des Waldgebiets, saß reglos auf seinem Thron hinter dem weißen Geländer, das den Bereich der Wissenden vom allgemeinen Tempel trennte. Er trug weiße Roben und ein hohes Barett.

Kassau ist der Sitz des Ersten Wissenden des Nordens, der die geistliche Oberherrschaft über Torvaldsland beansprucht, das nach allgemeiner Auffassung dort beginnt, wo der Baumbestand nach Norden hin dünner wird. Dieser Anspruch ist – wie viele Dinge, die die Wissenden anstreben – ziemlich umstritten und wird von den meisten ignoriert. Im großen und ganzen respektierten die Männer aus Torvaldsland zwar die Priesterkönige, doch sie begegneten ihnen nicht mit besonderer Ehrerbietung. Sie hielten sich an die alten Sitten und Götter.

Die Religion der Priesterkönige, die durch die Kaste der Priesterkönige institutionalisiert und ritualisiert worden war, hatte bei den primitiven Menschen im Norden kaum Fortschritte gemacht. Dagegen hatte sie sich in vielen Städten festsetzen können, so auch in Kassau. Wissende nutzten oft ihren Einfluß und ihr Gold aus, um ihren Glauben und ihre Rituale zu verbreiten. Manchmal zwang ein bekehrter Häuptling seinen Untertanen denselben Schritt auf. Es kam auch vor, daß der Religionswechsel eines Häuptlings zur freiwilligen Glaubensannehmung jener führte, die sich ihm loyal verbunden fühlten. Zuweilen wurde die Religion der Priesterkönige von den Wissenden durch weltliche Herrscher mit Feuer und

Schwert verbreitet. Oft wurden Menschen, die an den alten Überlieferungen festhalten wollten, zu Tode gefoltert. Bei einem Fall, von dem ich gehört hatte, war ein Mann in eine große in den Boden eingelassene und mit Holz ausgekleidete Wanne geworfen worden, die normalerweise zur Essenszubereitung für die Sklaven dient. Dort war er zu Tode geschmort worden. Das Wasser wird erhitzt, indem man Steine, die frisch aus dem Feuer kommen, im Wasser deponiert. Wenn der Stein sich im Wasser abgekühlt hat, wird er mit einem eisernen Rechen wieder herausgeholt und neu erhitzt. Ein anderes Opfer wurde auf einem Rost über dem Feuer bei lebendigem Leibe gebraten. Angeblich hatte er keinen einzigen Laut ausgestoßen. Ein anderer kam um, als sich eine Viper, die ihm in den Mund gestoßen worden war, einen Ausweg durch die Wange suchte.

Ich betrachtete das hochmütige Gesicht des Ersten Wissenden auf seinem Thron. Er war von untergebenen Wissenden in weißen Roben umgeben.

Wissende essen kein Fleisch und auch keine Bohnen. Sie werden in die Geheimnisse der Mathematik eingeweiht. Sie unterhalten sich auf Alt-Goreanisch, in einer Sprache also, die im Volk fast unbekannt ist. Auch die Gottesdienste werden in dieser Sprache abgehalten; allerdings sind bestimmte Teile in das moderne Goreanisch übersetzt worden.

Ich hatte nicht viel übrig für Gottesdienste dieser Art – doch die Feier, die heute abgehalten wurde, interessierte mich.

Ivar Forkbeard war tot.

Ich kannte diesen Mann aus Torvaldsland nur vom Hörensagen. Er war Weltenbummler, Kapitän, Pirat, Händler und Krieger gewesen. Er und seine Männer hatten Chenbar aus Tyros, den See-Sleen, aus einem Verlies in Port Kar befreit, indem sie sich zu ihm durchkämpften und seine Ketten mit den stumpfen, hammerähnlichen Rückseiten ihrer Äxte von den Wänden schlugen. Der Mann hatte als furchtlos und gewalttätig gegolten, als wendig mit Schwert und Axt, als Freund von Späßen, Alkohol und hübschen Mädchen – und er wurde für verrückt gehalten. Aber er hatte sich Chenbars Freiheit teuer bezahlen lassen: Chenbars Gewicht in Saphiren aus Shendi. Allzu verrückt konnte er nicht sein.

Aber jetzt war Forkbeard tot.

Es hieß, er habe aus Scham über die Verruchtheit seines Lebens gewünscht, nach dem Tod zum Tempel der Priesterkönige in Kassau geschafft zu werden, damit der Erste Wissende dort an seinem

Leichnam das heilige Zeichen der Priesterkönige vollziehen konnte. Ein solcher Übertritt zum Glauben, auch wenn er erst nach dem Tod erfolgte, war ein großer Sieg für die Wissenden. Ich spürte den Triumph des Ersten Wissenden auf seinem Thron, obwohl er sich kaum etwas anmerken ließ.

Die Wissenden auf der linken Seite begannen nun die Litaneien der Priesterkönige zu singen. In der Menge klang der Singsang der Antworten auf.

Kassau ist eine Stadt, die völlig aus Holz besteht. Der Tempel ist das größte Gebäude im Ort. Es erhebt sich hoch über die einfachen Hütten und die etwas stabileren Häuser der Kaufleute, die sich um ihn drängen. Die ganze Stadt ist von einer Mauer mit zwei Toren umgeben – ein großes Tor, dem Wasserlauf zugewandt, der zum Thassa führt, das andere zum Wald führend. Die Mauer besteht aus zugespitzten Stämmen und wird von einem Laufsteg aus verteidigt. Der Haupterwerb in Kassau ist der Handel, das Holzgeschäft und die Fischerei. Der schmale gestreifte Parsitfisch findet nördlich von der Stadt riesige Planktonbänke und wird dort besonders im Frühling und Herbst in großen Mengen gefangen. Der Geruch der Fischtrockenschuppen von Kassau zieht sich weit über das Meer. Der Handel dreht sich hauptsächlich um Pelze aus dem Norden, die gegen Waffen, Roheisen, Salz und Luxusgüter eingetauscht werden, etwa Schmuck und Seide aus dem Süden – Waren, die gewöhnlich mit zehnrudrigen Küstenbooten von Lydius heraufgebracht werden. Holz ist natürlich ein wertvolles Gut. Im allgemeinen wird es hier verarbeitet und nach Norden geschafft. Torvaldsland ist zwar nicht ohne Bäume, doch das Land ist ziemlich kahl. Das eisenharte Ka-la-na-Holz und das biegsame, zähe Temholz gedeihen hier nicht, so daß diese beiden Holzsorten im Norden hohe Preise erzielen. Eine mit Ka-la-na-Holz getäfelte Halle zum Beispiel ist ein Zeichen großen Reichtums.

In den Süden werden Felle und Fässer mit geräuchertem Parsitfisch exportiert, während die Kassauer die Waren, die sie den Nordländern zum Tausch anbieten, aus dem Süden beziehen. Kassau hat sicher nicht mehr als elfhundert Einwohner. Allerdings gibt es Orte in der Nähe, denen es als Marktplatz und Treffpunkt dient. Zählen wir diese Menschen mit, kommen etwa zweitausenddreihundert Personen zusammen.

Die größte Bedeutung Kassaus lag jedoch in der Tatsache, daß hier der Erste Wissende des Nordens residierte. Dadurch war der Ort das geistliche Zentrum eines Bezirks, der sich über Hunderte von Pasang in alle Richtungen erstreckte. Der nächste Erste Wissende befand sich im Süden, in Lydius.

Die Wissenden sind eine fast auf der ganzen Welt verbreitete, gut organisierte und fleißige Kaste. Sie unterhalten zahlreiche Klöster, heilige Orte und Tempel. Ein Wissender kann oft Hunderte von Pasang zurücklegen und sich jeden Abend in einem anderen Haus der Wissenden zu Bett legen. Sie halten sich selbst für die höchste Kaste, was oft zu Spannungen zwischen ihnen und den Zivilbehörden führt; denn beide glauben für Gesetz und Ordnung zuständig zu sein. Die Wissenden haben eigene Gesetze und Gerichtshöfe und Fachleute für das Recht. Ihre Bildung – konzentriert auf die Religion, die Priesterkönige und verwandte Gebiete – hat wenig praktischen Wert, und ihre strenge Schulung grenzt sie sehr von den Laien ab. Die Wissenden kommen sich wichtig und klug und besonders privilegiert vor. Wenn sie auch von den höheren Kasten oder den intelligenteren Mitgliedern der Bevölkerung oft nicht besonders wichtig genommen werden, reagiert doch ein großer Teil der unteren Kasten mit großem Ernst auf ihre Lehren und die vorgeschützte Fähigkeit, sich mit den Priesterkönigen zu verständigen. Und viele, die die Wissenden für Betrüger halten, vermeiden trotzdem den offenen Konflikt – besonders in Fällen von zivilen Führern, die es vermeiden möchten, daß die Wissenden die unteren Kasten gegen sie aufhetzen. Die Goreaner wissen, daß es Priesterkönige gibt, die den Flammentod schicken, wenn jemand unerlaubte Waffen baut oder eine gefährliche Erfindung macht. Und aus dem Geheimnis, das die Priesterkönige umgibt, erwächst die Macht der Wissenden. Eine gesellschaftlich und wirtschaftlich mächtige Kaste bietet sich dem normalen Goreaner dar und erhebt den Anspruch, zwischen den Priesterkönigen und dem einfachen Mann vermitteln zu können. Möglicherweise stimmen einige der Ansprüche der Wissenden, vielleicht haben sie wirklich Einfluß bei den Priesterkönigen . . ., so dachte der größte Teil der Bevölkerung.

Die Haltung der Priesterkönige gegenüber den Wissenden war im allgemeinen von Desinteresse bestimmt, soweit ich mich aus meiner Zeit im Sardargebirge daran erinnern konnte. Man hält die Wissenden für harmlos – und viele sehen darin einen Beweis für die Verirrung des Menschen.

Es hatte große Aufregung in Kassau gegeben, als Ivor Forkbeards Schiff in der Hafeneinfahrt erschien. Aber es war zur Mittagszeit aufgetaucht, und am Mast befand sich der runde weiße Holzschild. Forkbeards Männer hatten langsam gerudert und dabei ein Klagelied gesungen. Sogar der Tarnkopf am Schiffsbug war zurückgeklappt – ein sicheres Zeichen, daß das Boot mit friedlichen Absichten kam.

Das Schiff war wunderschön anzuschauen, schmal und mit schwungvollen Linien. Es war ein Schiff mit zwanzig Bänken auf jeder Seite mit jeweils zwei Ruderern. Die Ruder der Torvaldsländer waren im allgemeinen neunzehn Fuß lang und schmaler als die Ruder im Süden, und bei zwei Mann an jedem Holm und der Leichtigkeit des Schiffs war auf diese Weise eine hohe Geschwindigkeit zu erzielen. Forkbeards Schiff war ungefähr achtzig goreanische Fuß lang und hatte einen etwa zehn Fuß langen Bugspriet. Wie die meisten Schiffe des Nordens war in den Rumpf kein Ruderrahmen eingelassen, sondern die Männer saßen innerhalb der eigentlichen Schiffshülle mit dem Gesicht nach achtern. Wie ich feststellte, hatten die Ruderpforten auf der Innenseite drehbare Luken, die geschlossen werden konnten, wenn das Schiff unter Segel fuhr. Das Segel unterschied sich sehr von der Takelung südlicher Schiffe – es war annähernd quadratisch, unten etwas breiter ausschwingend. Wie bei den Schiffen des Südens konnte der Mast umgelegt werden. Das Segel war rotweiß gestreift. Die Schiffshülle war in Klinkerform gebaut, bestand also aus sich überlappenden Planken. Zwischen den Brettern diente geteerter Hanf als Dichtung. Über den Planken befand sich zusätzlich eine Hülle aus angemaltem Teer, zum Schutz vor der See und den Angriffen von Schiffswürmern. Der Teer war ziemlich unregelmäßig rot und schwarz angestrichen. Wenn dieses Schiff mit gesenktem Mast nachts unterwegs war, mochte es schwer auszumachen sein. Es war das Schiff eines Piraten. Zwar zieht ein Klinkerschiff im Gegensatz zu kraweelgebauten Booten mit glatt aneinanderstoßenden Hölzern mehr Wasser, ist aber viel besser geeignet für den unruhigen Ozean des Nordens. Der Bootskörper ist elastischer und kann sich der bewegten See besser anpassen. Das Schiff selbst ist praktisch offen und wird bei schlechtem Wetter durch Boskhäute abgedeckt, die wie eine Zeltplane an Pfählen aufgespannt werden. Nachts schlafen die Männer an Deck – in wasserdichten Säcken, aus den Häuten des See-Sleen genäht; in solchen Beuteln bringen sie auch ihre Ausrüstung unter, die gewöhnlich unter ihrer Ruderbank bereitliegt. Im Hafen werden die Schilde überlappend an die äußere Bordwand gehängt; ein weiterer Hinweis auf die friedlichen Absichten. Die Schilde waren rund und bestanden aus Holz, da und dort trugen sie Eisenbeschlag oder waren durch Leder verstärkt; einige wiesen sogar kleine Bronzeplatten auf.

Im Kampf hängen diese Schilde natürlich nicht an der Schiffswandung, wo sie teilweise die Ruderpforten verdecken; aber selbst wenn die Ruder nicht verwendet werden, behält man sie griffbereit im Innern des Schiffs. Auch wenn das Boot unter Segel fährt, hängen die Schilde nicht an der Bordwand, denn dort würden sie von Wellen getroffen und womöglich losgerissen. Doch jetzt hingen sie zur Beruhigung der Kassauer draußen; die Torvaldsländer waren friedfertig.

Ich hatte mich von der Szene abgewandt und war zum Tempel gegangen, denn ich wollte noch einen Stehplatz ergattern.

Die Prozession mußte inzwischen unterwegs sein. Innerhalb des Tempels erklangen die Litaneien. Einige Wissende begannen auf Alt-Goreanisch zu singen, wovon ich kaum ein Wort verstand.

Ich sah mich um. Die meisten Gottesdienstbesucher schienen arm zu sein – Fischer, Zimmerleute, Träger, Bauern. Man sah vorwiegend einfache Wollkleidung oder sogar Reptuchdecken. Viele hatten ihre Füße mit Fellen umwickelt. Ihr Blick war leer; sie machten einen eingeschüchterten Eindruck.

Mein Blick fiel auf ein schlankes blondes Mädchen in der Menge. Sie sah mich an und wandte den Kopf ab. Sie war vornehm gekleidet, in ein Cape aus herrlichem weißen Pelz, eine weiße Bluse und eine rote Weste mit Rock. Auch die schwarzen Lederschuhe waren von höchster Qualität. Ich hielt sie für die Tochter eines reichen Händlers. Es gab eine Menge gutaussehende Mädchen und zahlreiche besser gestellte Bürger, die sich für diesen Festtag herausstaffiert hatten. Im Tode pilgerte Ivar Forkbeard zum Tempel des Ersten Wissenden. Ivar Forkbeard, der Rücksichtslose, der Pirat, der Marodeur, kam ergeben zum Tempel der Priesterkönige. In Kassau herrschte große Freude.

Wieder schaute ich zum Ersten Wissenden hinüber, einem hochmütigen, mürrischen Mann, der auf seinem Thron hinter dem weißen Geländer saß. Innerhalb des heiligen Bezirks waren herrliche Schätze zur Schau gestellt, kostbare Gefäße aus Gold und Silber. Funkelnde Schalen, mit denen das Blut von Opfertieren aufgefangen wurde, Kelche, mit denen man den Priestergöttern Opfergetränke darbrachte, Gefäße mit Ölen und anderen Flüssigkeiten, in denen sich die Vollzieher der Riten die Hände reinigen konnten, auch kleine Schalen voller Münzen von den Armen, die die Wissenden und die Priesterkönige wohlwollend stimmen sollten.

Wie hart und grausam kam mir das Gesicht des Ersten Wissenden vor! Wie reich war diese Kaste, und wie wenig wirkte sie mit diesem Reichtum! Der Bauer pflügte seine Felder, der Fischer fuhr in seinem Boot hinaus, der Händler setzte sein Kapital ein. Aber die Wissenden taten nichts dergleichen. Sie lebten von der Ausnutzung des Aberglaubens und der Ängste einfacher Menschen, stahlen ihnen ihr sauer verdientes Geld, obwohl sie über unglaubliche Reichtümer verfügten.

Der Erste Wissende mußte dies wissen, er war klug genug, um zu erkennen, was er tat. Ich war sicher, daß er nicht mehr über die Priesterkönige wußte als andere. Und doch saß er dort auf seinem Thron.

In diesem Augenblick wurde vor dem Tempel die riesige Metallstange angeschlagen. Die Leute verdrehten die Köpfe, um die Prozession zu sehen, die nun gemessenen Schritts den Tempel betrat.

Zuerst kamen zwei Wissende mit Kerzen, hinter ihnen vier riesige Männer aus Torvaldsland in langen Mänteln, die an den Hälsen geschlossen waren. Sie hatten die Köpfe gesenkt, ihre langen Bärte hingen herab, und sie trugen eine Plattform aus gekreuzten Speeren. Auf dieser Plattform lag unter einem weißen Tuch ein riesiger Körper – Ivar Forkbeard.

Das also war das Ende des großen Ivar Forkbeard.

Hinter der Plattform kam die Reihe seiner Männer. Auch sie trugen lange Umhänge; sie waren unbewaffnet und ohne Helm. Sie sahen aus wie getretene Hunde. Sie kamen mir ganz und gar nicht so vor, wie ich mir die Männer aus Torvaldsland vorgestellt hatte.

Die vier Torvaldsländer trugen Ivar Forkbeard die Treppe zum Altar hinauf. Vorsichtig setzten sie ihre Last auf der obersten Stufe ab. Dann traten sie mit gesenkten Köpfen zurück, während die Priester unter der Leitung des Ersten Wissenden ein Gebet zu singen begannen.

Im vorderen Teil des Tempels, hinter dem Geländer und sogar an den beiden Türen des Gebäudes standen die Männer Forkbeards. Viele waren ungewöhnlich groß – gewöhnt an Kälte, Kampf und anstrengende Ruderarbeit. Sie waren sicher auf einsamen Höfen in der Nähe des Meeres aufgewachsen und hatten schon in früher Jugend hart arbeiten müssen. Solche Männer verstanden sich auf harte Spiele – sie konnten laufen, springen, schwimmen, den Speer werfen, das Schwert und die Axt führen und sich im Kampf beweisen, auch wenn sie verwundet waren. Und Ivar Forkbeards Männer mußten die Stärksten der Starken sein, denn nur die größten, schnellsten und besten konnten hoffen, eine Bank auf dem Schiff dieses Kapitäns zu gewinnen.

Doch nun war Ivar Forkbeard gekommen, um im Tode die Ölung der Priesterkönige zu empfangen. Damit verriet er seine alten Götter. Nie wieder würde er mit geschlossener Faust über seinem Bier das Zeichen des Hammers machen.

Ein Torvaldsländer fiel mir besonders auf. Er war riesig, etwa acht Fuß groß und breitschultrig wie ein Bosk. Sein Haar war verfilzt, seine Haut schien einen grauen Schimmer zu haben. Sein Mund war halb geöffnet, und er schien ins Leere zu starren.

Der Erste Wissende wandte sich jetzt der Gemeinde zu; zu seinen Füßen lag Ivar Forkbeard. Ich sah, wie sich das blonde Mädchen auf die Zehenspitzen stellte und über die Schulter der Frau blickte, die ihre Begleiterin war. Auf ihren Plattformen verdrehten die Angehörigen der besseren Familien des Ortes die Hälse.

»Lobpreisung den Priesterkönigen!« rief der Erste Wissende. Er ließ sich auf ein Knie nieder, den winzigen runden Goldbehälter mit der Salbe der Priesterkönige in der linken Hand. Mit der rechten Hand schob er das lange weiße Tuch zurück, das Ivar Forkbeard verdeckte.

Sicher erkannte der Erste Wissende von Kassau die schreckliche Wahrheit als erster. Er schien zu erstarren. Die Augen Forkbeards öffneten sich, und der Torvaldsländer grinste den Priester an.

Mit brüllendem Lachen warf der Mann aus dem Norden das Tuch von sich, und sprang, fast sieben Fuß groß, von der improvisierten Bahre. Seine rechte Hand umspannte eine große, einseitig geschliffene Axt mit gekrümmter Klinge.

»Lob sei Odin!« brüllte er.

Und im nächsten Augenblick schlug er mit einem einzigen kraftvollen Hieb dem Ersten Wissenden den Kopf vom Körper und sprang dann auf den Hohen Altar des Tempels.

Ich hörte, wie die Riegel der beiden Tempelausgänge vorgeschoben wurden. Die Gemeinde war eingeschlossen. Ich sah, wie die Torvaldsländer ihre Umhänge abwarfen. In ihren Händen kamen riesige Äxte zum Vorschein. Der unglaublich große Mann aus Torvaldsland, der eben noch ganz apathisch gewesen war, erwachte plötzlich zum Leben: mit wild rollenden Augen und vortretenden Adern schwenkte er brüllend seine Axt hin und her, als hätte er den Verstand verloren.

Ivar Forkbeard stand auf dem Altar. »Die Männer aus Torvaldsland greifen an!« brüllte er.

3

Ich wurde von entsetzt schreienden, flüchtenden Menschen fast von den Füßen gerissen. Verzweifelt versuchte ich mich im Dunst der Weihrauchwolken zu orientieren.

Die Tempelbesucher, arm oder reich, Fischer, Träger oder Kaufleute, flohen zu den großen Türen und wurden dort von den Äxten begrüßt. Sie hasteten in die Mitte des Tempels zurück und drängten sich dort zusammen.

Ich hörte wildes Gebrüll – das laute Kriegsgeschrei der Torvaldsländer. Goldbeschläge wurden von den viereckigen Säulen des Tempels gerissen. Kelche und andere Gefäße wurden eingesammelt.

Ivar Forkbeard stand inmitten toter Wissender auf dem Altar und dirigierte seine Männer mit erhobener Axt. »Beeilt euch!« brüllte er. »Sammelt alles ein, was euch in die Finger kommt!«

»Kniet nieder vor der Axt!« rief einer der Kassau-Bürger, ein Mann in einem schwarzen Satinanzug. Er trug eine Kette um den Hals. Gehorsam kamen die Kassauer dieser Anweisung nach.

Ich sah, wie die Torvaldsländer Wertgegenstände aus dem Altarbereich in ihren Fellmänteln einsammelten.

Dicht neben mir beugte ein Fischer die Knie vor einem der riesigen Angreifer. Der Torvaldsländer hob die Axt, um ihn zu töten. Ich fing die Waffe ab, als sie sich herabsenkte, und riß sie zur Seite. Der Krieger aus dem Norden sah mich verblüfft an – und riß plötzlich entsetzt die Augen auf. An seiner Kehle lag die Spitze meines Schwerts aus Port Kar.

Waffen sind im Tempel der Priesterkönige verboten, doch schon vor langer Zeit hatte mir Kamchak von den Tuchuks beigebracht, daß es ratsam ist, immer und überall bewaffnet zu sein – und ganz besonders an einem Ort, an dem das Waffentragen verboten ist.

»Knie nieder vor der Axt«, sagte ich zu dem Fischer.

Er gehorchte.

Ich ließ die Axt des Torvaldsländers los und nahm mein Schwert zurück. »Töte ihn nicht«, sagte ich.

Verblüfft trat er einen Schritt zurück und starrte mich an.

»Beute einsammeln!« brüllte Forkbeard. »Wartest du auf die Sa-Tarna-Ernte?«

Der Mann wandte sich ab und begann Goldbleche von den Wänden zu reißen.

Zwanzig Fuß von mir entfernt wütete der riesige Torvaldsländer. Wie wild hieb er auf die knienden Menschen ein, die sich verzweifelt vor ihm in Sicherheit bringen wollten.

»Rollo!« befahl Forkbeard. »Der Kampf ist vorbei! Hör auf!«

Der große Mann mit dem grauen Gesicht blieb plötzlich unnatürlich still stehen. Langsam wandte er sich dem Altar zu. Zwei andere Torvaldsländer eilten herbei und führten ihn vorsichtig zur Seite. Der große Kämpfer warf noch einen Blick über die Schulter zurück, und die Knienden wichen erschrocken zurück. Aber der Mann schien sie nicht zu erkennen; es war, als hätte er sie noch nie gesehen. Langsam ging er auf eine der Tempeltüren zu.

»Wer leben will, soll sich auf den Bauch legen!« rief Forkbeard.

Die Anwesenden warfen sich schaudernd auf den Boden. Ich blieb stehen.

Die Männer aus Torvaldsland starrten mich an. »Warum legst du dich nicht nieder vor der Axt, Fremder?« fragte Forkbeard.

»Ich bin noch nicht müde.«

Forkbeard lachte. »Das ist ein guter Grund!« sagte er. »Bist du aus Torvaldsland?«

»Nein.«

»Bist du ein Krieger?«

»Das war ich früher einmal, vielleicht.«

»Mal sehen«, sagte Forkbeard und wandte sich an einen seiner Männer. »Gib mir einen Speer.« Einer der Speere, die seine Leichenbahre gebildet hatten, wurde ihm gereicht.

Plötzlich hörte ich hinter mir den Kampfschrei Torvaldslands.

Ich wirbelte in Angriffsstellung herum, merkte mir die Entfernung des Mannes und fuhr erneut herum, um Ivar Forkbeards Speer abzuwehren. Dazu mußte ich die Waffe unmittelbar hinter der Spitze treffen; mein Unterarm fand sein Ziel, und der Schaft wirbelte zur Seite. In derselben Sekunde zuckte ich wieder herum und erwartete geduckt den Mann mit der Axt. Der Krieger blieb mit einem Ruck stehen und blickte zu Ivar Forkbeard hinüber.

Der Anführer der Torvaldsländer grinste. »Ja«, sagte er. »Kann schon sein, daß du mal ein Krieger warst.«

Ich schaute langsam in die Runde. Die Torvaldsländer hoben langsam die Äxte in der rechten Hand. Ihr Gruß galt mir.

»Er kann stehenbleiben«, sagte Ivar Forkbeard, und ich schob mein Schwert wieder in die Scheide.

»Beeilt euch!« trieb Forkbeard seine Männer an. »Beeilt euch! Die Stadtbevölkerung wird sich zusammenrotten!«

Hastig raubten die Männer aus Torvaldsland den Tempel aus; sie nahmen alles, was sich losreißen ließ und was sie tragen konnten. Ivar Forkbeard sprang vom Altar und begann mit ärgerlichen Bewegungen Gefäße voller heiliger Öle gegen die Wand hinter dem Altar zu werfen. Dann nahm er ein Gestell mit Kerzen, das er ebenfalls als Wurfgeschoß benutzte. Gleich darauf züngelte das Feuer an der Holzwand hinter dem Altar empor, die bald in hellen Flammen stand. Nun sprang Forkbeard zwischen den Liegenden hin und her und nahm den reicheren die Geldbeutel und Wertsachen ab. Dem Mann im Satinanzug raubte er die Silberkette – offenbar handelte es sich um den Administrator der Stadt.

Als er seine Runde beendet hatte, stellte er sich in die Mitte des Tempels und beschrieb mit der Axt einen großen Kreis auf den Boden – einen Leibeigenenkreis. »Ihr Frauen!« brüllte er und deutete mit der großen Axt auf die Wand gegenüber den Türen. »Stellt euch mit den Rücken an die Wand!«

Mein Blick fiel auf das blonde Mädchen mit dem roten Wams und Rock. Daneben stand eine große, gut gewachsene junge Frau in schwarzem Samt mit silbernen Streifen über den Brüsten.

Forkbeard ging hastig an den Mädchen vorbei, entriß ihnen die Geldbörsen und nahm Armbänder und Ringe an sich. Dem großen blonden Mädchen raubte er den Geldbeutel und auch die Silberstreifen, die den schwarzen Samt ihres Kleides verzierten. Sie wich vor ihm zurück. Sie hatte schwere Brüste, was den Torvaldsländern sehr gefällt. Die Beutestücke wurden in eine goldene Opferschale geworfen, die einer der Torvaldsländer hinter Forkbeard hertrug, dann ließ der furchteinflößende Barbar mehrere Frauen in die Mitte des Raums zurückkehren.

Schließlich standen noch neunzehn Mädchen an der Mauer. Ich bewunderte Forkbeards Geschmack. Ich hätte ebenso gewählt.

Zu den Erwählten gehörten natürlich das schlanke blonde Mädchen in dem roten Rock und die große junge Frau in dem Samtkleid. Die neunzehn jungen Geschöpfe starrten den Piratenführer entsetzt an. Ihre Gesichter wurden auf einer Seite von den flackernden Flammen rötlich beleuchtet.

»Geht zum Sklavenkreis!« befahl Ivar Forkbeard und deutete auf die Mitte des Tempels.

Die Frauen schrien entsetzt auf. Das Betreten dieses Kreises ist nach den Gesetzen Torvaldslands der Schritt in die Leibeigenschaft.

Natürlich braucht eine Frau den Kreis nicht freiwillig zu betreten. Sie kann auch gewaltsam hineingeworfen werden, nackt und gefesselt. Doch wie immer sie den Kreis betritt – nach den Gesetzen Torvaldslands verläßt sie ihn nur als Leibeigene.

Siebzehn Mädchen hasteten schluchzend in den Kreis und drängten sich darin zusammen. Zwei blieben stehen – das schlanke blonde Mädchen und die junge Frau in dem schwarzen Samtkleid.

»Ich bin Aelgifu«, sagte die junge Frau. »Ich bin die Tochter Gurts von Kassau. Er ist Administrator dieser Stadt. Er wird ein Lösegeld für mich bezahlen.«

»Richtig!« rief ein Mann, der Bürger im schwarzen Satingewand, dessen Amtskette Forkbeard an sich genommen hatte.

»Hundert Goldstücke!« sagte Forkbeard zu ihm, ohne das Mädchen aus den Augen zu lassen.

Sie erstarrte.

»Heute in fünf Nächten«, fuhr Ivar Forkbeard fort, »auf Einars Felsenriff beim Runenstein von Torvaldsmark.«

Ich hatte schon von diesem Stein gehört. Er gilt als Grenzmarkierung zwischen Torvaldsland und dem Süden. Viele Torvaldsländer jedoch meinen, daß die Grenze ihres Landes viel weiter im Süden liegt – ja daß sie immer dort zu Hause sind, wo ihre Schiffe Land berühren.

»Ja!« sagte der Mann. »Ich bringe das Geld an diesen Ort.«

»Geh zum Kreis«, sagte Ivar Forkbeard zu der Frau. »Aber bleib außerhalb.«

»Ja«, erwiderte sie und gehorchte.

»Die Tempelwand hält sich nicht mehr lange«, meldete einer der Torvaldsländer. »Das Dach könnte einstürzen.«

Forkbeard starrte das jüngere Mädchen an. »Mein Vater ist zwar nicht so reich wie Aelgifus Vater«, sagte sie. »Aber auch für mich wird ein Lösegeld gezahlt.«

Er blickte auf sie nieder und grinste. »Du bist zu hübsch für ein Lösegeld«, sagte er.

Sie sah ihn entsetzt an. Ivar Forkbeard packte sie lachend und zerrte sie mit gewaltigem Schwung in den großen Kreis.

»Gleich stürzt die Wand ein«, sagte einer seiner Kämpfer.

Die Hände der Sklavinnen wurden mit Handschellen auf dem Rücken gefesselt.

Das Feuer war inzwischen bis zum Dach vorgedrungen und fraß bereits an einer anderen Wand. Die Atemluft wurde knapp.

»Bindet die Sklavinnen zusammen!« befahl Forkbeard.

Mit einer langen Schnur wurden die Mädchen miteinander verbunden; die Fessel führte von Hals zu Hals. Nur Aelgifu blieb frei; sie bildete die Spitze der Gruppe. Mit hastigen Bewegungen bürdete man den Mädchen Lasten auf, die man ihnen um Hals und Schultern band – aus Mänteln improvisierte Säcke voller kostbarer Kelche und Goldgegenstände. Nach kurzer Zeit waren die Mädchen schwer beladen; einige drohten unter ihrer Last zusammenzubrechen.

»Im Norden werdet ihr andere Lasten tragen, meine Hübschen«, sagte Ivar. »Nicht Gold, sondern Holzstapel für die Feuerstellen und Wassereimer und Körbe mit Dung für die Felder!«

Die Mädchen starrten ihn entsetzt an. Einige begannen laut zu weinen.

»Wir sind abmarschbereit«, meldete ein Torvaldsländer.

Von draußen klang Stimmengewirr herein.

»Du bringst uns nie bis zum Schiff!« sagte das schlanke Mädchen, das nun eine Sklavin war.

»Ich brauche ein Schiff nach Torvaldsland«, sagte ich. »Ich will dort Ungeheuer jagen.«

»Kurii?« fragte er.

»Ja.«

»Du bist ja verrückt.«

»Vermutlich weniger verrückt als Ivar Forkbeard«, sagte ich.

»Meine Schlange ist kein Passagierschiff.«

»Ich spiele Kaissa.«

»Es wird eine lange Reise nach Norden.«

»Ich bin ein guter Spieler«, sagte ich. »Wenn du nicht ganz ausgezeichnet bist, werde ich dich besiegen.«

Draußen wurden nun Schreie laut. Ich hörte, wie einer der Dekkenbalken sich knisternd zu senken begann. Das Brüllen der Flammen schien alle anderen Geräusche zu übertönen. »Wenn wir nicht bald fliehen, sterben wir!« rief einer der Torvaldsländer. Von allen Anwesenden im Tempel zeigten wohl nur ich und Ivar Forkbeard und der riesige Torvaldsländer keine Anzeichen von Unruhe. Der Hüne schien die Flammen gar nicht wahrzunehmen. Er trug einen schweren Sack voller Gold auf dem Rücken.

»Auch ich bin ein guter Spieler«, sagte Ivar Forkbeard. »Beherrschst du das Spiel wirklich gut?«

»Ja. Ob ich allerdings so gut bin wie du, wissen wir erst, wenn ich gegen dich spiele.«

»Das stimmt.«

»Ich komme zum Schiff.«

»Tu das«, sagte er und wandte sich an einen seiner Männer. »Bleib in der Nähe mit den Münzen, die die Armen der Stadt im Tempel gespendet haben.« Diese Münzen befanden sich in einer großen Schale.

Funken flogen durch die Luft und brannten mir auf dem Gesicht.

»Öffnet das andere Tor!« rief Ivar Forkbeard. Zwei seiner Männer stießen die zweite Tür des Tempels auf. Hysterisch schluchzend sprangen die Kassauer, die entsetzt am Boden ausgeharrt hatten, ins Freie.

Ivar ließ sie ziehen.

»Sie kommen!« brüllte eine Stimme von draußen. Doch als wir ins Freie traten, war ein großer Teil der Menge damit beschäftigt, ihre Verwandten und Freunde zu umarmen, die aus dem anderen Tor geeilt waren. Mit schnellen Schritten bog Ivar Forkbeard mit seinen Männern und seiner Beute in die Straße zum Hafen ein. Viele von den Bauern und Fischern und anderen Armen, die im Tempel keinen Platz mehr gefunden hatten, drehten sich um. Ein Teil der Menschenmenge begann uns mit erhobenen Dreschflegeln und Sensen zu folgen. Einige trugen Ketten, andere hatten sich mit Hakken bewaffnet. Aber ihnen fehlte der Anführer.

Fäusteschüttelnd und brüllend liefen sie hinter uns her, doch keiner wagte es, näher zu kommen. Plötzlich flog ein Felsbrocken durch die Luft – doch niemand mochte das Risiko eingehen, sich gegen die Äxte der Torvaldsländer zu stellen.

»Rettet uns!« rief das blonde Mädchen. »Ihr seid doch Männer! Rettet uns!«

Diese Rufe schienen den Männern Mut zu machen, und sie drängten näher heran, doch die gewaltig ausschwingenden Äxte trieben sie wieder zurück.

»Versammelt euch!« rief Administrator Gurt, der in einen schwarzen Satinanzug gekleidet war. Der Menge hatte ein Anführer gefehlt – jetzt hatte sie ihn.

Daraufhin packte Ivar Forkbeard Aelgifu am Haar und drehte sie herum, damit die Verfolger sie sehen konnten.

»Halt!« rief Gurt seinen Leuten zu.

Die scharfe Klinge der großen Axt lag an Aelgifus Hals. Ihr Kopf war zurückgelegt. Forkbeard grinste Gurt an.

»Halt!« rief der Vater des Mädchens entsetzt. »Laßt sie ziehen!«

Ivar Forkbeard ließ das Mädchen los und stieß sie von sich. »Beeilt euch!« rief er seinen Männern zu.

In diesem Augenblick stürzte hinter uns das Tempeldach ein. Dunkler Rauch stieg auf.

Hundert Meter vor der Anlegestelle sahen wir eine Gruppe aufgebrachter Männer, die uns den Weg versperrten; es mochten zweihundert sein. In den Händen hielten sie Fischhaken, Harpunen und angespitzte Stangen. Andere hatten sich mit Stauerhaken, Hebeisen und Brechstangen bewaffnet.

»Siehst du!« rief das blonde Mädchen triumphierend. »Meine Sklaverei dauerte nicht lange!«

»Bürger von Kassau!« rief Ivar Forkbeard fröhlich. »Seid gegrüßt von Ivar Forkbeard!«

Die Männer starrten ihn an, zum Sprung geduckt, die Waffen kampfbereit erhoben.

Grinsend warf Forkbeard seine Axt über die linke Schulter und steckte sie in die breite Lederschlaufe, die die Waffe so festhielt, daß ihr Griff links hinter dem Kopf emporragte.

Dann griff er mit beiden Händen zu und nahm einem seiner Männer die Schale mit Opfermünzen ab.

Lächelnd schleuderte er das Geld mit vollen Händen links und rechts in die Menge.

Die Männer beobachteten ihn starr. Die Münzen waren zwar nicht von hohem Wert, doch stellte jede von ihnen im Hafen von Kassau immerhin einen Tagesverdienst dar.

»Kämpft!« schrie das blonde Mädchen sie an. »Kämpft!«

Einer der Männer bückte sich plötzlich und las eine Münze vom Boden auf, dann eine zweite und dritte. Gleich darauf machten es ihm einige andere Männer nach, und schließlich konnten die übrigen der Versuchung nicht widerstehen. In unentwirrbarem Durcheinander krochen sie auf dem Boden herum, balgten sich und rafften zusammen, was sie erwischen konnten. Ihre Waffen waren vergessen.

»Feiglinge! Sleen!« schluchzte das blonde Mädchen.

Wir drängten uns zwischen den beschäftigten Dockarbeitern hindurch und sahen vor uns den Hafen und das schmale schnelle Schlangenschiff Ivar Forkbeards. Zehn Männer waren an Bord geblieben. Acht bewachten das Schiff mit gespannten Bögen und aufgelegten Pfeilen. Niemand hatte sich dem Wasser genähert, denn der kurze, schußstarke Bogen der Torvaldsländer ist überall gefürchtet.

Die Torvaldsländer warfen ihre gefüllten Mäntel über die Bordwand.

Ivar Forkbeard blickte zurück.

In der Ferne ertönte ein Krachen. Eine Außenmauer des Tempels war eingestürzt, gleich darauf folgte eine zweite. Dunkler Rauch wallte über Kassau auf.

»Ich hole meine Sachen«, bemerkte ich, »und bin gleich zurück.«

»Bleib nicht zu lange«, ermahnte mich Ivar Forkbeard.

Ich lief in den Hinterhof einer Taverne, die in der Nähe des Hafens lag. Dort sattelte ich meinen Tarn ab, mit dem ich nach Norden geflogen war, und befreite ihn von den Zügeln. »Flieg!« befahl ich. Das große Wesen schlug mit den Flügeln und stieg in den raucherfüllten Himmel Kassaus auf. Es wandte sich nach Südwesten.

Hastig warf ich eine goldene Tarnscheibe zu Boden, die als Entgelt für meine Unterkunft in Kassau und die Versorgung des Vogels gedacht war.

Der Sattel sollte zurückbleiben; doch zuvor nahm ich aus den Satteltaschen einige Besitztümer, etwas Gold und den Schlafsack aus Fell und Boskleder, ergriff den Langbogen und die vierzig Pfeile, die in einer wasserdichten Hülle steckten.

Ich blickte dem Tarn nach, der bereits am düsteren Himmel über Kassau verschwunden war. Ich bedauerte nicht, daß ich mich von dem Tier getrennt hatte. Ich hatte nun eine bessere Möglichkeit, nach Torvaldsland zu gelangen.

Ich machte kehrt und lief zum Hafen zurück.

Acht Bögen waren auf mich gerichtet; acht Pfeile lagen auf den angespannten Saiten.

»Nicht schießen!« rief Ivar Forkbeard seinen Bogenschützen zu und grinste. »Er spielt Kaissa.«

Ich warf meine Sachen ins Schiff und sprang mit dem Bogen in der Hand an Bord.

»Ablegen!« befahl Ivar Forkbeard.

Die beiden Taue wurden losgeworfen, und die Bogenschützen setzten sich zu ihren Genossen auf die Ruderbänke. Das Schlangenschiff glitt vom Pier fort und wendete im Hafenbecken. Das rotweiß gestreifte Segel wurde von der Spiere herabgelassen und öffnete sich knallend.

Zwischen den Bänken und inmitten der Beutestücke saßen die gefesselten Sklavinnen, dicht daneben Aelgifu. Ivar Forkbeard stellte sich vor seine Leibeigenen hin und blickte auf das schlanke blonde Mädchen hinab. »Anscheinend ist deine Sklaverei doch nicht ganz so kurz, wie du angenommen hast, meine Hübsche«, sagte er.

Sie senkte den Blick.

Die Männer aus Torvaldsland an den Rudern begannen zu singen.

Ivar Forkbeard kam zu mir ans Heck. Wir sahen Männer am Kai. Einige versuchten ein Küstenschiff zur Abfahrt klarzumachen, mit dem sie die Schlange verfolgen wollten. Aber der Versuch war sinnlos.

Die Torvaldsländer sangen lautstark. Die Ruder, jedes von zwei Männern bewegt, hoben sich und fuhren gleichmäßig durchs Wasser. Der Steuermann lehnte sich an sein großes Steuerruder.

Hinter uns sahen wir den Rauch des brennenden Tempels. Offenbar hatte die Feuersbrunst auf andere Gebäude Kassaus übergegriffen; der Wind schien sein unheilvolles Werk zu tun.

Die Männer am Hafen hatten inzwischen ihr Vorhaben aufgegeben und liefen in die Stadt zurück. Wir hörten die Schläge der großen Metallstange, die vor dem Tempel hing. Die Stadt brannte. Die Kassauer eilten durch die schmutzigen Straßen, um sich dieser neuen Gefahr zu stellen.

Hinter uns erklang das Schluchzen der gefesselten Frauen, die nach Norden gebracht wurden, um rauhen Kriegern zu dienen. Die Männer sangen, die Ruder hoben und senkten sich – das Boot Ivar Forkbeards verließ den Hafen von Kassau und stach in See.

4

Ivar Forkbeard beugte sich über die Bordwand seiner Schlange und betrachtete die Farbe des Wassers. Dann senkte er den Arm und schöpfte etwas Flüssigkeit.

»Wir sind noch etwa eine Tagesreise von Einars Felsenriff und dem Runenstein von Torvaldsmark entfernt«, sagte er.

»Woher weißt du das?« fragte ich.

Wir waren seit zwei Tagen auf offener See.

»Hier gibt es Plankton«, sagte Ivar, »das von den Bänken südlich von Einars Felsenriff kommen muß, außerdem verrät mir die Temperatur, daß wir nun im Torvaldstrom sind, der nach Osten zur Küste und dann nach Norden fließt.«

Der Torvaldstrom ist eine pasangbreite Strömung, deren Temperatur höher ist als die des Wassers ringsum. Ohne diesen warmen Strom lägen große Teile Torvaldslands für immer unter Eis. Torvaldsland ist ein rauhes, felsiges Land voller Klippen, Fjorde und Berge. Ackerboden, soweit überhaupt vorhanden, ist nur dünn. Die Bauernhöfe sind im Durchschnitt sehr klein. Guter Boden ist selten und wird zu hohen Preisen gehandelt. Die Verbindung zwischen den Höfen wird zumeist mit kleinen Booten über das Meer aufrechterhalten. Ohne den Torvaldstrom wäre es unmöglich, Getreide in den Mengen anzubauen, die nötig sind, um die kleine Bevölkerung des Landes zu ernähren. Auch so sind Nahrungsmittel oft knapp, besonders im nördlichen Torvaldsland, und Hungersnöte sind nicht gerade selten. Wenn es zum Schlimmsten kommt, ernähren sich die Menschen von Baumrinde, Flechten und Tang. Angesichts dieser Verhältnisse ist es nicht ungewöhnlich, daß die jungen Männer Torvaldslands ihr Glück oft auf der See und in anderen Ländern suchen. Der Torvaldstrom gilt bei den Torvaldsländern als ein Geschenk Thors an Torvald, den legendären Gründer und Helden des Landes – zum Austausch gegen einen Goldring.

Die Torvaldsländer steuern ihre Schiffe manchmal nur nach der Art und Weise, wie sich die Wellen am Bug brechen, wobei sie ihre Berechnungen auf die vorherrschenden Winde abstellen. Manchmal ziehen sie zur Navigation auch die Schatten von der Bordwand heran, die über die Ruderbänke fallen, und berechnen den Winkel. Natürlich dient auch die Sonne als Angelpunkt, und bei Nacht weisen die Sterne die Richtung.

Es ist eine Sache der Tradition, sich nicht auf den Nadelkompaß zu verlassen, wie es im Süden geschieht. Der goreanische Kompaß deutet immer auf das Sardargebirge, die Heimat der Priesterkönige. Die Torvaldsländer verwenden diesen Kompaß nicht; sie brauchen ihn auch nicht. Der Sextant jedoch, abgestellt auf Sonne und Sterne, ist ihnen nicht unbekannt. Allerdings verwenden sie ihn nur in fremden Gewässern. Auch typische Nebelbänke und die Tummel- und Paarungsplätze der Wale werden in bekannten Gebieten zur Orientierung benutzt; die Torvaldsländer machen sich solche Dinge fast unbewußt zunutze.

Die Schiffe der Torvaldsländer sind sehr schnell. An einem vollen goreanischen Tag von zwanzig Ahn können sie bei gutem Wind zwischen zweihundert und zweihundertundfünfzig Pasang zurücklegen.

Ich betrachtete das Brett vor mir. Es war ein Spielbrett zur Verwendung auf dem Meer, bei den Torvaldsländern sehr verbreitet.

In der Mitte jedes Felds befand sich ein winziger Pflock; die Spielsteine wiesen entsprechende Löcher auf. So kann bei Wellengang nichts verrutschen. Das Brett ist in rote und gelbe Quadrate unterteilt. Das Kaissa der Torvaldsländer hat eine große Ähnlichkeit mit dem Spiel des Südens, wenn auch bestimmte Figuren anders sind. So gibt es keinen Ubar, sondern einen Jarl – der wichtigste Stein. Und es gibt keine Ubara, sondern dafür die Frau des Jarls, die im Spiel eine große Bedeutung gewinnt, mehr noch als die Ubara des Südens. Anstelle von Tarnkämpfern spielen zwei Figuren, die Äxte genannt werden. Das Spiel kennt ferner keine Wissenden, sondern entsprechende Figuren mit dem Namen Runenpriester. Außerdem fehlen die Schriftgelehrten, die hier Sänger heißen. Die Speerträger entsprachen allerdings der südlichen Bezeichnung. Ich brauchte nicht lange, um mich an das Kaissa Torvaldslands zu gewöhnen – dennoch verlor ich die beiden ersten Spiele gegen Forkbeard. Interessanterweise war er begierig, mich mit dem Spiel bekannt zu machen, und gab mir ausführliche Erklärungen und Ratschläge. Offenbar wollte er, daß ich möglichst bald mit voller Kraft und ohne Handicap gegen ihn antreten konnte. Beim dritten Spiel hatte ich ihn geschlagen, und entzückt hatte er seinen Unterricht eingestellt – und nun spielten wir wieder.

Das Spiel Forkbeards war viel nuancierter und taktisch ausgefeilter als etwa das Spiel Marlenus' aus Ar – zugleich auch viel hinterlistiger. Forkbeard baute zahlreiche Finten und Ablenkungen und Doppelstrategien ein, wobei viele seiner Angriffe auf zwei Seiten vorgetragen wurden – ein offener Angriff und ein heimlicher Vorstoß, wobei meistens ein Trick gelang. Zu Anfang hatte ich Forkbeard behutsam bekämpft und mich mit seinen Strategien vertraut gemacht. Als ich ihn besser zu kennen glaubte, spielte ich offener. Seine raffiniertesten Tricks, das wußte ich, würde er nur selten einsetzen; bestimmt hob er sie für wichtigere Spiele auf oder vielleicht für Gegner aus Torvaldsland, wo das Kaissa mehr noch als im Süden ein Volkssport ist. In den langen Winterperioden dieses Landes, wenn Schnee, Dunkelheit, Eis, Winterwinde und Frost die Außenwelt beherrschen, wenn sich die Schlangenschiffe in ihren geschlossenen Schuppen verstecken, vergehen viele Stunden unter schwingenden Specksteinlampen voller See-Sleen-Öl mit dem Kaissaspiel.

»Du bist dran«, sagte Forkbeard.

»Ich habe schon gezogen«, erwiderte ich. »Ich habe die Axt auf Jarl Sechs gesetzt.«

»Ah!« lachte Forkbeard. Dann setzte er sich und musterte das Spiel.

Die Sonne Torvaldslands brannte heiß auf uns herab. Nach dem Kalender Port Kars standen wir im Frühjahr des Jahres 3 der Herrschaft des Kapitänsrats. Nach dem Kalender Ars, der allgemein auf Gor gültig ist, schrieben wir das Jahr 10121 C. A. oder Contasta Ar, nach der Gründung Ars. Die große Seeschlacht vom 25. Se'Kara hatte 10120 C. A. stattgefunden, und im gleichen Jahr, im Frühling, hatte in Port Kar der Kapitänsrat die Macht übernommen und die neue Kalenderzählung ausgelöst. In den meisten goreanischen Städten gilt der Tag der Frühlings-Tag-und-Nachtgleiche als Neujahrstag – so auch in Torvaldsland, wo die Runenpriester über den Kalender wachen. Ihre Jahreszählung beginnt mit dem Augenblick, da Torvald den warmen Meeresstrom von Thor zum Geschenk erhielt. Nach den Berechnungen der Runenpriester befanden wir uns demnach im Jahr 1006.

Forkbeard und ich saßen im Schatten unter einer zeltartigen Plane aus zusammengenähten Boskhäuten, fast zehn Meter im Quadrat. Sie beginnt hinter dem Mast, der sich ziemlich weit vorn im Schiff erhebt, und wird von vier Stangen gehalten, die zwei weitere zusammengesteckte Stangen als »Dachfirst« tragen. Die Stangen können auch als Bootshaken verwendet werden. Die Unterkanten der großen Plane sind stramm gespannt und mit Klampen an der Reling festgemacht. Sie beginnt etwa einen Fuß über der Reling, so daß man gute Sicht nach allen Seiten hat.

Die Männer Forkbeards, die jetzt nicht rudern mußten, vergnügten sich nach Lust und Laune. Etliche hatten sich auf oder zwischen den Bänken schlafen gelegt, mehrere auch unter der Zeltbahn oder auf dem erhobenen Vorderdeck. Da und dort saßen Männer beisammen und unterhielten sich. Zwei folgten unserem Beispiel und spielten Kaissa. Zwei andere vergnügten sich mit dem Steinspiel, bei dem man raten mußte. Der riesige Torvaldsländer, der fast acht Fuß groß war, saß auf einer Ruderbank, starrte ins Leere und schärfte mit gemessenen Bewegungen die Klinge seiner großen Axt. Dazu verwendete er einen runden flachen Wetzstein. Drei andere Torvaldsländer beschäftigten sich mit Fischfang – zwei mit einem Netz, das sie an der Bordwand hinabließen und im Wasser mitzogen, um Parsitfische zu fangen, der dritte in der Nähe des Bugs mit einer Angelleine, wobei er Vuloleber als Köder verwendete. Er hatte es auf den weißbäuchigen Grunt abgesehen, einen großen zahmen Fisch, der in den Planktonbänken zu finden ist und sich von Parsitfischen ernährt. Nur zwei Männer ruhten sich nicht aus – der Steuermann, der auf das Meer hinausschaute, und der Mann oben im Mast, der Ausschau halten mußte. Der Steuermann betrachtet den Himmel und das Wasser vor dem Schlangenschiff; unter Wolken gibt es gewöhnlich Wind, und er meidet Gebiete, in denen die Wellen zu ruhig sind, denn dort besteht die Gefahr einer Flaute. Der Ausguck stand auf einem breiten flachen Holzring, der in Leder eingefaßt und mit dem Fell des See-Sleen bezogen sich um den Mast zieht. Der Ring hat einen Durchmesser von etwa fünfundsiebzig Zentimetern. Das Gebilde befindet sich fast an der Spitze des Masts, so daß der Mann über das Segel hinwegschauen kann. Auf dem Ring stehend, sichert er sich ab, indem er einen breiten Gürtel um den Mast windet und am eigenen Gürtel befestigt. Normalerweise hält er sich auch mit einer Hand am Mast fest. Der Holzring ist über ein Knotenseil zu erreichen. Der Mast ist nur etwa fünfunddreißig goreanische Fuß hoch und erlaubt damit einen Blick von etwa zehn Pasang über das Meer.

Forkbeard zog seinen Ersten Sänger auf seine Axt Vier und bedrohte damit meine Axt. Ich deckte die Figur mit meinem Ersten Sänger, den ich auf meine Axt Fünf setzte. Er tauschte, schlug meine Axt auf Jarl Sechs, und ich seinen Ersten Sänger mit meinem Ersten Sänger. Ich hatte jetzt einen Sänger auf einem mittleren Quadrat, doch er hatte seine Axt Vier freigekämpft, wo er nun seinen Jarl unterbringen und einen Angriff auf Axt Fünf der Frau des Jarl beginnen konnte.

Ich bestimmte im Augenblick den Spielzug. Er hatte die Situation öffnen wollen, doch ich hatte meine Position aufgebaut. Die Axt ist natürlich eine wichtige Figur, doch vordringlich zu Beginn und in der Mitte des Spiels, wenn das Brett noch ziemlich dicht bestanden ist; im Schlußkampf erscheint mir der Sänger oft wertvoller, weil er eine größere Anzahl von Feldern beherrscht. Kenner beurteilen die beiden Figuren als gleichwertig, doch da bin ich, auf die verschiedenen Phasen des Spiels bezogen, anderer Ansicht.

»Du hättest deine Axt nicht opfern dürfen«, sagte Forkbeard.

»Hätte ich sie geschützt, wäre mir die Initiative verlorengegangen. Außerdem ist die Axt im letzten Teil des Spiels nicht so wichtig.«

»Du setzt die Axt gut ein«, sagte Forkbeard. »Die Waffe, auf die man sich versteht, sollte man nicht aufgeben.«

Voller Unbehagen stellte ich fest, daß er seinen Jarl auf das freie Feld Axt Vier vorschob.

Die beiden Männer an der Bordwand holten ihr Netz ein. Silbrig gestreifte Parsitfische zappelten darin. Die Torvaldsländer warfen das Netz auf die Planken und begannen den Tieren Köpfe und Schwänze abzuschneiden und sie auszunehmen.

»Gorm«, sagte Forkbeard. »Binde die erste Sklavin los. Sie soll das Boot ausschöpfen!«

Gorm war bis zur Hüfte nackt und ging ohne Schuhe. Er trug Hosen aus See-Sleen-Fell. Um seinen Hals lag eine goldene Kette mit einem Schmuckstück, das sicher früher einer freien Frau des Südens gehört hatte.

Die erste Sklavin an der Fessel war das schlanke blonde Mädchen, das nun entsetzt vor dem Torvaldsländer zurückwich. Er zerrte sie am Arm hoch, band sie los und stieß sie nach hinten. Eine hölzerne Schöpfkelle wurde ihr in die Hand gedrückt.

Dann entfernte Gorm einige lose Decksplanken. Etwa einen Fuß unter dem Deck stand eine Spanne tief das schwarze Bilgewasser. Ich war überrascht, wie gering der Wasserstand war. Für ein Klinkerschiff war das Schlangenboot Ivar Forkbeards erstaunlich dicht. Bisher hatte man es überhaupt nicht ausschöpfen müssen, was in einem Schiff aus Torvaldsland normalerweise einmal am Tag erforderlich ist. Ein Schiff, bei dem man sich womöglich dreimal am Tag um das eingedrungene Wasser kümmern muß, gilt als seeuntüchtig.

Schluchzend kniete die blonde Sklavin neben der Öffnung nieder und begann zu schöpfen. Forkbeard ging zu ihr und zeigte ihr, wie sie mit der linken Hand das ausgeschöpfte Wasser nach Schnecken absuchen mußte, die nicht über Bord geworfen werden durften.

Als er zu mir zurückkehrte, hielt er eine Schnecke in der Hand. Er knackte das Schneckenhaus, schlürfte den Inhalt heraus und schluckte ihn hinunter. Die Reste des Schneckenhauses warf er über Bord.

»Die Schnecken sind eßbar«, sagte er. »Und wir verwenden sie als Köder.«

Dann kehrten wir zu unserem Spiel zurück.

Einmal stieß das blonde Mädchen einen Schrei aus. »Seht doch!« rief sie und deutete nach Backbord.

Hundert Meter entfernt spielte eine Walfamilie – ein Männchen, zwei Weibchen und vier Jungtiere.

Dann wandte sie sich wieder ihrer Arbeit zu.

»Deine Halle ist erobert«, sagte Forkbeard. Sein Jarl hatte den entscheidenden Zug getan.

Die Eroberung der Halle entspricht im Kaissaspiel des Nordens der Eroberung des Herimsteins, dem Siegzug des Südens.

»Du hättest deine Axt nicht opfern sollen«, sagte Forkbeard.

»Offenbar hast du recht«, sagte ich. Wir hatten noch nicht einmal die Endphase des Spiels erreicht; der Sieg war während der mittleren Züge gekommen. In Zukunft würde ich mir überlegen müssen, ob ich die Axt opfern wollte.

»Ich bin nun fertig«, sagte die Sklavin.

»Gib Gorm die Schöpfkelle zurück«, sagte Forkbeard. »Dann bringst du meinen Männern Wasser.«

Mit dem schweren Wasserbeutel über der Schulter zog die junge Sklavin los, um der Mannschaft zu trinken anzubieten.

Die Männer mit dem Netz hatten ihren Fang gesäubert und die entgräteten Fische in kleine Stücke geschnitten.

Eine zweite Sklavin wurde befreit, um den Brei der Sklavinnen zuzubereiten – frisches Wasser mit Sa-Tarna-Mehl –, in den die Fischstücke gerührt wurden.

»Spielen wir noch einmal«, sagte Forkbeard.

Ich stellte die Figuren auf.

Das Mädchen, das den Brei zubereitet hatte, wurde wieder zu den anderen Sklavinnen gebracht.

Dasjenige, welches den Männern Wasser gebracht hatte, mußte den Brei in kleine Schalen verteilen. Dazu verwendete sie einen Bronzelöffel, dessen Griff wie ein langer anmutiger Vogelhals gestaltet war.

»Bring ihr etwas zu essen!« sagte Forkbeard und deutete auf Aelgifu, die getrennt von den anderen an den Mast gefesselt war.

Das Mädchen erhob sich und brachte der Tochter des Administrators von Kassau eine Schale. Als sie näher kam, rief ihr Aelgifu verächtlich entgegen: »Du benimmst dich schon wie eine Leibeigene, Thyri!«

Das schlanke blonde Mädchen reagierte nicht auf Aelgifus Spott. Thyri schien ihr Name zu sein, was jetzt allerdings keine Bedeutung mehr hatte; es lag an Ivar Forkbeard, ihr einen Namen zu geben.

»Das ist doch Brei für die Sklavinnen, nicht wahr?« fragte Aelgifu.

»Ja«, sagte das Mädchen.

»Warum bringst du mir eine Portion?«

Das Mädchen senkte den Kopf.

»Ich bin frei«, sagte Aelgifu. »Weg mit dem Zeug!«

Ivar Forkbeard hob den Kopf. Er nahm dem blonden Mädchen

die Schale ab und ging zu Aelgifu hinüber. »Du ißt«, sagte er, »oder du wirst an ein Ruder gekettet.«

Sie starrte ihn entsetzt an. Wenn ein Mädchen zur Strafe an ein Ruder gebunden wird, ist das nicht ungefährlich; sie liegt mit dem Kopf nach unten über einem Ruderblatt und kann nur Atem schöpfen, wenn sich das Ruder über dem Wasser befindet. Manchmal versuchen See-Sleen oder weiße Haie, sich dieser leichten Beute zu bemächtigen.

»Mach den Mund auf!« sagte Forkbeard.

Aelgifu gehorchte mit weit aufgerissenen Augen. Er schob ihr den Inhalt der Holzschale in den Mund. Das stolze Mädchen würgte den dicken Brei hinunter.

»Morgen abend habe ich dein Lösegeld«, sagte er.

»Morgen abend bin ich wieder frei!« rief sie.

Er warf die Schale auf das Deck und kehrte an unser Spielbrett zurück.

»Ich glaube«, sagte ich, »ich habe einen Plan, dem Spielzug mit der Jarls Axt zu begegnen.«

5

Zu Mittag des folgenden Tages meldete sich plötzlich der Ausguck: »Schlangenboot an Steuerbord!«

Forkbeard blickte von seinem Kaissabrett auf. In seine Männer kam Leben. Sie eilten zur Steuerbordreling. Noch war nichts zu sehen. »Auf die Bänke!« brüllte Forkbeard, und seine Krieger gehorchten; ich hörte, wie die Ruder hinausgeschoben wurden.

»Verändere nichts an den Figuren«, sagte Ivar Forkbeard und verließ das Spiel. Dann kletterte er halb das Knotenseil hinauf, das am Mast herabhing.

Ich stand auf. Der Himmel war bewölkt, man hatte den Sonnenschutz nicht aufgespannt; die Häute lagen zusammengerollt zwischen den Bänken. Ich konnte nichts erkennen.

Die Sklavinnen sahen sich erschrocken um, während sie von Gorm gefesselt wurden. Wenn es zu einem Kampf kam, waren sie völlig hilflos und konnten sich nicht im geringsten einmischen.

»Das Schlangenschiff Thorgards von Scagnar!« rief Forkbeard erfreut.

»Ist das ein Freund?« fragte ich.

»Nein!« rief Forkbeard entzückt. »Ein Feind.«

Ich sah, wie sich die Männer Forkbeards angrinsten. Als nächstes kam der Befehl, die Segel zu reffen. »Haltet das Heck im Wind«, sagte er. Die Ruder glitten hinaus.

»Wir haben noch für ein paar Züge Zeit«, sagte Ivar Forkbeard.

»Ich versuche noch immer den Angriff mit der Jarls Axt zu durchbrechen«, sagte ich.

»Sänger auf Axt Zwei ist kein besonders starker Zug«, brummte Forkbeard.

In langen Spielen war ich am Tag zuvor zweimal gegen den Angriff mit der Jarls Axt gescheitert.

»Als nächstes willst du natürlich deinen Jarl auf Axt Vier ziehen.«

»Ja.«

»Interessant«, meinte Forkbeard. »Spielen wir diese Variation mal durch.«

Im Süden war dieser Spielzug sehr beliebt, während er im Norden nicht so geläufig ist.

»Die Schlange Thorgards hat uns gesehen!« meldete der Ausguck frohlockend.

»Ausgezeichnet«, sagte Ivar Forkbeard. »Jetzt müssen wir nicht erst ins Horn stoßen.«

Ich lächelte. »Erzähl mir mehr über Thorgard von Scagnar«, sagte ich.

»Er ist mein Feind«, sagte Ivar Forkbeard schlicht.

»Die Schiffe Thorgards haben die Schiffe Port Kars oft belästigt.«

»Die Schiffe Port Kars«, erwiderte Ivar Forkbeard lächelnd, »sind nicht die einzigen, die auf diese Weise ausgezeichnet werden.«

»Er ist also auch mein Feind«, fuhr ich fort.

»Wie heißt du?« fragte Forkbeard.

»Nenn mich Tarl«, sagte ich.

»Das ist ein Name aus Torvaldsland«, erwiderte er. »Stammst du nicht aus diesem Land?«

»Nein.«

»Tarl – und wie weiter?«

»Es genügt, wenn du mich Tarl nennst.«

»So sei es«, meinte er, »aber hier im Norden müssen wir dich von anderen Tarls unterscheiden können.«

»Und wie?«

Er betrachtete mein Haar und grinste. »Wir nennen dich Tarl Rothaar.«

»Also gut«, sagte ich.

»Wo liegt deine Heimatstadt?«

»Meine Heimat dürfte in Port Kar liegen.«

»Gut«, sagte er, »aber ich glaube, das hängen wir lieber nicht an die große Glocke, denn die Port Karer sind im Norden nicht sehr beliebt.«

»Und die Torvaldsländer sind im Süden nicht gerade beliebt.«

»Die Männer aus Port Kar werden aber bei uns respektiert.«

»Und die Torvaldsländer bei uns.«

»Du verstehst dich auf das Kaissaspiel«, fuhr Forkbeard fort. »Wir wollen Freunde sein.«

Und wir reichten uns die Hände.

»Die Schlange Thorgards dreht in unsere Richtung!« rief der Ausguck beschwingt.

»Soll ich meinen Langbogen holen?« fragte ich Ivar Forkbeard. Ich wußte, daß die Reichweite dieser Waffe größer war als die der kürzeren Bögen des Nordens.

»Nein«, erwiderte Forkbeard entrüstet.

»Entfernung acht Pasang!« rief der Ausguck. »Die Schlange jagt uns!«

Der Forkbeard und ich machten vier weitere Züge. »Faszinierend«, sagte er.

»Entfernung vier Pasang!« tönte es von oben.

»Welcher Schild ist drüben am Mast!« rief Forkbeard.

»Der rote!« rief der Ausguck.

»Wir setzen noch keinen Schild«, befahl der Pirat aus dem Norden. Seine Männer sahen ihn überrascht an.

»Thorgard ist ziemlich stolz auf sein großes Langschiff«, sagte er, »eine Schlange mit dem Namen ›Schwarzer Sleen‹.«

Ich hatte schon von dem Schiff gehört.

»Es hat ein viel größeres Freibord als unser Schiff«, sagte ich zu Ivar Forkbeard. »Es ist ein Kriegsschiff, kein Piratenschiff. In einem Kampf wären wir hoffnungslos im Nachteil. Auch gilt es als das schnellste Schiff im Norden.«

»Das werden wir feststellen«, sagte Forkbeard. »Das Schiff hat vierzig Bänke«, fuhr der Mann aus dem Norden fort. »Achtzig Ruder, hundertundsechzig Ruderer. Aber es ist schwerfällig.«

»Willst du kämpfen?«

»Das wäre töricht. Ich habe Beute aus dem Tempel in Kassau an

Bord, außerdem achtzehn Leibeigene und die hübsche Aelgifu, die nochmal einen Sack Goldstücke wert ist. Ich hätte also viel zu verlieren und wenig zu gewinnen. Wenn ich mich mit Thorgard von Scagnar einlasse, dann zu meinen Bedingungen.«

»Noch ein Pasang!« meldete der Ausguck.

Ivar Forkbeard stand auf. Er wies Gorm an, die Sklavenmädchen an die Bordwand zu führen, damit die Angreifer sehen konnten, was dieses Schiff zu bieten hatte.

»Ein halber Pasang! Kommt näher!« tönte es von oben. »Annäherung von achtern.«

»Abfallen! Haltet den Burschen unsere Beute unter die Nase. Sie sollen sehen, daß sich der Sieg über uns lohnt!«

Die Ruderer auf der Backbordseite schwenkten wertvolle Tuche und goldene Kelche und brüllten spöttisch zu dem anderen Schiff hinüber, das nur noch etwa hundert Meter entfernt war.

Ein Pfeil sirrte durch die Luft.

»Werft die Tuche über die Sklavinnen!« rief Forkbeard. Auf diese Weise wurden sie vor den Geschossen geschützt. »Und dazu die Plane!« Über die Mädchen und die kostbare Beute wurde die große Plane aus Häuten gebreitet.

Weitere Pfeile schwirrten heran. Einer traf den Mast, an dem Aelgifu noch gefesselt hockte.

Das Schiff Thorgards, der Schwarze Sleen, war nur noch etwa fünfzig Meter entfernt. Ich sah behelmte Männer an der Reling, etwa fünf Fuß über der Wasserlinie. Die Helme des Nordens sind im allgemeinen konisch geschnitten und haben einen Nasenschutz, den man hin und her schieben kann. Hinten herum zieht sich gewöhnlich ein Schutz aus Kettengewebe. Der Helm Thorgards schützte auch den Nacken und die Seiten des Kopfes. Zwei gewaltige Hörner zierten den Helm. Fast alle Männer waren mit langen, breiten Speeren bewaffnet, manche auch mit Äxten.

»Auf die Bänke!« rief Ivar Forkbeard lachend. »Und Segel setzen!«

Ich befürchtete jedoch, daß er schon zu lange gewartet hatte.

Seine Männer sprangen zu den Bänken und ergriffen ihre Ruder. Gleichzeitig fiel das gewaltige Segel herab und blähte sich knallend.

»Zieht durch!« brüllte Forkbeard, und die Schlange Ivar Forkbeards sprang förmlich auf den Horizont zu.

Verwirrung herrschte an Deck des Schwarzen Sleen. Ich sah Thorgard von Scagnar mit seinem gehörnten Helm. Er gab hastig Befehle.

Behäbig drehte sich der Bug des Schwarzen Sleen in unserem Kielwasser. Männer rannten zu ihren Bänken. Die langen Ruder wurden angehoben und senkten sich wieder.

Ein Wurfspieß und vier Pfeile trafen das Deck unseres Schiffs, aber sie richteten keinen Schaden mehr an. Die nächste Salve fiel bereits harmlos hinter uns ins Meer, und die Bogenschützen kehrten auf ihre Bänke zurück.

Eine Viertel-Ahn lang stand Forkbeard persönlich am Steuerruder seiner Schlange. Aber dann ließ er grinsend seinen Steuermann weitermachen und kehrte in die Schiffsmitte zurück.

Wieder stellten wir das Brett zwischen uns auf eine Truhe. Die Stellung der Figuren hatte sich natürlich nicht verändert; die Pflöcke hatten sie festgehalten.

»Eine sehr interessante Variation«, sagte Forkbeard und konzentrierte sich wieder auf das Spiel.

»Vielleicht breche ich diesmal den Angriff der Jarls Axt.«

»Ich glaube nicht. Aber wir werden sehen.«

Nach einer weiteren Viertel-Ahn wies Forkbeard seine Ruderer an, sich auszuruhen.

Der Schwarze Sleen, angeblich das schnellste Schiff des Nordens, mühte sich in der Ferne mit Rudern und Segeln, den Anschluß nicht zu verlieren. Aber es gelang ihm nicht. Nur unter Segel fahrend, lief Ivar Forkbeards Schiff dem Schlangenboot Thorgards davon, fast mühelos. Nach kurzer Zeit war es nur noch ein Punkt am Horizont und konnte schließlich nur noch vom Ausguck gesehen werden. Die Plane wurde zurückgezogen und eingerollt. Die Sklavinnen schnappten erleichtert frische Luft, und nach kurzer Zeit normalisierte sich das Leben an Bord.

Es wurde Abend.

»Nimm Kurs auf Einars Felsenriff«, befahl Ivar Forkbeard seinem Steuermann.

»Jawohl, Kapitän.«

Aelgifu lachte erfreut auf.

Am Felsenriff, am Runenstein von Torvaldsmark, sollte Ivar Forkbeard das Lösegeld für sie in Empfang nehmen.

Eine Ahn später erfuhr ich, daß Sänger auf Axt Zwei, gefolgt von Jarl auf Axt Vier, als Konterschlag gegen den Angriff der Jarls Axt nicht genügt.

»Hatte ich mir doch gleich gedacht«, bemerkte Ivar Forkbeard.

»Das Schiff Thorgards von Scagnar ist der Schwarze Sleen. Wie heißt dein Schiff, wenn ich fragen darf?«

»Mein Schiff«, erwiderte Ivar, »heißt Hilda.«

»Ist es nicht ungewöhnlich, daß ein Schiff des Nordens den Namen einer Frau trägt?«

»Nein.«

»Warum heißt es denn Hilda?«

»Das ist der Name der Tochter Thorgards von Scagnar«, sagte Ivar Forkbeard.

Ich musterte ihn erstaunt.

»Die Hilda ist mein Schiff«, sagte Ivar Forkbeard, »und die Tochter Thorgards von Scagnar wird meine Leibeigene sein.«

Einen Pasang vor Einars Felsenriff lagen wir beigedreht, ohne Lichter. Ivar und vier Männer waren im Beiboot fortgerudert, das normalerweise kieloben auf dem Achterdeck festgezurrt ist. Sie hatten Aelgifu mitgenommen.

Im Nachtdunkel machte ich den schwarzen Umriß des Felsenriffs aus. Vor dem Sternenhimmel war die Silhouette des nadelgleichen Runensteins zu erkennen.

»Sie kommen zurück«, sagte Gorm leise.

Ich starrte in die Nacht hinaus. Einige hundert Meter entfernt machte ich das Boot aus. Ich hörte das Plätschern der Ruder, die sich in einheitlichem Rhythmus bewegten. Die Schlagzahl war sehr langsam, so daß sie offenbar nicht verfolgt wurden.

Dann sah ich Ivar Forkbeard am Steuerruder. Das Boot scharrte leise an der Bordwand des Schlangenschiffs entlang.

»Hast du das Lösegeld?« fragte ich.

»Ja«, erwiderte er grinsend und hob einen schweren Beutel hoch.

»Es hat lange gedauert«, bemerkte ich.

»Es dauerte seine Zeit, bis wir das Gold gewogen hatten«, sagte Ivar. »Und es gab Auseinandersetzungen um die Genauigkeit unserer Waagen.«

»Oh?« fragte ich.

»Ja, die Waage Gurts aus Kassau hat nicht genau gestimmt – sie zeigte ein zu hohes Gewicht an.«

»Ich verstehe«, sagte ich.

»Hier ist das Gold.« Ivar Forkbeard warf Gorm den Beutel zu. »Hundertundzwanzig Goldstücke.« Dann schleuderte er weitere Geldbörsen in das Schiff.

»Was ist das?«

»Die Geldbeutel der Leute, die Gurt von Kassau begleitet haben«, bemerkte er.

Ich hörte ein Stöhnen aus dem Boot und sah eine Bewegung unter einem See-Sleen-Fell. Forkbeard riß das Fell fort und zeigte uns die stolze Aelgifu, die gefesselt im Boot lag. Sie starrte entsetzt zu uns empor. Forkbeard stemmte sie über die Bordwand. »Zu den anderen Sklavinnen mit ihr!« befahl er.

Ich half dem Piratenkapitän und seinen Männern, das kleine Boot wieder an Deck zu hieven.

Plötzlich bohrte sich ein Pfeil in die Bordwand.

»Los! Ablegen!« brüllte Forkbeard. »Auf die Bänke!« Am Bug und am Heck holte man die beiden Anker auf. Die Ruderluken wurden aufgestoßen, die Ruder hinausgeschoben.

Von der Küste näherte sich ein gutes Dutzend kleiner Boote mit jeweils zehn bis fünfzehn Mann.

Zwei weitere Pfeile trafen das Schiff. Andere zuckten in der Dunkelheit an uns vorbei, und nur das Flüstern ihrer Schaftfedern war zu hören.

»Aufs Meer!« brüllte Forkbeard. »Zieht durch!«

Die Schlange wandte ihren Bug zum Meer, und die Ruder senkten sich, drangen in das Wasser ein, wurden durchgezogen. Das Schiff setzte sich in Bewegung.

Wütend stand Forkbeard an der Reling und starrte auf die Bootsarmada. Dann wandte er sich an seine Männer. »Das soll euch eine Lehre sein!« rief er. »Den Kassauern ist nicht zu trauen!«

Die Männer an den Rudern begannen zu singen.

»Und was hast du mit Gurt und seinen Begleitern gemacht?« fragte ich.

»Wir haben sie nackt liegenlassen.« Dann blickte er nach achtern, wo die kleinen Boote nun zurückblieben. »Anscheinend kann man sich auf keinen mehr verlassen.«

Dann ging er zu Aelgifu und ließ ihr den Knebel abnehmen.

»Offenbar ist diese Nacht doch nicht deine letzte in meinen Fesseln.«

»Du hast das Lösegeld genommen!« rief sie. »Du hast das Geld genommen!«

»Ich habe mehr als Lösegeld genommen.«

»Warum hast du mich dann nicht freigelassen?« fragte sie.

»Weil ich dich haben will. Ich habe zwar gesagt, daß ich das Lösegeld nehme, aber davon, daß ich dich freilasse, war nie die Rede. Dazu bist du viel zu hübsch. Und warum sollte ich die erkleckliche Mitgift verschmähen? Willkommen in der Sklavenfessel!«

6

Die Männer Forkbeards stimmten ein lautes Jubelgeschrei an. Das Schlangenschiff wendete langsam zwischen den hohen Klippen und glitt in den schmalen Wasserweg hinein. Da und dort klammerten sich Flechten und Büsche und sogar kleine Bäume an das Felsgestein. Das Wasser unter uns war tief und kalt.

Die Ruder hoben sich in gleichmäßigem Rhythmus, während sich das Segel in der leichten Landbrise kaum noch bewegte.

Vorsichtig bahnte sich das Schlangenschiff seinen Weg zwischen den hochaufragenden Klippen hindurch.

Ivar Forkbeard hob ein großes geschwungenes Bronzehorn an die Lippen und ließ einen hohen Ton erklingen, der zwischen den Felswänden widerhallte.

Kurz darauf ertönte voraus ein ähnliches Signal. Bald hatten wir Forkbeards Heimstatt erreicht.

»Behängt das Schiff mit Gold!« brüllte Ivar.

Kerzenhalter und Kelche wurden mit Schnüren am Bugspriet befestigt. Die Männer nagelten Goldbleche an den Mast und hängten golddurchwirkte Tuche wie Banner über die Reling.

Dann beschrieb das Schiff eine letzte Wende zwischen den Felsen, und plötzlich tauchte vor uns ein Pier aus groben Stämmen auf, mit axtbehauenen Brettern bedeckt, dahinter ansteigendes Land, zwischen Felsbrocken mit kurzem grünen Gras bestanden. Hundert Meter von der Anlegestelle entfernt erhob sich eine Holzpalisade. Hoch oben auf der Klippe entdeckte ich einen Wachtposten, der ein riesiges Horn in der Hand schwenkte. Zweifellos hatte er unser Signal erwidert. Von dort oben konnte er jeden Feind schon von weitem ausmachen.

Vier kleine Milchbosks grasten auf der grünen Weide. Über der idyllischen Szene ragten in weiter Ferne schneebedeckte Berge auf. Eine Verrherde, die von einem Mädchen mit einem Stock gehütet wurde, floh blökend den Hang hinauf. Sie legte die Hand über die Augen. Sie war blond und barfuß und trug einen knöchellangen Rock aus weißer Wolle. Um ihren Hals lag ein dunkler Ring.

Männer eilten aus der Palisade und von den Feldern zur Anlegestelle. Sie waren barhäuptig und trugen zottige Jacken. Einige waren in Felljacken, andere in Tuniken aus gefärbter Wolle gekleidet. Am Hang machte ich zahlreiche Felder aus, die von Mauern aus aufeinandergetürmten Felsbrocken gesäumt waren. Darin wuchsen Sa-Tarna, zu dieser Jahreszeit noch sehr niedrigstehend, und sicherlich auch Erbsen und Bohnen, Kohlsorten und Zwiebeln, und Beete mit goldenen Suls, die in dieser Breite gediehen. Ich sah schmächtige Obstbäume und Bienenstöcke und da und dort kleine Schuppen mit schrägen Holzdächern; in einigen mochten Handwerker an der Arbeit sein, in anderen wurde vielleicht Fisch getrocknet oder gebuttert. An eine Felswand lehnte sich ein langer, niedriger Schuppen; hier fanden sicherlich die kleinen Bosks und die Verr im Winter Unterschlupf, zusammen mit ihrer Winternahrung. Ein anderer Schuppen, im Schatten der Klippen aus dicken Balken erbaut, diente gewiß zur Aufbewahrung von Eis, das im Winter von den Bergen geholt wurde.

Im Augenblick waren nur wenige Bosks zu sehen – Milchtiere. Die Schuppen boten aber einer viel größeren Herde Platz. Vermutlich war der größte Teil des Viehs oben in den Bergen, wo es im Sommer frei grasen durfte und erst vor Einbruch des Winters wieder in die Schuppen geholt wurde.

Die Männer auf den Feldern trugen kurze weiße Wolltuniken; einige arbeiteten mit Hacken. Ihr Haar war kurz, und um ihren Hals zogen sich schwarze Eisenbänder. Sie verließen die Felder nicht, denn das hätte ihren Tod bedeutet; es waren Thralls.

Eine Menge Leute liefen auf die Anlegestelle zu. Mehrere kamen aus der Palisade, darunter auch einige weißgekleidete Sklavinnen. Sicher war heute ein Festtag in der Halle Ivar Forkbeards.

Aus einem Holzfaß schenkte Forkbeard Bier in einen großen Krug, der etwa zwanzig Liter faßte. Über dem Krug ballte er die Faust – das Zeichen des Hammers, das Zeichen Thors. Dann machte der Krug, der zwei große Bronzegriffe hatte, bei den Ruderern die Runde. Die Männer legten die Köpfe in den Nacken und tranken mit vollen Zügen. Es war der Siegestrunk.

Forkbeard trank schließlich den Rest des Krugs, warf ihn auf das Deck und sprang dann zu meiner Verblüffung über die Bordwand auf die sich bewegenden Ruder. Die Männer sangen lauthals. Während sich das Schiff langsam der Anlegestelle näherte, vollführte der Piratenkapitän mit Energie den Rudertanz der Krieger von Torvaldsland – zum großen Entzücken der Leute am Ufer, die ihn bejubelten. Eigentlich handelte es sich nicht um einen Tanz, sondern um eine nicht zu unterschätzende athletische Übung, die ein hervorragendes Auge, einen ausgezeichneten Gleichgewichtssinn und eine unglaubliche Abstimmung aller Bewegungen erforderte. Aufbrüllend sprang Forkbeard von einem sich bewegenden Ruder zum nächsten – wobei er vom Bugruder auf der Backbordseite nach hinten, dann über das Heck auf die Ruder der Steuerbordseite sprang, wo er wieder nach vorn turnte und sich vom vordersten Ruder praktisch zurück an Bord heben ließ. Schließlich stand er schwitzend und fröhlich grinsend neben mir am Bug. Ich sah, wie die Männer am Ufer grüßend ihre Krüge hoben und ihm zutranken.

Sanft berührte das Schlangenboot die Lederpolster des Piers. Eifrige Hände griffen nach den Anlegetauen. Die Ruder wurden eingezogen. Die Männer hängten ihre Schilde über die Reling.

»Ich habe neunzehn hübsche Mädchen!« brüllte Ivar Forkbeard. Lachend schoben seine Männer die Sklavinnen an die Reling, hoben sie auf die Ruderbänke.

»Macht die Brandeisen heiß!« brüllte Forkbeard.

»Sie glühen schon!« lachte ein stämmiger Mann mit einer Lederschürze.

Jetzt wurde eine Planke über die Bordwand gelegt, und die Männer schoben die aneinandergefesselten Mädchen auf die Anlegestelle. Schließlich verließ auch Forkbeard das Schiff, gefolgt von Gorm und mir und seinen Männern. Der Anführer wurde freudig begrüßt. Die Männer umarmten ihn, und er drückte seine Freunde an sich und schüttelte manchen zottigen Kopf zwischen seinen großen Händen.

»War es eine gute Fahrt?« fragte ein Mann mit einem verschlungenen Silberring am Arm.

»Ziemlich gut«, sagte Forkbeard.

»Wer ist das?« wollte ein anderer Mann wissen und deutete auf mich. »Wie ich sehe, ist sein Haar nicht kurzgeschnitten, und er trägt nicht die Ketten eines Thrall.«

»Das ist Tarl Rothaar«, sagte Forkbeard.

»Wessen Mann ist er?« fragte der Mann.

»Mein eigener«, antwortete ich rasch.

»Hast du keinen Jarl?«

»Ich bin mein eigener Jarl.«

»Kannst du mit der Axt umgehen?«

»Lehre mich die Axt führen!«

»Dein Schwert ist zu klein. Willst du damit Suls schälen?«

»Es bewegt sich schnell«, sagte ich. »Es stößt zu wie die Schlange.«

Der Mann griff plötzlich zu und umfaßte meine Hüften. Offenbar wollte er mich spaßeshalber ins Wasser werfen. Aber er brachte mich nicht von der Stelle; statt dessen stieß er ein überraschtes Grunzen aus. Auch ich umfaßte seine Hüften. So schwankten wir auf den Planken hin und her. Die Torvaldsländer machten uns Platz.

»Ottar liebt den Sport«, sagte Ivar Forkbeard.

Mit einer abrupten Bewegung hebelte ich Ottar von den Füßen und schleuderte ihn ins Wasser.

Durchnäßt und prustend kletterte er wieder auf das Dock.

»Morgen«, sagte er lachend, »bringe ich dir den Umgang mit der Axt bei.« Wir gaben uns die Hände. Wenn Forkbeard nicht zu Hause war, wachte Ottar über sein Vieh, seine Besitztümer, seinen Hof und sein Vermögen.

»Er spielt vorzüglich Kaissa«, versicherte Forkbeard.

»Ich schlage ihn«, meinte Ottar.

»Das wollen wir erst mal sehen«, bemerkte ich.

Eine Sklavin drängte sich durch die Menge. »Erinnert sich mein Jarl nicht mehr an Gunnhild?« fragte sie und drückte sich an ihn. »Und was ist mit Schmollmund«, fragte ein anderes Mädchen, das ihren Kosenamen offenbar den breiten, sinnlichen Lippen verdankte. Forkbeard fuhr ihr mit den Fingern durchs Haar. »Und Olga?« fragte ein anderes Mädchen, schwarzhaarig und süß anzuschauen.

»Fort mit euch, Mädchen!« lachte Ottar. »Forkbeard hat sich neue Schönheiten mitgebracht!«

Wütend warf sich Gunnhild in Forkbeards Arme, und er begrub ihre Lippen unter den seinen.

»Bereitet alles vor!« sagte er. »Wir wollen feiern!«

»Ja, mein Jarl!« Gunnhild sprang auf und eilte auf die Palisade zu. Die anderen Mädchen taten es ihr nach, begierig, mit den Vorbereitungen für das große Fest zu beginnen.

Dann wandte sich Forkbeard wieder dem Schlangenschiff zu und überwachte das Entladen der kostbaren Beute, die unter Freudenrufen in die Palisade getragen wurde.

Ivar Forkbeard warf den Kopf in den Nacken und lachte brüllend. Auf seinem Schoß saß das Mädchen, das einmal Aelgifu gewesen war; sie hatte die Arme um seinen Hals gelegt, und ihre Lippen liebkosten ihn; der neue Name der Tochter Gurts, des Administrators von Kassau, war ›Schätzchen‹. Sie trug einen schwarzen Metallkragen und das Brandzeichen ihres Herrn. Auf der anderen Seite schmiegte sich Gunnhild an den großen Mann.

Ich hielt das riesige Trinkhorn des Nordens in der Hand. »Das Ding kann man ja gar nicht hinstellen«, sagte ich verwirrt.

Wieder lachte er.

»Wenn du es nicht leertrinken kannst«, sagte er, »gib es weiter!«

Ich legte den Kopf zurück und leerte das Horn.

»Großartig!« rief Forkbeard.

Dann reichte ich das Trinkgefäß an Thyri weiter, die vor mir kniete.

»Jawohl, mein Jarl«, sagte sie und lief davon, um das Horn in dem großen Bottich zu füllen.

»Deine Halle«, sagte ich zu Forkbeard, »entspricht nicht ganz den Vorstellungen, die ich mir gemacht hatte.«

Ja, ich hatte erfahren müssen, daß meine Erwartungen hinsichtlich der ›Hallen‹ des Nordens ganz und gar nicht der Wirklichkeit entsprachen. Die echten Hallen, weiträumig und mit hohen Stützpfeilern, aus edlen Hölzern erbaut, voller Bänke und hoher Pfeiler, voller Täfelungen, Schnitzereien und kostbaren Wandteppichen und Gehängen, mit riesigen Feuern und hängenden Kesseln – diese Hallen waren wirklich sehr selten. Nur die reichsten aller Jarls konnten sich so etwas leisten. Die Halle des Ivar Forkbeard entsprach eher der üblichen schlichteren Bauweise. Aber wenn ich darüber nachdachte, kam mir das auch gar nicht so ungewöhnlich vor, immerhin befand ich mich in einem Land, in dem es wenig Bäume gibt. In Torvaldsland ist gutes Holz sehr teuer, und der größte Teil der Vorräte geht an die Schiffsbauer, die im Grunde noch wichtiger sind. Wenn ein Torvaldsländer zwischen seiner Halle und seinem Schiff wählen muß, fällt seine Entscheidung unweigerlich zugunsten des Schiffes aus. Ganz abgesehen davon wäre er ohne die Reichtümer, die ihm sein Schiff einbringt, gar nicht in der Lage, eine Halle zu errichten, in der seine Männer wohnen.

»Hier, Jarl«, sagte Thyri und reichte mir das Horn. Es war mit dem torvaldsländischen Met gefüllt, aus fermentiertem Honig gebraut, dick, süß und sanft berauschend.

Die Halle Ivar Forkbeards war ein langes flaches Gebäude, etwa hundertundzwanzig goreanische Fuß lang. Die etwa acht Fuß dikken Wände sind aus Gras und Steinen erbaut. Die Längsachse des Gebäudes weist nach Norden, was die Angriffsfläche für den eisigen Nordwind vermindert, der sich im torvaldsländischen Winter besonders unangenehm bemerkbar macht. In der Mitte lodert in einer runden Grube ein großes Feuer. Das Haus besteht im wesentlichen aus einem einzigen langen Raum, der zum Wohnen, Schlafen und Essen dient. An einem Ende befindet sich die Küche, durch eine Holzwand vom übrigen Raum abgetrennt. Das Dach ist nur etwa sechs Fuß hoch, was zur Folge hat, daß die meisten Männer den Kopf einziehen müssen. Der lange Raum ist nicht nur niedrig, sondern auch kaum erleuchtet und gewöhnlich von Rauch erfüllt, denn der Abzug erfolgt, wie in Torvaldsland üblich, nur durch kleine Löcher im Dach. In der Mitte der Halle liegt der Boden etwa einen Fuß niedriger als ringsum; in dieser Vertiefung, die sich durch das ganze Gebäude zieht, befinden sich die Tische und Bänke. In der Mitte tragen das Dach zwei Reihen Stützpfosten, jeweils sieben Fuß voneinander entfernt. An den Seiten der Halle sind entlang der Wände auf dem festgestampften Lehmboden Felle ausgebreitet. Steine markieren die Schlafecken, in denen man auch seine Sachen unterbringen kann. Der Mittelteil der Halle, etwa zwölf Fuß breit, dient als allgemeiner Aufenthaltsraum.

Zwei Sklavenmädchen trugen nun einen am Spieß gebratenen Tarsk herein, eine Last, die sie auf den Schultern balancierten. Sie waren durch dicke Lederpolster vor der Hitze des großen Bratspießes geschützt. Das dampfende Fleisch wurde auf den Tisch abgesetzt. Ivar Forkbeard zog sein Messer, schob die beiden Sklavinnen zur Seite und machte sich daran, das Fleisch zu verteilen. Er warf die Stücke über den Tisch.

Ich hörte Gelächter. Aus der Dunkelheit hinter mir drang ein wollüstiges Stöhnen, und gleich darauf hörte man die Wonneschreie einer Sklavin. Es handelte sich um eins der neuen Mädchen, das vor ein paar Minuten an den Haaren hinaufgeschleppt worden war. Einer der heimgekehrten Krieger konnte es offenbar nicht mehr erwarten und verschaffte sich ausgiebig Erleichterung.

»Du mußt wissen«, sagte Ivar Forkbeard zu mir, »daß ich ein Geächteter bin.«

»Das wußte ich nicht.«

»Das ist einer der Gründe, warum meine Halle nicht aus Holz besteht.«

»Ich verstehe«, meinte ich. »Aber du hast wenigstens eine Palisade.«

Er warf mir ein Stück Fleisch zu.

»Die Palisade«, erwiderte er, »ist niedrig, und die Spalten sind mit Lehm verschmiert.«

Ich löste ein Stück von dem Fleisch, das mir Ivar zugeworfen hatte, und hielt es Thyri hin. Sie lächelte mich an. Sie versuchte zu lernen, einem Mann zu gefallen.

»Danke, mein Jarl«, sagte sie und nahm das Fleisch zwischen die Zähne.

»Du bist reich«, sagte ich zu Ivar, »und hast viele Männer. Du könntest dir bestimmt eine Halle aus Holz leisten, wenn du wolltest.«

»Warum bist du nach Torvaldsland gekommen?« fragte Ivar plötzlich.

»Um Rache zu nehmen«, sagte ich. »Ich muß einen bestimmten Kur erwischen.«

»Das sind gefährliche Wesen«, sagte er.

Ich zuckte die Achseln.

»Einer hat uns hier angegriffen«, sagte Ottar plötzlich.

Ivar sah ihn an.

»Im letzten Monat wurde ein Verr gerissen«, berichtete Ottar.

Da wußte ich, daß es sich nicht um den Kur handeln konnte, den ich suchte.

»Wir haben ihn gejagt, konnten ihn aber nicht finden«, fuhr Ottar fort.

»Sicher hat er die Gegend inzwischen wieder verlassen«, sagte Ivar.

»Habt ihr sehr unter diesen Ungeheuern zu leiden?« fragte ich.

»Nein«, sagte Ivar. »Sie jagen selten so weit im Süden.«

»Die Kurii sind intelligent«, sagte ich. »Sie können sprechen.«

»Das ist mir bekannt«, sagte Ivar.

Ich erzählte Ivar nicht, daß die Wesen, die er Kurii oder Ungeheuer nannte, in Wirklichkeit Angehörige einer außerplanetarischen Rasse waren und daß sie – oder ihre Artgenossen in Raumschiffen – im Krieg mit den Priesterkönigen lagen, denen sie die Herrschaft über zwei Welten, Gor und die Erde, abnehmen wollten. Als Folge dieser Kämpfe, von denen die Erdenmenschen wie auch die Goreaner nichts wußten, waren von Zeit zu Zeit Schiffe der Kurii vernichtet worden und abgestürzt. Die Priesterkönige hatten es sich zur Angewohnheit gemacht, die Wracks dieser Schiffe zu vernichten, doch normalerweise verzichteten sie auf den Versuch, Überlebende aufzuspüren und zu töten. Wenn sich die verstreuten

Kurii an die Waffen- und Technologiegesetze der Priesterkönige hielten, durften sie wie die Menschen überleben. Die Kurii, die ich kannte, waren von schrecklichen Instinkten getrieben, Ungeheuer, die in Menschen und Tieren nur Nahrung erblickten. Wie beim Hai reizte Blut die Kurii zu blinder Raserei. Sie waren ungewöhnlich kräftig und – wenn sie bei Sinnen waren – hochintelligent, obwohl sie intellektuell ebensowenig an die Priesterkönige herankamen wie die Menschen. In ihrer Mordlust und mit ihrer hochstehenden Technologie waren sie allerdings auf ihre Art ein ebenbürtiger Gegner der Priesterkönige. Die meisten Kurii lebten in Schiffen, den Stahlwölfen des Alls, und ihre Instinkte wurden bis zu einem gewissen Grad durch das unerbittliche Schiffsgesetz im Zaum gehalten. Man nahm an, daß die Heimatwelt der Kurii vernichtet worden war. Dies erschien logisch, wenn man ihr Ungestüm und ihre Gier bedachte – ihre eigene Heimat war vernichtet, jetzt suchten sie ein neues Zuhause.

Natürlich mochten die Kurii, mit denen die Torvaldsländer zu tun hatten, seit Generationen keine Verbindung mehr mit den Kurii der Schiffe haben. Es galt als eine der großen Gefahren bei der Auseinandersetzung, daß sich die Kurii aus den Schiffen eines Tages mit ihren Artgenossen auf Gor in Verbindung setzen könnten, um ihre Pläne voranzutreiben.

Menschen und Kurii hielten sich für Todfeinde. Die Kurii ernährten sich häufig von Menschenfleisch, so war es ganz natürlich, daß die Menschen diese Ungeheuer jagten, sobald sich eine Chance bot. Wegen der berserkerhaften Kampfkraft der Ungeheuer wurden die Kurii meistens aber nur bis an die jeweiligen Distriktsgrenzen gejagt, besonders dann, wenn nur der Verlust von Bosks oder Thralls zu beklagen war. Auch in Torvaldsland hielt man es gewöhnlich für ausreichend, die Ungeheuer aus dem eigenen Bezirk zu vertreiben.

»Wie erkennst du den Kurii, den du suchst?« fragte Ivar.

»Ich glaube, er wird *mich* erkennen«, antwortete ich.

»Du bist sehr mutig – oder sehr töricht.«

Ich trank schweigend Met und aß von dem Tarkfleisch, während der unermüdliche Krieger hinter uns auf den Schlafstellen seine Sklavin einem neuen Höhepunkt der Lust entgegenritt, wie ihre Schreie unüberhörbar bezeugten.

»Du bist aus dem Süden«, sagte Ivar. »Ich möchte dir einen Vorschlag machen. Ich bin geächtet. In einem Duell habe ich Finn Broadbelt getötet.«

»Aber das war ein Duell!«

»Finn Broadbelt war der Cousin von Jarl Svein Blue Tooth.«

»Ah«, sagte ich. Svein Blue Tooth war der Erste Jarl von Torvaldsland – jedenfalls galt er allgemein als der mächtigste des Landes. Es ging das Gerücht, daß in seiner Halle tausend Männer lebten und er den Kriegspfeil jederzeit auf zehntausend Höfe tragen konnte. In seinem Hafen lagen zehn Schiffe, und man behauptete, daß er mühelos hundert weitere unter sein Kommando rufen konnte. »Er ist dein Jarl?« fragte ich.

»Er war mein Jarl«, sagte Ivar Forkbeard.

»Das Wergeld ist sicher hoch«, sagte ich zögernd.

Forkbeard musterte mich grinsend. »Gegen alle Sitten und Gesetze und gegen die Proteste der Runenpriester und Höflinge wurde das Wergeld so hoch angesetzt, daß es Sveins Auffassung nach unbezahlbar ist.«

»Dein Bann soll also aufrechterhalten bleiben, bis du gefangen oder getötet wirst.«

»Er wollte mich aus Torvaldsland vertreiben.«

»Aber das ist ihm nicht gelungen.«

Ivar grinste noch breiter. »Er weiß nicht, wo ich stecke. Wenn er es wüßte, würden sofort hundert Schiffe vor dem Fjord auffahren.«

»Wie hoch ist denn das Wergeld?«

»Hundert Stein in Gold«, sagte Ivar.

»Soviel hast du doch allein im Tempel von Kassau erobert«, sagte ich.

»Und das Gewicht eines erwachsenen Mannes in Saphiren aus Shendi«, fuhr Forkbeard fort.

Ich schwieg.

»Bist du nicht überrascht?«

»Eine unmögliche Forderung«, sagte ich lächelnd.

»Du weißt aber, was ich im Süden getan habe.«

»Das ist allgemein bekannt. Du hast Chenbar den See-Sleen, Ubar von Tyros, aus einem Verlies in Port Kar befreit – und das für sein Gewicht in Saphiren aus Shendi.«

Ich überging die Tatsache, daß ich als Bosk von Port Kar für die Einkerkerung Chenbars verantwortlich gewesen war.

Ich bewunderte die Kühnheit des Torvaldsländers, dessen Befreiungsaktion mich allerdings in den Wäldern des Nordens fast das Leben gekostet hatte. Chenbar hatte Sarus aus Tyros geschickt, um Marlenus aus Ar und mich zu fangen. Nur mit Mühe hatte ich Marlenus und seine Männer befreien können.

»Inzwischen«, sagte Ivar lachend, »dürfte Svein Blue Tooth ziemlich unruhig sein.«

»Du hast hundert Stein in Gold und das Gewicht Chenbars aus Tyros in Saphiren.«

»Aber Blue Tooth verlangt noch ein drittes von mir.«

»Die Monde Gors?« fragte ich.

»Nein«, erwiderte er. »Die Monde Scagnars.«

»Das verstehe ich nicht.«

»Die Tochter Thorgards von Scagnar, Hilda die Hochmütige.«

Ich lachte. »Thorgard von Scagnar«, sagte ich, »ist etwa so mächtig wie Blue Tooth.«

»Du kommst aus Port Kar – ist Thorgard von Scagnar nicht der Feind der Port Karer?«

»Wir aus Port Kar«, sagte ich, »haben im Grunde mit den Scagnarern wenig zu schaffen, doch es trifft zu, daß sich die Schiffe Thorgards oft an unseren Flotten vergriffen haben. Viele Port Karer sind durch ihn auf den Boden des Thassa geschickt worden.«

»Würdest du sagen, daß er dein Feind ist?«

»Ja.«

»Deine Jagd auf einen Kur mag schwierig sein.«

»Möglich.«

»Es könnte Spaß machen, eine solche Jagd anzugehen.«

»Du bist willkommen, mich zu begleiten.«

»Bist du daran interessiert, daß die Tochter Thorgards von Scagnar einen Sklavenkragen trägt?«

»Mir ist das im Grunde gleichgültig – aber der Versuch könnte schwierig und gefährlich sein.«

»Möglich.«

»Darf ich dich begleiten?« fragte ich.

Er grinste. »Gunnhild!« rief er. »Bring uns Met!«

Ich sagte mir, daß Forkbeards Hilfe in der Öde Torvaldsland von unschätzbarem Wert sein konnte. Er kannte womöglich die Schleichpfade der Kurii, ihm waren bestimmt die Dialekte des Nordens bekannt, die sich zum Teil sehr vom üblichen Goreanisch unterscheiden; die Sitten und Gebräuche dieser entlegenen Landstriche mochten ihm vertraut sein. Ich hatte keine Lust, gefesselt vor die Hacken von Thralls geworfen zu werden, nur weil ich unabsichtlich einen freien Kämpfer beleidigt oder eine Regel übertreten hatte – die vielleicht ein so einfaches Vergehen war wie der Griff zur Butter vor einem anderen Gast, der den Ehrenplätzen näher saß als ich. Und vor allen Dingen war Forkbeard ein großartiger Kämpfer und ein Schlaukopf; bei meinem Vorhaben im Norden konnte ich mir eigentlich keinen besseren Verbündeten wünschen.

Der Tochter Thorgards von Scagnar einen Sklavenkragen anzulegen, schien mir ein angemessener Preis zu sein für einen so mächtigen Kampfgefährten.

Thorgard von Scagnar, der bösartige, grausame Herrscher, einer der mächtigsten Jarls des Nordens, war mein Feind. Er war es, der uns mit seinem Schiff, dem Schwarzen Sleen, verfolgt hatte.

Ich lächelte. Seine Tochter Hilda die Hochmütige sollte sich in acht nehmen!

7

Die nächsten fünf Tage waren sehr angenehm für mich.

Vormittags übte ich mit Ottar den Axtkampf.

Die Klinge bohrte sich tief in den Pfosten.

»Mehr Schwung!« rief Ottar lachend. »Mehr Schwung!«

Die Männer stießen einen Freudenschrei aus, als die Axt beim nächsten Schlag das Holz glatt durchschlug.

Wieder hieb ich mit der großen Axt zu. Der Pfosten erbebte im Boden, und ein weiteres Stück wirbelte davon.

»Gut gemacht!« rief Ottar.

Im nächsten Augenblick hieb er mit seiner Axt zu. Ich fing den Schlag mit meiner Waffe an seinem Axtgriff ab, hob die linke Faust und schleuderte ihn mit einer Bewegung zu Boden. Gleich darauf lag er im Gras, und ich beugte mich mit erhobener Waffe über ihn.

»Ausgezeichnet!« rief er lachend und sprang wieder auf.

Es gibt viele Tricks im Kampf mit der Axt; oft setzt man Finten ein und führt kurze Hiebe mit dem Axtgriff, mit dem man ebenfalls zustoßen und auch schlagen kann. Ein voller Hieb führt natürlich dazu, daß der Krieger einen Moment lang ungeschützt ist, sollte die Klinge ihr Ziel verfehlen; grundsätzlich zieht man einen kräftigen Streich nicht bis zu Ende durch, um den Gegner aus der Reserve zu locken und dann mit einem Rückhandschlag zu erwischen. Manchmal kann man auch das Schild des Gegners unterlaufen und vielleicht seinen Schildarm abtrennen. Ein niedriger Schlag kann auch auf das Bein gerichtet werden. Und in der Defensive kann man versuchen, einen vollen Hieb herauszufordern, der einem einen kurzen Vorteil bringt; vielleicht läßt sich der Gegner in dem Glauben wiegen, daß er es mit einem unerfahrenen Krieger zu tun hat, und dazu verleiten, das Gewicht seines Körpers zur Unzeit in einen vollen Schlag zu legen. Die Axt der Torvaldsländer ist eine der schrecklichsten Waffen auf Gor, und es ist nicht leicht, einen Mann zu überlisten, der sich auf diese Waffe versteht. Zum Sieg braucht er nur einen Streich, den er erst ansetzen wird, wenn er sich seines Ziels ganz sicher ist.

Eine Stunde später inspizierte Forkbeard seine Felder, begleitet von Ottar, dem Hüter seiner Farm, und Tarl Rothaar, Gast in Forkbeards Heimstatt.

Das gelbe Sa-Tarna des Nordens, in Reihen angesät, stand etwa fünfundzwanzig Zentimeter hoch. Die Reifezeit betrug an diesem Breitengrad, gemäßigt durch den Torvaldstrom, ungefähr hundertundzwanzig Tage. Die Aussaat hatte schon im letzten Herbst stattgefunden, einen Monat nach dem Erntefest. Die Saat kommt so frühzeitig in den Boden, daß sich vor dem tiefen Frost, der das Wachstum vorübergehend bremst, ein ausreichendes Wurzelsystem entwickeln kann. In der Wärme des Frühlings setzen sich die unempfindlichen Pflanzen durch. Der Ernteertrag des im Herbst ausgesäten Sa-Tarnas ist höher als der später ausgesäter Arten.

»Gut«, sagte Forkbeard, richtete sich auf und klopfte sich den Schmutz von den Knien seiner ledernen Hosen. »Gut«, sagte er noch einmal.

Sa-Tarna ist das Hauptgetreide auf Forkbeards Land, aber es werden auch viele Gärten unterhalten. Ottar grub für Forkbeard und mich zwei Rettiche aus, die wir reinigten und verzehrten. Die Tospits im Obstgarten waren noch zu grün zum Essen; ich mochte diese Frucht ohnehin nicht besonders, weil sie ziemlich bitter ist. Manche schätzen sie als Leckerbissen. Sie wird gewöhnlich in Honig oder Sirup eingelegt und bei einer Vielzahl von Speisen als Zutat verwendet. Sie dient vor allem zur Verhinderung von Mangelerscheinungen bei der Ernährung, weil sie wertvolle Vitamine enthält. Auf langen Seereisen werden Tospits in Fässern an Bord genommen, in denen sie sich lange halten.

Als wir unsere Inspektion beendeten, gab es große Aufregung. Mehrere Männer waren bei der Halle zusammengelaufen. In ihrer Mitte stand ein hinkender Thrall; seine Augen waren vor Entsetzen aufgerissen.

»Zeig uns, was du gefunden hast«, verlangte Forkbeard.

Wir folgten dem Mann vier Pasang weit den Hang hinauf, zu den Sommerweiden. Wir erreichten schließlich eine Höhe, von der aus wir den Hof und das Schiff tief unter uns sehen konnten; hier blieb der Thrall stehen und deutete auf seinen grausigen Fund.

»Gibt es hier Larls in den Bergen?« fragte ich verwundert.

Die Männer sahen mich an, als hätte ich den Verstand verloren.

»Ein Sleen war das jedenfalls nicht«, fuhr ich fort.

Vor uns lagen die Überreste eines ausgewachsenen Bosk, der förmlich zerrissen worden war. Sogar große Knochen waren gebrochen, offenbar von mächtigen Kiefern zermalmt, das Mark war ausgesaugt. Auch das Gehirn war aus dem aufgebrochenen Schädel geholt worden.

»Weißt du nicht, welches Tier hier am Werk war?« fragte Forkbeard.

»Nein«, sagte ich.

»Der Bosk ist von einem Kur getötet worden.«

Vier Tage lang jagten wir das Ungeheuer, doch wir fanden es nicht. Obwohl der Bosk erst vor kurzem getötet worden war, blieb der Kur spurlos verschwunden.

»Wir müssen ihn finden«, sagte Forkbeard. »Er muß erkennen, daß er sich nicht ungestraft auf Forkbeards Land herumtreiben darf!«

Aber wir fanden nichts. Und je länger sich unsere Suche hinzog, desto unruhiger, mürrischer und wütender wurden die Männer. Auch die Sklavinnen lachten und scherzten nicht mehr. Die Anwesenheit eines Kur auf Ivar Forkbeards Land bedrückte alle.

»Das Ungeheuer hat sicher die Gegend verlassen«, mutmaßte Ottar am vierten Abend.

»Es hat jedenfalls bisher nicht wieder zugeschlagen«, sagte Gautrek der Schmied, der uns begleitet hatte.

»Glaubst du, es ist dasselbe Wesen, das im letzten Monat den Verr getötet hat?« fragte ich Ottar.

»Ich weiß es nicht«, erwiderte der Torvaldsländer. »Möglich, denn Kurii tauchen hier im Süden nur selten auf.«

»Vielleicht ist er von seinen Artgenossen vertrieben worden«, meinte Forkbeard. »Vielleicht ist er sogar zu bösartig, um in seinen eigenen Höhlen geduldet zu sein.«

»Vielleicht ist er auch verrückt oder dumm«, warf Ottar ein.

»Oder krank oder verletzt und hat bei den schnellen Tieren des Nordens keine Chance mehr.«

»Wie dem auch sei«, meinte ich, »der Kur scheint fort zu sein.«

»Wir sind sicher«, meinte Gautrek.

»Wollen wir heute abend feiern?« fragte Gorm.

»Nein«, sagte Forkbeard. »Heute steht mir der Sinn nicht nach Feiern.«

Ich erwachte in der Dunkelheit. Thyri lag wie immer an mich geschmiegt; sie schlief.

Ich rührte mich nicht.

Aus irgendeinem Grund war ich unruhig.

Ich hörte das schwere Atmen und leise Schnarchen der Männer in der Halle.

Neben mir atmete Thyri tief und regelmäßig.

Ich glaubte einen frischen Luftzug zu spüren.

Und dann roch ich es.

Mit einem Wutschrei sprang ich hoch und schleuderte die Felle von mir. Im gleichen Augenblick packten mich riesige Pranken und hoben mich in die Höhe. Ich vermochte meinen Angreifer nicht zu erkennen. Dann wurde ich gegen die Wand aus Gras und Steinen geschleudert.

»Was ist los?« brüllte jemand.

Thyri erwachte und begann zu schreien.

Ich lag halb betäubt von der Wucht des Aufpralls am Fuß der Wand.

»Fackeln!« brüllte Forkbeard. »Fackeln!«

Männer brüllten; Sklavinnen kreischten.

Ich hörte schmatzende Laute.

Und dann sahen wir im Licht der Fackel, die Forkbeard an der glimmenden Asche der Feuerstelle entzündet hatte, das unheimliche Wesen.

Es war nur zehn Fuß von mir entfernt. Es hob sein Gesicht von dem halb verzehrten Körper eines Mannes. Die großen, runden Augen funkelten im Licht der Fackel.

»Waffen!« brüllte Forkbeard.

»Kur! Kur!« riefen andere Männer. Das Wesen verharrte reglos, halb über den zerfetzten Leichnam gebeugt. Es wollte sich nicht von seiner Beute trennen. Sein Fell war tiefschwarz und mit weißen Flecken durchsetzt. Die großen spitzen Ohren lagen flach am Kopf an. Das Wesen war etwa sieben Fuß groß und mochte vierhundert oder fünfhundert Pfund wiegen. Die Schnauze war breit und ledrig. Es besaß zwei geschlitzte Nüstern. Die Zunge war dunkel. Im Maul blitzten zwei Reihen scharfer Zähne, von denen vier besonders hervorstachen. Die Arme waren länger und kräftiger ausgebildet als die Beine; das Wesen umklammerte den Toten, von dem es fraß, mit gewaltigen Klauenhänden, die mit ihren sechs Knöchelgliedern fast wie Tentakel wirkten.

Das Wesen zischte unruhig und bleckte die Fänge.

Anscheinend konnte sich niemand rühren. Im nächsten Augenblick sah ich hinter dem Kur eine Axt aufblitzen. Die Klinge fuhr herab und durchtrennte einen Fuß unterhalb des Halses das Rückgrat des Ungeheuers. Es sackte nach vorn und begrub eine hysterisch schluchzende Sklavin fast völlig unter sich. Hinter dem schwarzen Wesen erblickte ich Rollo, den riesigen Torvaldsländer. Er schien völlig gelassen zu sein; sein Verhalten hatte nichts Menschliches mehr. Er hatte zugeschlagen, während andere – Gautrek, Gorm, ich und sogar Forkbeard! – das Ungeheuer nur entsetzt anstarren konnten. Wieder hob Rollo die Axt. »Nein!« rief Ivar Forkbeard. »Der Kampf ist vorbei!«

Der Riese senkte seine Waffe und kehrte langsam zu seinem Lager zurück.

Einer der Männer berührte die Schnauze des Ungeheuers mit dem Speer und schob die Spitze schließlich in das breite Maul – der Speerschaft wurde zur Seite gerissen; die Sklavinnen schrien auf. »Es lebt noch!« brüllte Gorm.

»Schafft es raus!« befahl Ivar Forkbeard. »Nehmt euch vor den Zähnen in acht.«

Mit Ketten und Stangen wurde der Kur aus der Halle geschleift. Wir schafften das Ungeheuer aus der Palisade und schoben es auf die Felsen. Es wurde langsam hell.

Ich kniete neben dem Wesen nieder.

Es lebte immer noch; nun öffnete es die Augen.

»Kennst du mich?« fragte ich.

»Nein«, sagte es.

»Dies ist ein kleiner Kur«, sagte Forkbeard. »Die Ungeheuer sind im allgemeinen größer. Schau dir die weißen Flecken an! Es ist krank.«

»Ich hoffe, daß es nicht meinetwegen in die Halle gekommen ist«, sagte ich.

»Nein«, sagte Forkbeard. »Die Kurii können im Dunkeln ausgezeichnet sehen. Wenn es hinter dir her gewesen wäre, hätte es dich erwischt.«

»Warum ist es dann in die Halle gekommen?«

»Kurii«, sagte Ivar Forkbeard, »lieben Menschenfleisch.«

»Warum hat es sich nicht gewehrt?«

»Es war beim Fressen«, erwiderte der Torvaldsländer und beugte sich über das Ungeheuer. »Hast du schon vorher hier bei uns gejagt?« fragte er. »Hast du einen Verr und einen Bosk gerissen?«

»Und eben in der Halle einen Menschen«, sagte es stolz, dann verdrehte es röchelnd den Kopf.

»Tötet es!« befahl Forkbeard.

Vier Speere wurden erhoben.

»Halt«, sagte Ivar Forkbeard. »Es ist tot!«

8

»Dies ist also das Parfüm, das die vornehmen Frauen Ars zu den Gesängen im En'Kara tragen?« fragte das blonde Mädchen amüsiert.

»Jawohl, meine Dame«, versicherte ich und machte eine tiefe Verbeugung.

»Ein krasser Duft – nur für die Unwürdigen.«

Mein Assistent, ein großer Bursche, der offensichtlich geistig nicht ganz auf der Höhe war und wie ich nach Art der Parfümhändler weißgelbe Seide trug, eilte mit einem Koffer voller Flakons herbei.

»Ich hätte nicht angenommen, hier im Norden einen so feinen Geschmack wie den deinen zu finden.«

Mein Akzent hätte einen Arer nicht getäuscht, aber ich stellte mich auch nicht gerade ungeschickt an.

Die Augen Hildas der Hochmütigen, der Tochter Thorgards von Scagnar, blitzten. »Dafür könnte ich dich in Tarskfett rösten lassen!« versicherte sie.

»Erbarme dich eines Unwürdigen, der keine Ahnung hatte von der Vornehmheit des Nordens!«

»Hast du noch andere Parfüms?«

Ich reichte ihr ein anderes Fläschchen, das sie an die Nase hob.

»Das Zeug stinkt ja widerlich«, sagte sie.

Hastig verschloß ich die Probe wieder und reichte sie meinem Assistenten, der sie wieder auf das Tablett stellte. Ich mimte Nervosität und reichte ihr mit zitternden Händen das nächste Fläschchen. Sie gab es mir sofort zurück.

»Ich wußte ja gar nicht«, sagte sie, »wie minderwertig die Waren aus Ar sind!«

Das reiche Ar, die größte Stadt im bekannten Gor, galt als Symbol für hohe Qualität. Der Stempel Ars, ein einziger Buchstabe, der auch auf dem Heimstein der Stadt zu finden ist, wurde von skrupellosen Kaufleuten oft gefälscht und auf minderwertigen Waren angebracht. Obwohl der Buchstabe nicht schwer nachzumachen ist, war er nicht verändert oder ausgeschmückt worden; das Zeichen Ars ist ein Teil seiner Tradition. Meiner Auffassung nach waren die Handelsgüter aus Ko-ro-ba mindestens ebenso gut, wenn nicht sogar besser, doch diese Stadt hatte eben nicht den Ruf der großen Stadt im Südosten, jenseits des Vosk. All jene, die sich für solche Dinge interessieren, sehen in Ar den Schrittmacher für Mode und Sitte.

»Du beleidigst mich«, sagte Hilda die Hochmütige, »wenn du mir so minderwertige Duftstoffe vorsetzt. Ist das alles, was das große Ar zu bieten hat?«

Als Arer hätte ich mich vielleicht entrüstet; aber so gab ich mich nur etwas gereizt. Die Parfüms, die ich ihr vorführte, hatte Forkbeard vor etwa sechs Monaten an Bord eines Schiffs aus Cos erbeutet. Es handelte sich um echte Parfüms von allerfeinster Qualität.

Ich verneigte mich vor der hochmütigen jungen Dame. »Oh, große Herrin!« jammerte ich. »Die feinsten Parfüms aus Ar sind vielleicht zu dünn und zu schwach für eine Person Eures vorzüglichen Geschmacks!«

»Zeige mir andere Muster«, befahl sie verächtlich. Immer wieder versuchten wir der Tochter Thorgards von Scagnar zu gefallen – doch erfolglos. Sie verzog das Gesicht oder zuckte zurück oder deutete mit einer kleinen Handbewegung ihren Widerwillen an.

Wir hatten den kleinen flachen Lederkasten fast durchprobiert.

Ich entkorkte ein kleines Fläschchen, das sie sich anmutig unter das Näschen hielt. »Gerade ausreichend«, sagte sie nach einem prüfenden Schnuppern.

Ich zügelte meine Wut. Den Duft kannte ich – die Destillation hundert verschiedener Blumen, wie ein kostbarer Wein gewonnen, ein besonderes Geheimnis der Parfümhersteller Ars. Es enthielt das Öl des Nadelbaums aus Thentis, einen Extrakt aus den Drüsen der Urt des Cartiusflusses und ein Präparat aus einer Ablagerung, die aus dem Gedärm des seltenen Hunjer-Langwals gekratzt worden war – Ergebnis der mangelhaften Verdauung von Blackfischen. Zum Glück wird die Masse zuweilen auch freischwimmend im Meer gefunden, von den Ausscheidungen der Wale getrennt. Dieses Parfüm beanspruchte in der Herstellung fast ein ganzes Jahr.

»Gerade ausreichend«, sagte sie. Aber ich wußte, daß ihr der Duft gefiel.

»Es kostet nur acht Stein Gold pro Flasche«, sagte ich beiläufig.

»Ich akzeptiere das Fläschchen als Geschenk«, sagte sie.

»Als Geschenk?« rief ich entsetzt.

»Ja«, sagte sie. »Du hast mich verärgert. Ich bin geduldig gewesen!«

»Habe Mitleid, Herrin!« schluchzte ich. »Ich wäre ruiniert.«

»Hebe dich hinweg, du Jauchenhausierer!«

Ich tat, als wäre ich erschrocken, und machte Anstalten, meinen Lederbehälter zu schließen. Dabei tat ich, als wollte ich eine Parfümflasche besonders vor ihr verstecken.

»Was ist das?« fragte sie schneidend.

»Ach, nichts.«

»Laß mich riechen!«

»Bitte nein, große Herrin!«

»Du wolltest mir das Parfüm vorenthalten, was?« fragte sie lachend. »Nimm dich in acht, sonst lasse ich dich doch noch auspeitschen!«

Mein Assistent und ich knieten vor der jungen Frau. Noch nie hatte ich eine so hochmütige, stolze und kalte Frau erlebt.

»Halte die Flasche hoch!« befahl sie und beugte sich vor. Dann schloß sie die Augen und atmete erwartungsvoll ein.

Sie öffnete die Augen und schüttelte den Kopf. »Was ist das?«

»Oh – nur ein Fangduft!«

Ich packte ihre Unterarme. Ivar Forkbeard zog ihr mit geübten Fingern Ringe und Armreifen ab und riß ihr die schweren Ketten vom Hals. Ich zerrte sie hoch, während Ivar ihr die goldene Kette aus dem Haar wickelte, das ihr bis auf den Rücken herabfiel.

»Wer seid ihr?« flüsterte sie benommen.

Ivar ließ schwere Metallfesseln um ihre Handgelenke zuschnappen.

»Ein Freund deines Vaters«, sagte er und befreite sich hastig von der Tunika des Parfümhändlers. Ich tat es ihm nach.

Sie sah, daß wir die Felle und das Leder der Torvaldsländer trugen.

»Nein!« rief sie entsetzt.

»Während Thorgard das Meer unsicher macht, machen wir Scagnar unsicher!«

»Soll ich sie noch mal daran riechen lassen?« fragte ich. Das Mittel hatte eine betäubende Wirkung, wenn man es lange genug einatmet. Die Flüssigkeit wird von Tarnkämpfern und oft auch von Sklavenhändlern verwendet.

»Nein«, sagte Ivar. »Sie muß munter bleiben.«

Ich spürte, wie sich der Mund Hildas unter meiner Hand bewegte. Die Dolchspitze des Forkbeards richtete sich auf ihren Hals. Sie zuckte zurück.

»Wenn du nicht flüsterst«, sagte er, »stirbst du. Ist das klar?«

Sie nickte folgsam. Auf eine Handbewegung Forkbeards hin gab ich ihren Mund frei, ohne allerdings ihren Arm loszulassen.

»Ihr bekommt mich nie an den Wächtern vorbei«, sagte sie leise.

Forkbeard sah sich im Zimmer um. Aus einer kleinen Truhe nahm er ein orangefarbenes Tuch.

»Der Palast ist voller Wächter«, sagte das Mädchen. »Ihr seid Narren!«

»Ich habe nicht die Absicht, dich an den Wächtern vorbeizuschmuggeln«, sagte Ivar Forkbeard.

Sie sah ihn verwirrt an. Er trat an das hohe Fenster ihres Zimmers, von dem aus man die tief unter der Klippe liegende Bucht überschauen konnte. Wir hörten, wie sich die Wellen an den Felsen brachen.

Ivar trat ans Fenster und blickte in die Tiefe. Dann kehrte er ins Zimmer zurück, ergriff eine Tonlampe, zündete sie an und kehrte an die Fensteröffnung zurück. Er bewegte die Lampe einmal auf und nieder. Ich folgte ihm, das Mädchen mitzerrend. Gemeinsam blickten wir in die brausende Schwärze hinab. Dann sahen wir eine Schiffslaterne, die kurz aufblitzte und dann wieder verdeckt wurde. Gorm und vier Ruderer warteten dort unten in Ivars Beiboot.

»Ihr habt kein Seil, um mich hinabzulassen«, sagte Hilda und hob die Hände. »Laßt mich sofort frei!«

Ivar Forkbeard huschte zur Tür ihres Zimmers und legte lautlos die beiden Riegelbalken vor.

Sie blickte zu Boden. Dort lagen ihre Armbänder, Ringe und goldenen Ketten. Die Schmuckstücke sollten zurückbleiben – als Schmähung Thorgards. Welches deutlichere Zeichen konnten wir hinterlassen, daß wir das Gold dieses Fürsten nicht wollten, sondern daß wir es allein auf seine Tochter abgesehen hatten!

»Ich bringe hohes Lösegeld«, sagte Hilda.

Wortlos hob Forkbeard das orangefarbene Tuch, um es ihr um den Kopf zu werfen.

»Ich habe nur eine Bitte«, sagte sie. »Wenn euer verrückter Plan gelingt, laßt mich bitte nicht in die Hände Ivar Forkbeards fallen!«

»Oh. Ich bin Ivar Forkbeard«, sagte der Torvaldsländer lächelnd.

Sie riß entsetzt die Augen auf.

Er warf ihr das Tuch über den Kopf, wickelte ihr die Zipfel zweimal um den Hals und verknotete die Enden. Sie war bei Bewußtsein, ihre Füße waren nicht gefesselt, damit sie schwimmen konnte, und sie sollte auch schreien können, wenn sie wollte, allerdings gedämpft, damit die Wächter nichts hörten.

Forkbeard ergriff das Mädchen und schleuderte sie aus dem Fenster. Sie stürzte Hals über Kopf etwa fünfzig Fuß tief in das schwarze Wasser.

Wir gaben Gorm Zeit, sie zu finden und aus dem Wasser zu fischen. Dann stellte sich Forkbeard auf das Fenstersims und tauchte in die Dunkelheit hinab; etwa eine Ehn später folgte ich seinem Beispiel.

Kurz darauf hatte ich mich naß und prustend über die Bordwand des Bootes gewälzt. Forkbeard hatte sich bereits mit einem Fell trockengerieben, und ich tat es ihm nach. Rasch zogen wir trockene Kleidung an und versorgten unsere zitternde Gefangene.

»Psst!« sagte Forkbeard plötzlich.

Die Männer hörten auf zu rudern. Wir fuhren ohne Licht.

Überrascht beobachteten wir, wie sich ein großes Schiff dem Pier Thorgards von Scagnar näherte – es war der Schwarze Sleem, der am Bug zwei Laternen führte. Wir hatten angenommen, daß Thorgards Beutezug auf See noch länger dauern würde. Nun kamen Männer mit Laternen zur Anlegestelle gelaufen. Rufe erschallten, weitere Lichter wurden entzündet. Ich hob den Kopf und erblickte das erleuchtete Fenster Hildas der Hochmütigen, der Tochter Thorgards von Scagnar. Es sah aus, als wollte sie heute nacht erst spät zu Bett gehen. Vor ihrem Zimmer hielten außer fünf Sklavinnen vier gelangweilte Krieger Wache.

»Näher heran«, befahl Forkbeard flüsternd. Fast lautlos tauchten die Ruder ins Wasser und drückten uns näher an die Schiffswand des Schwarzen Sleen. Die Männer Thorgards befestigten gerade ihre Schilde an der Reling, nachdem sie die Ruder eingezogen hatten. Ein Brett wurde über die Reling gelegt. Im nächsten Augenblick ging Thorgard von Scagnar mit wehendem Gewand an Land. Er trug seinen gehörnten Helm. Eine Gruppe von Männern begrüßte ihn, doch er eilte sofort weiter.

Die Männer folgten ihm nicht, auch verließ kein weiterer Mann das Schiff.

Ich hielt den Atem an.

Forkbeard und die Männer an den Rudern reagierten ähnlich.

Eine weitere Gestalt tauchte aus der Dunkelheit des Schiffes auf. Sie bewegte sich sehr schnell und mit einer Wendigkeit, die bei einem so großen Körper überraschend war. Ich hörte Klauen über das Laufbrett kratzen.

Das Wesen folgte Thorgard von Scagnar. Jetzt erst verließen die verschüchterten Männer das Schiff.

Forkbeard sah mich ratlos an. »Ein Kur«, sagte er.

Er hatte recht. Aber dieses Wesen gehörte nicht zu den isolierten, heruntergekommenen, kranken Tieren von der Art, die wir in Forkbeards Heimstatt zu sehen bekommen hatten. Dieses Wesen schien bei bester Gesundheit zu sein.

»Was hat ein solches Ungeheuer mit Thorgard von Scagnar zu schaffen?« fragte ich.

»Was hat Thorgard von Scagnar mit einem solchen Ungeheuer zu schaffen?« gab Forkbeard zurück.

»Ich verstehe das nicht«, bemerkte ich.

»Es geht uns nichts an«, sagte Forkbeard. »Wahrscheinlich steckt gar nichts dahinter.«

»Das will ich hoffen«, meinte ich.

»Ich habe eine Verabredung mit Svein Blue Tooth«, fuhr der Torvaldsländer fort. »Bald findet das Thing statt.«

»Als Geächteter wirst du doch nicht am Thing teilnehmen?«

»Wer weiß?« fragte Forkbeard. »Und wenn ich überlebe, dann jagen wir Kurii.«

»Nur einen«, sagte ich.

»Vielleicht befindet sich der eine jetzt gerade in der Halle Thorgards von Scagnar.«

»Möglich«, sagte ich. »Ich weiß es nicht.«

Ich wußte, daß mich der Kur finden würde, wenn er ein Interesse daran hatte. Ich wollte meine Jagd ganz offen angehen. Sicher lag es in der Absicht des Kur, mich nach Norden zu locken. Ich lächelte. Dieser Plan war bereits gelungen.

Ich blickte auf das Anwesen Thorgards von Scagnar. Wenn der Kur, den wir eben gesehen hatten, der gesuchte war, bezweifelte ich nicht, daß wir früher oder später wieder aufeinanderstoßen würden. Aber ich wunderte mich doch, was ein solches Wesen bei Thorgard von Scagnar zu suchen hatte. Soweit ich wußte, begegneten sich die Kurii und die Menschen nur im Kampf.

9

An den Hüften zusammengefesselt, rangen wir im Gras des Thingplatzes miteinander.

Sein Körper entglitt meinen Händen. Ich spürte, wie mein rechtes Handgelenk an der Schläfe vorbei zurückgebogen wurde. Er grunzte. Er war sehr kräftig. Er war Ketil von Blue Tooths großem Hof, ein Champion Torvaldslands.

Ich wurde noch weiter zurückgebogen; ich wehrte mich nach besten Kräften, das rechte Bein zurückgestemmt.

Ringsum brüllten die Männer. Ich hörte, wie sie Wetten abschlossen und Mutmaßungen über den Ausgang des Kampfes äußerten.

Begleitet von anfeuernden Rufen begann sich mein rechtes Handgelenk zu heben und zu strecken; mein Arm war nun gerade vorgestreckt. Zentimeterweise senkte ich ihn dem Boden zu; wenn Ketil seinen Griff beibehielt, war er gezwungen, vor mir niederzuknien. Mit einem Wutschrei ließ er mein Handgelenk los. Das Seil zwischen uns, das einen Meter lang war, straffte sich. Erstaunt und wachsam starrte er mich an.

Ich hörte, wie Hände gegen die linke Schulter geschlagen wurden, wie Waffen auf Schilde klapperten.

Plötzlich zuckte die Faust des Champions unter dem Seil durch. Ich fing den Schlag mit der Seite meines linken Schenkels ab. Die Zuschauer stimmten ein Wutgebrüll an.

Daraufhin packte ich den rechten Arm des Champions – das Handgelenk in der rechten Hand, meine linke Hand um seinen Oberarm gespannt – ich hob den Arm und drehte ihn, so daß die Handfläche oben lag. Dann brach ich ihm den Arm über meinem rechten Knie. Ich hatte genug von dem Kerl.

Ich löste das Seil von meiner Hüfte und warf es zu Boden. Stöhnend kniete Ketil im Gras, und Tränen der Wut und des Schmerzes liefen ihm übers Gesicht. Zuschauer klopften mir auf die Schultern.

Als ich kehrtmachte, fiel mein Blick auf Forkbeard. Sein Haar war feucht. Er trocknete sich gerade mit einem Umhang ab.

»Sei gegrüßt, Thorgeir vom Axtgletscher«, sagte ich.

»Sei gegrüßt, Rothaar«, erwiderte er.

Der Axtgletscher, der sich zwischen zwei riesigen Felsformationen hindurchschob und dabei die Form einer Axt angenommen hatte, lag im hohen Norden. Die Männer aus der Gegend des Axtgletschers fangen Wale und jagen Schnee-Sleen. Landwirtschaft ist so hoch im Norden nicht mehr möglich. Thorgeir war natürlich zufällig der einzige Teilnehmer bei den Thing-Wettbewerben, der aus diesem fernen Distrikt kam.

»Wie war das Schwimmen?« fragte ich.

»Der Talmit gehört mir!« rief er.

Ein Talmit ist ein Stirnband, das im hohen Norden getragen wird. Dabei haben die Bänder eine besondere Bedeutung – sie dienen zur Kennzeichnung von Offizieren oder Jarls oder Rechtsgelehrten. Die einzelnen Bezirke haben verschiedene Talmitstile, die sich in Muster und Material unterscheiden. Daß Thorgeir vom Axtgletscher den Schwimmwettbewerb gewonnen hatte, mußte den anderen Teilnehmern seltsam vorgekommen sein, denn bei den Temperaturen im hohen Norden führte ein Aufenthalt im Wasser in kürzester Zeit zum Tod.

Manchmal glaubte ich, daß Forkbeard verrückt war. Sein Humor mochte uns alle noch das Leben kosten. Wahrscheinlich gab es keinen einzigen Torvaldsländer beim Thing, der ihn wirklich für einen Mann vom Axtgletscher hielt. Ihm fehlten die schrägen Lider, die die Augen der Menschen im Norden vor der extremen Kälte schützen; außerdem war er viel zu groß, und seine Hautfarbe entsprach nicht der des hohen Nordens. Nur ein Verrückter hätte ernsthaft glauben können, daß er aus der Gegend des Axtgletschers kam. Es hatte viele Mutmaßungen über die wahre Identität des glattrasierten Kämpfers gegeben, der sich Thorgeir nannte.

Vor dem Schwimmwettbewerb hatte er schon das ›Stangensteigen‹ gewonnen, bei dem man einen hohen Holzmast aufentern mußte. Er hatte im ›Schluchtsprung‹ gewonnen, in Wirklichkeit eine Art Weitsprung; er hatte das ›Ruderschreiten‹ für sich entschieden, wobei er auf einem langen Stamm balancieren mußte, und schließlich war er Sieger im Speerwurf für Weite und Zielgenauigkeit. So hatte er also mit seinem Sieg im Schwimmen sechs Talmits eingeheimst.

Beim Singen war er weniger erfolgreich gewesen, obwohl er sich viel auf seine Singstimme einbildete; er war der Meinung, die Preisrichter hätten in diesem Fall gegen ihn entschieden; ebensowenig setzte er sich im Dichterwettstreit und bei den Reimspielen durch. »Ich bin eben kein Skalde«, hatte er mir später erklärt. Besser bewährte er sich beim Rätselraten, doch für einen der ersten Plätze reichte es nicht.

Trotz seiner verschiedenen Niederlagen hatte er – sogar nach seiner eigenen bescheidenen Meinung – bei den Wettbewerben ziemlich gut abgeschnitten, und war entsprechend guter Laune.

Den problematischsten Zwischenfall hatte es wahrscheinlich bei einem der Schlagballspiele gegeben; bei diesem Wettbewerb stehen sich auf jeder Seite zwei Männer gegenüber, und das Spiel geht darum, den Ball aus den Händen des anderen Teams zu halten; kein Spieler darf den Ball länger als zwanzig Zähleinheiten des Schiedsrichters halten; er darf ihn allerdings in die Luft werfen, wenn auch nur senkrecht, und ihn wieder auffangen; der Ball kann auch dem Partner zugeworfen oder ihm mit dem Schläger zugespielt werden. Dieser Schläger verleiht dem Ball natürlich eine ungeheure Geschwindigkeit; es handelt sich um einen schweren Holzknüppel, und der Ball, der etwa fünf Zentimeter Durchmesser hat, besteht ebenfalls aus hartem Holz. Ich war froh, daß ich mit dieser Sportart nichts zu tun hatte. Kurz nach dem ersten Anschlag wurde Gorm, der als Ivars Partner spielte, von dem Ball so hart getroffen, daß er ohnmächtig wurde, was wohl zu den üblen Tricks dieses Spiels gehört, da es sehr schwierig ist, sich vor einem Ball zu schützen, der hart aus knapper Entfernung geschlagen wird. In diesem Augenblick sah es für Ivar sehr ungünstig aus – bis sich einer seiner Gegner das Bein brach. Der Kampf wurde unentschieden abgebrochen. Anschließend bat mich Ivar, als sein Partner zu spielen, doch ich lehnte ab. »Schon gut«, sagte Ivar, »sogar der Mutigste darf ein Schlagballspiel ausschlagen.« Die Torvaldsländer kennen verschiedene Ballspiele, einige mit Schlägern oder Paddeln; ein Spiel findet im Winter auf glattem Eis statt und hat eine entfernte Verwandtschaft zum irdischen Eishockey. Es hat in Torvaldsland Tradition, und nach den Legenden war Torvald selbst ein geschickter Spieler.

Ivar Forkbeard – oder Thorgeir vom Axtgletscher, wie er sich nannte – hatte insgesamt sechs Talmits gewonnen, worüber er sich sehr freute.

Am Morgen des folgenden Tages sollten die Talmits durch Svein Blue Tooth persönlich überreicht werden.

»Heute nachmittag«, sagte Ivar Forkbeard, »wollen wir ein wenig herumschlendern.«

Das schien mir keine schlechte Idee zu sein – allerdings hätte ich noch einen besseren Vorschlag gehabt: um unser Leben zu rennen.

Denn am Morgen des nächsten Tages mochten wir uns in einem Kessel voller kochendem Tharlarionöl befinden.

Kurz darauf folgte ich Forkbeard zusammen mit einigen Männern durch die Menschenmassen der Thingwettbewerbe. An meiner Seite schwang das Kurzschwert, auch hatte ich den Langbogen und einen Köcher mit Pfeilen mitgenommen.

Forkbeard und seine Leute waren ebenfalls bewaffnet. Privatkämpfe sind während des Thing natürlich verboten – aber wer will einem Torvaldsländer verbieten, seine Waffen mitzunehmen?

Der Mann des Nordens verläßt sein Haus niemals ohne Bewaffnung – und auch innerhalb seines Zuhauses sind die Waffen stets in Reichweite – gewöhnlich hängen sie an der Wand hinter seiner Lagerstatt.

Die meisten Besucher des Thing waren freie Bauern – blond, blauäugig und stolz, Männer mit kräftigen Armen und Beinen und schwieligen Händen; viele trugen ihre Haare in Zöpfen und waren geschmückt mit den Talmits ihrer Bezirke; für das Thing hatten sie die beste Kleidung angelegt, dicke Wolljacken, die mit Wasser und Boskurin geschrubbt worden waren, dessen Ammoniak als Reinigungsstoff dient; alle waren bewaffnet, gewöhnlich mit Axt oder Schwert; einige trugen Helme; andere hatten sie mit ihren Schilden auf den Rücken gebunden. Am Thing muß jeder freie Mann teilnehmen, es sei denn, er bestellt seinen Hof allein und kann das Land nicht verlassen. Beim Thing muß jeder Bauer den Offizieren seines Jarls Helm, Schild und Schwert, Axt oder Speer in gutem Zustand vorweisen. Jeder Mann, wenn er nicht unmittelbar dem Jarl dient, ist für den Zustand seiner Ausrüstung und Waffen verantwortlich. Die Söldner in den Diensten der Jarls werden natürlich aus den Beständen des Jarls ausgerüstet – soweit das bei Torvaldsländern überhaupt noch erforderlich ist; wird die Waffe eines Söldners im Kampf aber beschädigt oder geht sie verloren – etwa im Körper eines Feindes, der über Bord fällt –, stellt der Jarl natürlich Ersatz; bei den freien Bauern ist er für solche Dinge dagegen nicht verantwortlich. Die Bauern, die am Thing nicht teilnehmen, weil sie auf ihren Höfen allein sind, müssen natürlich trotzdem die Vorschriften hinsichtlich der Bewaffnung beachten; einmal im Jahr müssen sie ihre Waffen einem Offizier des Jarls vorweisen, der zu diesem Zweck die Distrikte bereist. Wenn der Kriegspfeil herumgeschickt wird, müssen sofort alle freien Männer zu den Waffen eilen; in einem solchen Fall kann der Hof darunter leiden, und seine Gefährtin und die Kinder sind in Gefahr, eine schwere Zeit durchzumachen; wenn er seine Familie verläßt, sagt der Bauer einfach: »Der Kriegspfeil ist in mein Haus getragen worden.«

Wir sahen auch viele Häuptlinge und Kapitäne und untere Jarls in der Menge, jeder mit seiner Gefolgschaft. Diese hochstehenden Männer waren kostbar gekleidet und bewaffnet und trugen prunkvolle Helme und goldverzierte Äxte. Die Umhänge waren gewöhnlich lang und ausgestellt und von roter Farbe, und sie waren so geschnitten, daß der rechte Arm, der Schwertarm, frei und unbehindert bewegt werden konnte.

Auch ihre Begleiter trugen zumeist auffällige Umhänge und Armbänder aus Gold und Silber.

In der Menge befanden sich auch viele Sklavinnen, die zum Thing mitgebracht worden waren, im allgemeinen von Kapitänen und Jarls. Es ist nicht ungewöhnlich, daß sich die Männer von Sklavinnen begleiten lassen, zum eigenen Vergnügen oder zum Beweis des eigenen Reichtums, vielfach aber auch, um sie zu verkaufen.

Auch Forkbeard hatte einige Mädchen mitgebracht, die uns mit blitzenden Augen folgten. Die Teilnahme am Thing gefiel ihnen ungemein, und sie waren sehr aufgeregt, besonders als Forkbeard ihnen an einem Stand Honigkuchen kaufte, den sie gierig verschlangen.

Forkbeard war in bester Stimmung. Nur eine der Sklavinnen schien keinen Spaß an unserem Ausflug zu haben. Sie hieß Dagmar. Um ihren Hals lag eine Fessel, die Thyri in der Hand hielt. Die Hände waren ihr auf dem Rücken gefesselt. Sie war zum Thing gebracht worden, um verkauft zu werden.

»Beobachten wir die Duelle«, schlug Forkbeard vor. Durch Duelle werden in Torvaldsland viele rechtliche und persönliche Auseinandersetzungen beigelegt. Es gibt zwei Arten – das formelle und das freie Duell. Beim freien Duell sind alle Waffenarten zugelassen; es gibt auch keine Beschränkungen hinsichtlich der Taktik und Abwehr. Beim Thing waren einige Felder für solche Duelle abgeteilt. Im allgemeinen werden diese Duelle auf wellenumtosten Felsenriffen im Thassa abgehalten. Zwei Männer werden dort alleingelassen; bei Anbruch der Dunkelheit fährt ein Boot hinaus, um den Überlebenden abzuholen. Das formelle Duell ist komplizierter, und ich werde nicht in allen Einzelheiten darauf eingehen. Zwei Männer treten sich gegenüber, doch jeder darf einen Schildträger mitbringen; die Kämpfer hauen aufeinander ein, und die Schläge werden von Schildträgern nach bestem Können abgewehrt. Drei

Schilde darf jeder Kämpfer einsetzen; wenn die Schilde in Stücke gehackt oder sonstwie nutzlos geworden sind, zieht sich der Schildträger zurück, und der Duellant muß sich nun allein mit seinen Waffen verteidigen, wobei Schwerter mit einer bestimmten Maximallänge vorgeschrieben sind. Das Duell findet auf einer großen viereckigen Ledermatte statt, zehn Fuß im Quadrat, die auf dem Rasen festgesteckt ist; diese Matte ist von einem größeren Quadrat aus Stoff eingefaßt, dessen Ecken durch Holzpflöcke gekennzeichnet sind, zwischen denen allerdings keine Seile gespannt werden. Sobald das erste Blut den Stoff berührt, kann der Kampf bei Zustimmung der Kämpfer oder auf Entscheidung eines der beiden Schiedsrichter beendet werden; der Verlierer zahlt dem Sieger sodann einen Preis von drei silbernen Tarnscheiben; der Sieger bringt daraufhin im allgemeinen ein Opfer dar. Wenn der Sieger reich und der Kampf sehr wichtig gewesen ist, tötet er einen Bosk; wenn er arm ist oder der Kampf keinen großen Sieg darstellt, fällt das Opfer entsprechend kleiner aus. Die Duelle, besonders die formellen Duelle, dienen skrupellosen Schwertkämpfern zuweilen zur unehrenhaften Bereicherung. Unverständlicherweise kann jeder Mann durch einen Schwertkämpfer herausgefordert werden, wobei es um seinen Hof oder seine Gefährtin oder Tochter gehen kann; wird die Herausforderung nicht angenommen, ist der geforderte Preis fällig; wird der Kampf angenommen, riskiert der Herausgeforderte sein Leben zwischen den Stangen; kommt er um, fallen Hof, Gefährtin oder Tochter an den Sieger. Das Motiv hinter dieser Sitte ist wohl der Wunsch, starken, mächtigen Männern Gelegenheit zu geben, sich Land und attraktive Frauen anzueignen, und alle Besitzenden zu ermutigen, sich im Umgang mit den Waffen zu üben. Alles in allem gefiel mir diese Sitte gar nicht. Im allgemeinen dient das formelle Duell vornehmeren Zwecken – etwa der Klärung von Auseinandersetzungen über Grenzverläufe oder zur Austragung von Ehrenhändeln.

Ein Fall interessierte uns besonders. Ein junger Mann, kaum sechzehn Jahre alt, bereitete sich darauf vor, gegen einen stämmigen bärtigen Burschen in den Ring zu steigen.

»Das ist ein berühmter Champion«, flüsterte mir Ivar zu. »Bjarni aus dem Thorstein-Lager.« Das Thorstein-Lager, das sich im Süden von Torvaldsland befand, war ein Lager von Kämpfern, die etwa fünfzig Pasang weit das Land beherrschten und Tribute von den Höfen einzogen. Thorstein aus Thorsteins Lager war der Jarl. Das Lager war aus Holz erbaut und von einer Palisade umgeben und befand sich auf einer kleinen Insel in einer Bucht, die für ihren Reichtum an Parsitfischen bekannt war.

Der Preis des Duells war die Schwester des jungen Mannes, ein hübsches blondes Mädchen von vierzehn Jahren. Sie trug das Gewand einer freien Frau des Nordens. Ihre Kleidung war nicht prunkvoll, aber von schlichter Eleganz, dazu hatte sie zwei Broschen angesteckt. Sie stand aufrecht da, hatte aber den Kopf gesenkt und die Augen geschlossen.

»Gib das Mädchen auf«, sagte Bjarni aus dem Thorstein-Lager zu dem Jungen. »Dann bringe ich dich nicht um.«

»Es gefällt mir nicht, daß torvaldsländer Frauen in die Sklaverei geführt werden sollen«, knurrte Ivar. »So etwas finde ich empörend.«

»Wo ist denn der Vater des Jungen?« wandte ich mich an einen Zuschauer neben mir.

»Er wurde von einer Lawine getötet«, erwiderte der Mann.

Der Junge war offenbar der Eigentümer des Hofes und damit automatisch der Herr des Hauses. So lag es an ihm, gegen eine solche Herausforderung nach besten Kräften anzutreten.

»Warum forderst du nicht gleich ein Kleinkind zum Kampf?« rief Ivar Forkbeard.

Bjarni musterte ihn mürrisch. »Ich will das Mädchen für unser Lager«, sagte er. »Ich habe keinen Streit mit Kindern.«

»Wird sie dort gebrandet und bekommt einen Kragen?« fragte Ivar.

»Das Thorstein-Lager«, erwiderte Bjarni hitzig, »braucht keine freien Frauen.«

»Sie ist Torvaldsländerin«, sagte Ivar.

»Als Sklavin ist sie bestimmt so gut wie andere.«

Ivar sah mich an. »Möchtest du mein Schildträger sein?«

Ich lächelte und ging zu dem jungen Mann, der Anstalten machte, in den Ring zu treten. Er war sehr mutig.

Ein anderer junger Mann, der etwa im gleichen Alter war und sicher vom Nachbarhof kam, sollte das Schild für ihn tragen.

»Wie heißt du?« fragte ich den Jungen.

»Hrolf«, sagte er, »aus dem Grünklippen-Fjord.«

Daraufhin nahm ich beide Jungen am Kragen und schob sie aus dem Quadrat. Dann trat ich auf das Leder des Rings. »Ich bin der Champion von Hrolf aus dem Grünklippen-Fjord.« Ich zog mein Schwert.

»Er ist verrückt«, sagte Bjarni.

»Wer ist dein Schildträger?« fragte mich einer der beiden weißgekleideten Schiedsrichter.

»Ich!« rief Forkbeard und eilte herbei.

»Ich weiß den Wagemut meines guten Freundes Thorgeir vom Axtgletscher zu schätzen«, sagte ich, »aber die Männer vom Axtgletscher sind, wie wir alle wissen, eher gastfreundlich und friedlich und verstehen sich nicht auf den Umgang mit Waffen.« Ich sah den verdatterten Forkbeard grinsend an. »Wir jagen hier keine Wale, Thorgeir!«

Forkbeard riß den Mund auf.

Ich wandte mich an den Schiedsrichter. »Ich kann seine Hilfe nicht annehmen«, sagte ich. »Es wäre viel zu hinderlich für mich, wenn ich auch noch auf ihn und seine Ungeschicklichkeiten achten müßte.«

»Ungeschicklichkeiten!« brüllte Forkbeard erbost.

»Du kommst doch vom Axtgletscher oder nicht?« fragte ich unschuldig.

Er lachte, machte kehrt und setzte sich außerhalb des Rings ins Gras.

»Wer soll dein Schild tragen?« fragte der Schiedsrichter.

»Meine Waffe ist mein Schild«, antwortete ich und hob das Schwert. »Der Bursche wird mich nicht treffen.«

»Was willst du denn mit diesem Messerchen?« fragte Bjarni aus dem Thorstein-Lager und sah mich ratlos an. Er mußte mich für verrückt halten.

»Dein Langschwert ist sicher nützlich im Kampf zwischen zwei Schiffen, die mit Enterhaken aneinandergedrückt werden – und da wäre meine Klinge fehl am Platze. Aber wir stehen hier an Land!«

»Meine Reichweite ist größer«, sagte er.

»Aber meine Klinge wird mich schützen«, erwiderte ich. »Außerdem mußt du weiter ausholen, und deine Klinge ist schwerer. Du wirst bald feststellen, daß ich dich mühelos unterlaufe.«

»Lügen-Sleen!« brüllte der Mann aus dem Thorstein-Lager.

Das Mädchen, um das der Kampf ging, sah mich neugierig und ein wenig ängstlich an. Die beiden Jungen standen mit bleichen Gesichtern im Gras. Sie verstanden nicht mehr von den Vorgängen als die meisten Zuschauer.

Der Oberschiedsrichter sah mich unschlüssig an. Zum Zeichen seines Amtes trug er einen Goldring um den Arm. Offenbar war der vorgesehene Kampf sowieso nicht in seinem Sinne gewesen.

»Laß mich kämpfen«, sagte ich zu ihm.

Er grinste. »Ich lasse dich als Champion für Hrolf aus dem Grünklippen-Fjord in den Ring. Da du der Champion des Herausgeforderten bist, hast du das Recht des ersten Hiebs.«

Ich tippte leicht gegen den Schild Bjarnis, der von einem anderen stämmigen Krieger seines Lagers gehalten wurde.

»Der erste Hieb«, sagte ich.

Mit einem Wutschrei stürzte sich der Schildträger Bjarnis aus dem Thorstein-Lager auf mich, um mich aus dem Gleichgewicht zu bringen und zum leichten Ziel für einen Hieb seines Schwertkämpfers zu machen.

Aber ich trat zur Seite. Der Schwung ließ den Schildträger fast bis zu den Eckstangen laufen. Mit erhobenem Schwert war Bjarni seinem Kampfgefährten gefolgt. Ich stand jetzt neben Bjarni, und die Spitze meines kleinen Schwerts war an seinen Hals gelegt. Er wurde bleich. »Versuchen wir's noch mal«, sagte ich. Hastig wich er zurück, und sein Schildträger gesellte sich wieder zu ihm. Beim zweiten Angriff vergaß ich jeden Gedanken an Fairneß und Vornehmheit und stellte dem Schildträger ein Bein. Nach den Regeln darf ein Schildträger nicht getötet werden – doch soweit ich wußte, war Beinstellen erlaubt. Ich hatte so etwas jedenfalls schon bei einem anderen Kampf gesehen. Und wie erwartet, verwarnte mich keiner der Schiedsrichter; ihr Gesichtsausdruck deutete eher darauf hin, daß sie mein Manöver sogar für gut gelungen hielten, obwohl sie eigentlich ganz objektiv sein sollten.

Der Mann stürzte zu Boden. Bjarni hatte offenbar aus dem ersten Zusammenstoß gelernt und war seinem Gefährten nicht ganz so dicht gefolgt. Zweimal kreuzten sich unsere Klingen, und dann hatte ich seinen Schutz unterlaufen, und meine Schwertspitze deutete auf sein Kinn. »Wollen wir es noch einmal versuchen?« fragte ich ihn lächelnd.

Der Schildträger sprang auf. »Kämpfen wir!« brüllte er.

Bjarni aus dem Thorstein-Lager sah mich an. »Nein«, sagte er. »Wir versuchen es nicht noch einmal.« Er hob die Schwertspitze, brachte sich einen Schnitt am Unterarm bei und hielt die Wunde über das Leder des Rings. Blutstropfen fielen auf den Stoff des äußeren Quadrats. »Mein Blut«, sagte Bjarni aus dem Thorstein-Lager, »ist auf dem Ring.« Er schob sein Schwert in die Scheide.

Das Mädchen und ihr Bruder und andere Zuschauer stimmten ein Freudengeschrei an. Der junge Mann lief zu seiner Schwester und umarmte sie.

Bjarni aus dem Thorstein-Lager ging zu dem Jungen, den er zum

Kampf herausgefordert hatte. Aus seiner Geldbörse nahm er drei silberne Tarnscheiben und zählte sie dem Jungen in die Hand. »Es tut mir leid, Hrolf aus dem Grünklippen-Fjord«, sagte er, »dich belästigt zu haben.«

Dann kam Bjarni zu mir und reichte mir die Hand. »Für dich ist jederzeit Platz im Thorstein-Lager«, sagte er, »wenn dir etwas daran liegt, Kessel und Mädchen mit uns zu teilen.«

»Sei bedankt«, sagte ich, »Bjarni aus dem Thorstein-Lager.« Und mit seinem Schildträger verließ er das Leder des Duellplatzes.

»Die Münzen für dich, Champion«, sagte der Junge und wollte mir die drei silbernen Tarnscheiben überreichen.

»Spar sie für die Aussteuer deiner Schwester.«

»Was soll dann aber dein Lohn sein?«

»Der Spaß ist mein Lohn.«

»Mein Dank, Kämpfer«, sagte das Mädchen.

»Auch mein Dank, Champion«, sagte der Junge, der ihr den Arm um die Schulter gelegt hatte.

Ich neigte den Kopf.

»Junge!« rief Forkbeard, und der junge Mann drehte sich zu ihm um. Forkbeard warf ihm eine goldene Tarnscheibe zu. »Kaufe einen Bosk und opfere ihn«, sagte Forkbeard. »Und auf den Hängen am Grünklippen-Fjord soll tüchtig gefeiert werden!«

»Vielen Dank, Kapitän!« rief der Junge.

Die Zuschauer jubelten, als Forkbeard, ich und seine Männer und Sklavinnen den Duellplatz verließen.

Dabei kamen wir an einem jungen Mann vorbei, der eine rotglühende Metallstange in die Hände nahm, etwa zwanzig Fuß weit lief und sie dann zu Boden warf.

»Was macht der denn?« fragte ich.

»Er beweist, daß er die Wahrheit gesagt hat«, erklärte mir Forkbeard.

»Oh«, sagte ich. Auch hier gab es also so eine blödsinnige Einrichtung wie das Gottesgericht.

In der Menge bewegten sich zahlreiche Thralls und Runenpriester mit blondem Haar, weißen Roben und einem goldenen Spiralring am linken Arm. An der Hüfte trugen sie einen Beutel mit Omenplättchen – Holzstücke, im Blut eines geweihten Bosk getränkt, der bei der Eröffnung des Thing geopfert worden war. Diese Plättchen werden wie Würfel ausgeworfen und dann von den Priestern gedeutet. Im improvisierten Thing-Tempel in einem Hain hingen sechs tote Bosk, sechs Tarsk und sechs Verr; früher, so wird erzählt, wurden aus diesem Anlaß Thralls geopfert, doch man war vor etwa einer Generation in der Ratsversammlung der Runenpriester davon abgekommen. Die Erklärung lag allerdings nicht etwa an einer fortschreitenden Humanität, sondern man war der Meinung, daß Thralls wie Urts und die winzigen sechszehigen Tharlarion eines Opfers nicht würdig waren. Damals hatte es eine Hungersnot gegeben, und obwohl Hunderte von Thralls geopfert worden waren, hatte es vier Jahre gedauert, bis der Notstand behoben war. In dieser Zeit war es zu zahlreichen Raubfahrten in den Süden gekommen, wobei sich oft ganze torvaldsländische Flotten zusammengetan hatten.

Ich entdeckte auch einige weiß-gold gekleidete Kaufleute in der Menge, und auch vier parfümierte Sklavenhändler in blaugelber Seide, die offenbar aus dem fernen Turia kamen. Forkbeards Mädchen machten einen großen Bogen um diese Männer; sie hatten etwas gegen die parfümierte Sklaverei des Südens; dort ist das Joch der Sklaverei für ein Mädchen viel schlimmer, ihre Unterwerfung ist dort total, da die Sklavenherren des Südens für ihre Lieblingssleen oft mehr Sympathien aufbringen als für ihre Mädchen. In der Menge fiel mir ferner ein Arzt aus Ar auf, der in eine grüne Robe gehüllt war, sowie ein Schriftgelehrter aus Cos. Diese Städte stehen nicht gerade auf bestem Fuß miteinander, doch als zivilisierte Menschen kamen die beiden auf neutralem Boden gut miteinander aus.

Wir passierten eine Plattform, auf der Sklavenmädchen zur Schau gestellt wurden. Unmittelbar davor trafen wir eine freie Frau des Nordens. Sie war sehr groß und trug ein herrliches Cape aus weißem See-Sleen-Pelz, das zurückgeschoben war und die Blässe ihrer Arme enthüllte. Ihr Rock war aus bester Ar-Wolle, rotgefärbt und mit schwarzem Besatz. Sie trug zwei Broschen, beide aus dem Horn des Kailiauk geschnitzt und in Gold gefaßt. An ihrer Hüfte hing eine juwelenbesetzte Dolchscheide, in der die verzierte gekrümmte Klinge eines turianischen Messers steckte; freie Frauen in Torvaldsland sind gewöhnlich mit einem Dolch bewaffnet. An ihrem Gürtel hingen außerdem eine Schere und ein Ring mit zahlreichen Schlüsseln – ein Hinweis darauf, daß ihre Halle viele Truhen oder Türen enthielt. Das Haar war um einen Kamm gewickelt und hochgesteckt worden; der Kamm paßte zu den Broschen. Die Tatsache, daß sie das Haar frisiert trug, deutete auf einen wichtigen Gefährten hin; die Anzahl der Schlüssel ließ erkennen, daß sie die Herrin eines großen Hauses war. Sie hatte graue Augen, ihr Haar war dunkel, und ihr Gesicht eine starre, gefühllose Maske.

»Ein schreckliches Schauspiel«, sagte sie zu Forkbeard, deutete auf die Plattform und blickte schließlich auf Forkbeards Sklavinnen, die vor ihr niedergekniet waren.

»Diese Mädchen ließen sich auf deinem Hof zum Jäten oder Verrhüten besser einsetzen.«

»Aber ich bin vom Axtgletscher«, wandte Forkbeard ein. So hoch im Norden gab es natürlich keine Höfe und keine Verr oder Bosk mehr.

Der freien Frau mißfiel diese Antwort sichtlich.

»Thorgeir, nicht wahr?« fragte sie.

»Thorgeir vom Axtgletscher«, sagte Forkbeard und verbeugte sich.

»Und was will ein Mann vom Axtgletscher mit all diesen elenden Sklavinnen?« Sie deutete auf die knienden Mädchen.

»Im Land des Axtgletschers«, sagte Forkbeard ernst, »ist die Nacht sechs Monate lang.«

»Ich verstehe«, sagte die Frau und lächelte. »Du hast viele Talmits gewonnen, Thorgeir vom Axtgletscher?«

»Sechs«, sagte er, »Herrin.«

»Ehe du sie dir abholst«, sagte sie, »empfehle ich, daß du dich deines wahren Namens entsinnst.«

Er verbeugte sich.

Ihre Empfehlung gefiel mir absolut nicht.

Sie hob den Rocksaum – wobei schwarze Schuhe sichtbar wurden – und wandte sich ab. Dabei warf sie einen kurzen Blick über die Schulter.

»Wer war denn das?« fragte ich.

»Bera«, erwiderte er, »die Gefährtin von Svein Blue Tooth.«

Mir sank der Mut.

»Er müßte ihr eigentlich einen Kragen verpassen«, knurrte Forkbeard, und ich erschrak bei dem Gedanken. »Sie braucht die Peitsche«, fuhr er fort und sah seine Mädchen an. »Steht auf!« fuhr er sie an.

Lachend sprangen die Sklavinnen auf, und wir setzten unseren Weg fort. Die nächste Station war der Sklavenschuppen.

Hier saßen oder hockten zahlreiche Mädchen auf Strohlagern an der Wand. Das Gebäude war etwa zweihundert Fuß lang und wurde durch Fenster unter dem Dach erhellt.

Ein Offizier von Svein Blue Tooth, den zwei Thralls unterstützten, taxierte Dagmar mit sicheren Bewegungen und schaute ihr schließlich in den Mund.

»Eine silberne Tarnscheibe«, sagte er.

Dagmar hatte vor zwei Monaten einer anderen Sklavin ein Stück Käse gestohlen. Sie war danach ausgepeitscht worden und wurde nun verkauft.

»Einverstanden«, sagte Forkbeard – und das Geschäft war abgeschlossen.

Im Schuppen standen etwa einhundert Sklavinnen zum Verkauf. Sie alle trugen den Sklavenkragen des Nordens, der mit einem zusätzlichen Eisenring versehen ist.

Forkbeard nahm die Tarnscheibe entgegen, die er in seinen Geldbeutel schob.

Der Offizier nahm Dagmar am Arm und kettete sie an, während sich Forkbeard den anderen Mädchen zuwandte.

Einige boten sich ihm zum Kauf an, denn er war offensichtlich ein interessanter Herr; andere nahmen dagegen keine Notiz von ihm oder wichen sogar verängstigt oder feindselig vor ihm zurück.

Zu meiner Überraschung blieb Ivar vor einem unscheinbaren dunkelhaarigen Mädchen stehen, das mit gesenktem Kopf am Boden hockte. Sie warf ihm einen ängstlichen Blick zu und legte den Kopf wieder auf die Knie. Sie machte einen schüchternen, nach innen gekehrten Eindruck; vor ihrer Gefangenschaft war sie bestimmt viel allein gewesen.

»Was weißt du über dieses Mädchen?« wandte sich Forkbeard an den Offizier von Svein Blue Tooth, der uns begleitete.

»Sie sagt nur wenig, und im Auslauf hält sie sich abseits.«

Forkbeard untersuchte sie fachmännisch. »Ich kann dich vielleicht gebrauchen, um Thralls heranzuziehen«, sagte er zu der Sklavin. »Du bist gesund und für das Leben auf einem Hof gut geeignet.«

Er richtete sich auf. »Was willst du für sie haben?« fragte er den Offizier, der die Verkäufe durchführte.

»Ich habe sie für eine halbe silberne Tarnmünze bekommen. Also eine ganze Tarnscheibe.«

Forkbeard gab dem Mann die silberne Tarnscheibe zurück, die er für Dagmar bekommen hatte, und der Offizier kettete das Mädchen los.

»Warum hat mein Jarl mich gekauft?« fragte sie.

»Du bist bestimmt fähig, Tarsks zu füttern«, sagte er.

»Ja, mein Jarl«, erwiderte sie.

»Wie heißt du?« fragte ich sie.

»Peggie Stevens.«

Ich mußte lächeln.

»Du kommst von der Erde, nicht wahr?« sagte ich leise.

»Ja.«

»Aus welchem Staat?«

»USA. Connecticut.«

Seit dem Nestkrieg waren die Vorstöße der Außerirdischen viel kühner geworden; sie hatten keine Mühe, Sklavinnen auf der Erde zu finden; offenbar schützte man dort das Gold besser als die eigenen Frauen. Vermutlich ahnten die Regierungen der Erde inzwischen etwas von diesen Vorgängen; vielleicht verdächtigte man aber auch nur einige Händler in Ländern des Mittleren Ostens, wobei allerdings das empfindliche Gleichgewicht des Öls zu berücksichtigen war; was waren schon ein paar Flittchen, die in den Haremen des Mittleren Ostens landeten, gegen den Strom des schwarzen Öls, der die Räder der Industrie in Gang hielt? Aber der minimale Sklavenhandel, der in Westeuropa oder im Osten der Vereinigten Staaten anzutreffen war, erklärte nicht länger die Zahl der Vermißten, zu denen vor allem außergewöhnlich hübsche Frauen gehörten. Nach meiner Schätzung tauchten jährlich Hunderte von Frauen auf den goreanischen Sklavenmärkten auf.

»Wie bist du hier in den Norden gekommen?« fragte ich die Sklavin.

»Ich wurde in Ar verkauft«, erwiderte sie, »an einen Händler aus Cos. Doch unterwegs fiel unser Schiff vier Piratenschiffen aus Torvaldsland in die Hände. Soweit ich weiß, bin ich jetzt seit acht Monaten im hohen Norden.«

»Wie nennen wir unsere hübsche kleine Sklavin?« suchte Forkbeard bei Gunnhild Rat.

»Honigkuchen«, schlug das Mädchen vor.

»Gut. Du heißt Honigkuchen«, sagte Forkbeard.

»Jawohl, mein Jarl«, erwiderte Miß Stevens.

Dann verließ Ivar Forkbeard den Sklavenschuppen, und wir folgten ihm. Er fesselte Honigkuchen nicht, sondern sie begleitete ihn frei in seinem Gefolge. Ein gewisser Stolz, daß sie vor den anderen Mädchen verkauft worden war, machte sich bei ihr bemerkbar.

Nur wenige ahnten, daß noch heute beim Thing etwas Unerhörtes passieren würde.

Nachdem wir den Sklavenschuppen verlassen hatten, waren Forkbeard und seine Begleitung ohne mich zu ihrem Zelt zurückgekehrt; ich sah mich allein auf dem Gelände um.

Als die große Neuigkeit bekannt wurde, befand ich mich gerade beim Bogenschießen.

An diesem Wettbewerb hatte ich eigentlich nicht teilnehmen sollen. Es hatte vielmehr in meiner Absicht gelegen, ein kleines Geschenk für Forkbeard zu kaufen. Ich genoß seine Gastfreundschaft nun schon sehr lange, und er hatte mir vieles geschenkt. Übrigens gedachte ich kein Geschenk auszusuchen, das im Wert den Dingen entsprach, die er mir in seiner Gastfreundschaft hatte zukommen lassen. In Torvaldsland ist es üblich, daß der Gastgeber die größeren Geschenke macht; schließlich ist es sein Haus oder seine Halle; wenn sein Gast ihm größere Geschenke verehrt, als er selbst dem Gast zu geben vermag, kommt dies einer Beleidigung, einem Verrat an der Gastfreundschaft gleich. Immerhin ist der Gastgeber kein Hotelier und sucht keinen Gewinn; und der Gastgeber darf nicht bescheidener erscheinen als der Gast, der willkommen geheißen und beschützt wird. In Torvaldsland steht also die Großzügigkeit dem Gastgeber zu; wäre Forkbeard dagegen nach Port Kar gekommen, hätte es an mir gelegen, ihm die größeren Geschenke zu machen. Dies scheint mir eine gute Sitte zu sein; der Gastgeber, der als erster gibt und der genau weiß, was er sich leisten kann, bestimmt den Umfang des Gebens; der Gast bemißt dann seine Geschenke entsprechend; der Gastgeber gewinnt Ehre, der Gast ehrt seinen Gastgeber, indem er weniger schenkt.

So ging es mir darum, ein Geschenk für Forkbeard zu finden; es durfte nicht zu kostbar sein – aber natürlich sollte er Freude daran haben.

Ich war gerade unterwegs zu den Einkaufsständen am Hafen, wo die besten Waren feilgeboten werden, als ich einen Augenblick stehenblieb, um beim Bogenschießen zuzusehen.

»Gewinne Leah! Gewinne Leah, Herr!« sagte eine Stimme.

Ich sah das Mädchen an, das meinen Blick erwiderte.

Sie stand auf dem breiten runden Block – dunkelhaarig, klein, wohlgerundet. »Gewinne Leah, Herr«, forderte sie mich auf. Sie war mit einer Kette an den Block befestigt. Zusammen mit dem Talmit der Bogenschützen war sie der große Preis in diesem Wettbewerb.

Ich schaute mir ihr Brandzeichen an – ein Zeichen des Südens, der erste Buchstabe des Wortes ›Kajira‹, des gebräuchlichsten Wortes für eine goreanische Sklavin. Außerdem fiel mir auf, daß sie mich ›Herr‹ und nicht ›Jarl‹ genannt hatte – was ebenfalls auf den Süden hindeutete.

»Willst du versuchen, Leah zu gewinnen, Herr?« fragte sie spöttisch.

»Bist du ausgebildet?« fragte ich.

»In Ar«, flüsterte sie verwirrt. »Aber du willst diese Kenntnisse doch nicht etwa hier im Norden verwenden?«

Ich sah sie an. Sie schien die vollkommene Lösung für mein Problem zu sein. Eine Frau ist als Geschenk unbedeutend genug, daß die Ehre Forkbeards als mein Gastgeber gewahrt blieb; außerdem war dies ein begehrenswertes Mädchen, das Forkbeard und seinen Leuten sehr gefallen würde. Als ausgebildete Vergnügungssklavin mochte sie außerdem bei den groben Torvaldsländern eine besondere Rarität für ihre sexuellen Vergnügen sein.

»Du bist mir recht«, sagte ich und wandte mich ab.

Das Ziel für die Bogenschützen war etwa fünfzehn Zentimeter breit und hundert Meter entfernt. Mit dem Langbogen ist das kein Problem. Viele Krieger, Bauern und Rencebauern kamen mir im Schießen gleich.

In Torvaldsland dagegen war die Waffe ziemlich ungewöhnlich. Ich verschoß zwanzig Federpfeile auf das Ziel, bis es förmlich damit gespickt war.

Als ich meine Geschosse unter dem Geschrei der Männer und dem Schlagen ihrer Bogen und Speere gegen die Schilder wieder an mich brachte, war das Mädchen bereits von dem Block losgekettet worden.

Ich nannte dem Oberschiedsrichter des Wettbewerbs meinen Namen. Die Talmits wurden offiziell erst morgen vergeben. Ich nahm seinen Glückwunsch entgegen.

Mein Preis kniete vor mir. Ich blickte auf sie hinab.

In diesem Augenblick erreichte mich die große Neuigkeit. Sie verbreitete sich wie brennendes Öl im großen Lager. Die Männer sahen sich an. Viele packten ihre Waffen fester.

»Ein Kur!« wurde gemeldet. »Einer der Kurii will vor der Thingversammlung sprechen!«

Das Mädchen sah mich an. »Laß sie beim Zelt von Thorgeir vom Axtgletscher abgeben«, sagte ich zu dem Schiedsrichter. »Sag ihm, sie ist ein Geschenk von Tarl Rothaar.«

»Das soll geschehen«, sagte der Mann und winkte zwei stämmige Thralls herbei, die das Mädchen in die Mitte nahmen.

»Liefert sie am Zelt Thorgeirs vom Axtgletscher ab«, befahl er. »Sagt ihm, sie ist ein Geschenk von Tarl Rothaar!«

Das Mädchen wurde herumgedreht. Sie sah mich über die

Schulter an. Grobe Hände stießen sie weiter – zum Zelt des Mannes, der hier als Thorgeir vom Axtgletscher bekannt war.

Mein Blick begegnete dem des Oberschiedsrichters für das Bogenschießen.

»Eilen wir zum Versammlungsfeld«, sagte er.

Und gemeinsam verließen wir den Ort, wo ich den großen Preis des Pfeilschießens gewonnen hatte – und ein Mädchen.

10

Es hob den Kopf. Es stand auf dem kleinen Hügel, der sich vor dem Versammlungsfeld erhob. Dieser Hügel war terrassenförmig mit Steinen abgesetzt. Auf diesen Steinen, die halbkreisförmig angelegt waren, standen bedeutende Männer und Jarls, Runenpriester und die Wache von Svein Blue Tooth. Unmittelbar unter dem Gipfel des kleinen Hügels befand sich eine in den Hang hineingeschnittene ebene, mit Steinen bepflasterte Plattform mit Seitenabmessungen von etwa zwölf Fuß.

Hier stand Svein Blue Tooth mit zwei Würdenträgern – hohen Offizieren des Jarl.

Das Wesen schaute mit erhobenem Kopf über die Versammlung freier Männer hinweg. Im Sonnenlicht wirkten die Pupillen seiner Augen ungewöhnlich klein und dunkel. Sie waren wie schwarze Punkte in der grüngelben Iris. Ich wußte, daß diese Punkte bei Nacht wie Monde anschwellen und die ganze Augenöffnung einnehmen konnten, die fast zehn Zentimeter groß war. Die Evolution hatte diese Lebensform auf einer fernen, jetzt vielleicht vernichteten Welt für die Jagd bei Tag und bei Nacht ausgestattet. Zweifellos jagte ein Kur gleich der Katze nur, um sich zu ernähren, und seine vorzüglichen Augen bedeuteten, daß es keine Tages- oder Nachtzeit gab, da man diese Wesen nicht fürchten mußte. Der Kopf entsprach in der Breite ungefähr dem Brustkorb eines großen Mannes. Es hatte eine flache Schnauze mit breiten Nüstern. Die Ohren waren groß und spitz. Sie stellten sich lauschend an der Seite des Kopfes auf und wurden dann wieder angelegt. Die Kurii, so hatte man mir erzählt, legten bei Begegnungen mit den Menschen oft die Ohren an, schon um ihren Gesprächspartnern ähnlicher zu sehen. Das Anlegen der Ohren ist auch als Zeichen der Wut und Feindseligkeit zu deuten. Offenbar ist es für einen Kur physiologisch unmöglich, ohne angehobene Schultern, vorgestreckte Klauen und angelegte Ohren anzugreifen. Die Nüstern des Wesens bebten, während es über die Menge blickte. Das Riechvermögen der Kurii ist nicht so hervorragend wie das der Sleen, doch angeblich konnten sie eine Fährte so gut verfolgen wie ein Larl. Auch ihr Gehör ist ausgezeichnet und wurde ebenfalls mit dem des Larl verglichen. Es bestand kein Zweifel daran, daß das Sehvermögen der Kurii bei Tage dem des Menschen entsprach und vielleicht sogar besser war, ebenso das Gehör. Außerdem waren sie vernunftbegabt wie die Menschen. Wie wir hatten sie ein Gehirn und ein Rückgrat. Die Priesterkönige stellten sie in der Intelligenz dem Menschen gleich, und es war klar, daß sie in gewisser Hinsicht eine ähnliche Erbmasse besaßen. Was sie zu dermaßen gefürchteten Gegnern werden ließ, war nicht so sehr ihre Intelligenz oder – auf den Stahlwelten – ihre technischen und wissenschaftlichen Fähigkeiten, sondern vielmehr ihre Aggressivität, die Beharrlichkeit und Tollheit in der Befriedigung ihrer emotionalen Bedürfnisse, ihre wesenseigene, zuweilen fast blindwütige Wildheit, die an blutrünstige Raserei grenzte.

Das Ungeheuer war annähernd neun Fuß groß, und ich schätzte sein Gewicht auf etwa neunhundert Pfund. Interessanterweise sehen die Priesterkönige, die nicht sonderlich visuell begabt sind, kaum einen Unterschied zwischen den Kurii und den Menschen. Mir erschien dies schon immer eine unmögliche Haltung für Wesen von der Intelligenz der Priesterkönige, aber trotz der für mich offensichtlichen Unterschiede halten die Priesterkönige Kurii und Menschen für ziemlich ähnliche, fast entsprechende Spezies. *Einen* Unterschied zwischen einem Menschen und einem Kur haben sie allerdings deutlich festgestellt – die Tatsache, daß der Mensch im allgemeinen ungern tötet. Diese Zurückhaltung kennt der Kur allerdings nicht.

»Männer von Torvaldsland!« rief der Kur. Ich konnte ihn zuerst kaum verstehen – ein beängstigendes Erlebnis. Stellen Sie sich vor, in einem Zoo schaut der Tiger im Käfig plötzlich die Besucher an, und man hört aus seinem Knurren und Fauchen annähernd stimmende Phoneme der menschlichen Sprache heraus – ich erschauderte.

»Intelligenzwesen!« rief der Kur.

Das Maul des Kurs ist so groß, daß der Kopf eines erwachsenen Mannes hineinpaßt. Bei geschlossenem Maul ragen die vier langen Reißzähne und die beiden oberen Zähne über Unterlippe und Kiefer hinaus. Die Zunge ist lang und dunkel, das Innere des Mauls schimmert rötlich.

»Männer von Torvaldsland!« brüllte das Wesen. »Ich spreche zu euch!« Seitlich hinter dem Kur standen zwei weitere Kurii. Auch sie waren schrecklich anzuschauen. Jeder trug einen großen runden Eisenschild von etwa vier Fuß Durchmesser und war mit einer großen, etwa sieben Fuß langen Axt bewaffnet, deren doppelte Klinge etwa zwei Fuß breit war. Der erste Kur war nicht bewaffnet. Während des Sprechens waren seine Krallen eingezogen. Um seinen linken Arm zog sich ein goldenes Spiralenband – sein einziges Schmuckstück. Die beiden Kurii hinter ihm trugen goldene Ohrgehänge. Die ›Hände‹ der Kurii haben sechs Glieder und zahlreiche Gelenke. Die Beine sind dick und kurz; trotzdem kann sich ein Kur mit großer Geschwindigkeit bewegen – dazu setzt er wie ein Affe auch seine vorderen Gliedmaßen ein. Im Laufen verwandelt er sich praktisch in ein vierbeiniges Tier. Doch verfügt er über den aufrechten Gang, der die Gehirnentwicklung und die guten Augen eines Zweifüßlers ermöglichte. Diese Haltung steigert natürlich auch die Reichweite der Augen. Zugleich ermöglicht die Anatomie diesen Wesen, ihre Körper bei Flucht und Angriff wie den eines vierbeinigen Wesens einzusetzen. Der Kur soll außerdem große Ausdauer besitzen, aber davon bin ich gar nicht so überzeugt. Nur wenige Tiere, die nicht trainiert sind, haben Ausdauer oder brauchen sie. Eine Ausnahme bilden Rudeljäger wie die Wölfe der Erde.

»Wir kommen in Frieden«, sagte der Kur.

Die Torvaldsländer auf dem Versammlungsfeld sahen sich an.

»Töten wir sie doch!« flüsterte ein Mann dem anderen zu.

»Im Schnee des hohen Nordens findet eine Versammlung meiner Artgenossen statt«, fuhr der Kur fort.

Die Männer traten unruhig von einem Bein aufs andere. Ich lauschte aufmerksam. Ich wußte, daß die Kurii vor allem in Landstrichen zu finden waren, in denen keine Menschen wohnten.

Die Kurii, denen ich bisher begegnet war, waren bräunlich, braunrot oder schwarz gezeichnet gewesen wie diese drei Ungeheuer. Wenn die Kurii auf der Plattform im Schnee lebende Wesen waren, ließ ihr Fell jedenfalls nichts davon erkennen. Ich fragte mich, ob sie vielleicht aus den Stahlschiffen kamen und erst vor kurzem auf Gor gelandet waren.

»Wie viele kommen dort zusammen?« fragte Svein Blue Tooth, der neben den Kurii stand.

Blue Tooth war ein großer bärtiger Mann mit einem breiten, schweren Gesicht. Er hatte blaue Augen, und sein blondes Haar war schulterlang. Unter seinem linken Auge zog sich eine Messernarbe hin. Er machte einen schlauen, intelligenten Eindruck, den Eindruck eines Mannes, der seinen Vorteil zu nutzen verstand. Wahrscheinlich war er ein guter Jarl. Er trug einen rotgefärbten Fellkragen und einen langen roten Umhang aus See-Sleen-Fell über der linken Schulter. Unter dem Umhang trug er gelbe Wolle und einen schwarzschimmernden breiten Gürtel mit einer Goldschnalle, an dem eine Schwertscheide aus geöltem, schwarzem Leder hing. In dieser Scheide steckte ein torvaldsländisches Schwert, ein Langschwert mit juwelenbesetztem Knauf und doppeltem Handschutz. Um seinen Hals hing an einer goldenen Kette der blaugefärbte Zahn eines Hunjerwals.

»Wir kommen in Frieden«, wiederholte der Kur.

»Wie viele versammeln sich?« hakte Blue Tooth nach.

»So viele, wie sich Steine an der Küste befinden«, sagte der Kur. »So viele, wie Nadeln an den Nadelbäumen hängen.«

»Was wollt ihr?« rief ein Mann aus dem Publikum.

»Wir kommen in Frieden«, wiederholte der Kur noch einmal.

»Sie haben kein weißes Fell«, sagte ich zu Forkbeard, der jetzt neben mir stand. »Unwahrscheinlich, daß sie aus Schneegebieten kommen.«

»Natürlich nicht«, sagte Forkbeard.

»Sollten wir Svein Blue Tooth nicht darüber informieren?« fragte ich.

»Blue Tooth ist kein Dummkopf«, erwiderte Forkbeard lächelnd. »Hier glaubt niemand daran, daß sich die Kurii im Lande des Schnees versammeln. Es gibt dort nicht genug Wild, um so viele Lebewesen zu ernähren.«

»Wie weit sind sie also wirklich entfernt?« fragte ich.

»Das weiß niemand.«

»Leider kennt ihr uns nur durch unsere Geächteten, durch Pervertierte, die aus unseren Höhlen vertrieben worden sind, ungeeignet für die Feinheiten der Zivilisation. Ihr kennt bisher nur unsere Kranken und Ausgestoßenen und Wahnsinnigen, jene, die sich trotz unserer Bemühungen nicht unserer friedlichen und harmonischen Lebensweise anpassen wollten.«

Die Torvaldsländer waren sichtlich verblüfft. Ich schaute auf die großen Äxte in den Händen der beiden Kurii, die hinter dem Sprecher standen.

»Wir sind oft im Kampf aneinandergeraten«, sagte der Sprecher. »Aber an diesen Vorfällen tragt ihr in großem Maße selbst die Schuld. Ihr habt uns grausam und rücksichtslos gejagt, ihr habt uns umbringen wollen, während wir Kameradschaft suchten, als intelligente Mitbewohner dieser Welt.«

»Bringt sie um!« murmelte so mancher Mann. »Es sind Kurii.«

»Selbst jetzt noch«, sagte der Kur und bleckte die Zähne, »gibt es Männer in euren Kreisen, die unseren Tod wünschen, die auf unsere Vernichtung drängen.«

Die Torvaldsländer schwiegen. Der Kur hatte ihre Worte verstanden, obwohl er weit entfernt und hoch über uns stand. Was für ein Gehör!

Wieder wurden die scharfen Zähne entblößt, und ich fragte mich, ob das Wesen vielleicht ein menschliches Lächeln nachzuahmen versuchte. »Wir kommen in Freundschaft«, sagte der Kur und sah sich um. »Wir sind einfache, friedliche Wesen, die sich für die Landwirtschaft interessieren.«

Svein Blue Tooth warf den Kopf in den Nacken und stimmte ein lautes Lachen an. Ein mutiger Mann, fürwahr! Auch Ivar Forkbeard begann zu lachen, weitere fielen ein.

Ich fragte mich, ob der Magen – oder die Mägen – der Kurii Pflanzennahrung überhaupt vertrugen. Die ganze Versammlung hatte nun zu lachen begonnen.

Der Kur schien sich über die Reaktion nicht zu ärgern. Ich fragte mich, ob er mit dem Lachen überhaupt etwas anfangen konnte. Für ihn mochte es nur ein seltsames Geräusch sein, ebenso nichtssagend wie für uns die Schreie von Walen.

»Ihr seid amüsiert«, sagte er.

Also doch – die Kurii wußten, was das Lachen bedeutete. Daß die Kurii Humor hatten, beruhigte mich nicht sonderlich. Ich fragte mich eher, in welchen Situationen sich dieser Humor wohl zeigen mochte. Wäre eine Katze intelligent gewesen, hätte sie sich vielleicht über das Zucken und Beben der Maus amüsiert, die sie eben gefangen hatte. Wenn eine Spezies lacht, so zeugt dies von ihrer Intelligenz und ihrer Fähigkeit, logisch zu denken – und nicht von ihrer Güte oder Harmlosigkeit. Der Verstand ist harmlos – wie ein Messer, dessen Anwendung eine Funktion der Hand ist, die es umfaßt, und der Energien und des Willens, die es bewegen.

»Wir waren nicht immer schlichte Bauern«, sagte der Kur. »Nein, früher waren wir Jäger, und unsere Körper tragen noch immer die Spuren unserer grausamen Vergangenheit. Dies hier« – und er fuhr plötzlich seine Krallen aus – »erinnert uns daran, daß wir entschlossen sein müssen, eine zuweilen störrische Neigung zu überwinden. Nicht das, was wir waren, ist wichtig, sondern das, was wir sind, was wir werden wollen. Wir wünschen einfache Bauern zu sein, die den Boden bestellen und ein ländlich-friedliches Dasein führen.«

Die Torvaldsländer sahen sich an.

»Was wollt ihr?« fragte Svein Blue Tooth.

Der Kur wandte sich an die große Versammlung.

»Wir möchten auf einem Marsch nach Süden euer Gebiet durchqueren.«

»Es wäre Wahnsinn«, sagte Forkbeard zu mir, »große Gruppen von Kurii ins Land zu lassen.«

»Wir suchen leere Gebiete im Süden, um dort Landwirtschaft zu treiben«, sagte der Kur. »Wir brauchen nur soviel von eurem Land, wie unsere Kolonne breit ist, und nur so lange, wie der Marsch dauert.«

»Deine Bitte erscheint mir vernünftig«, sagte Svein Blue Tooth. »Wir werden darüber beraten.«

Der Kur trat zurück und stellte sich neben seine Artgenossen. Die drei unterhielten sich in einer Sprache der Kurii; soweit ich weiß, gibt es auf den Stahlwelten verschiedene Nationen dieser Wesen. Ich verstand nichts von dem Gesagten; die Sprache erinnerte mich jedoch sehr an das Schnauben und Knurren von Larls.

»Welches Getreide«, fragte Ivar Forkbeard, »wollen die Kurii eigentlich anbauen?«

Ich sah, wie sich die Ohren des Kurs anlegten. Die Zähne wurden entblößt. »Sa-Tarna«, sagte das Ungeheuer.

Die Männer auf dem Feld nickten verständnisvoll. Sa-Tarna war das Hauptgetreide in Torvaldsland; die Antwort war daher verständlich.

Ivar flüsterte mit einem seiner Männer.

»Was werdet ihr uns für die Durchquerung unseres Landes zahlen?« fragte einer der freien Torvaldsländer.

»Solche Dinge wollen wir aushandeln«, sagte das Ungeheuer. »Wenn es geboten scheint, solche Dinge zu besprechen.«

Dann trat es zurück.

Verschiedene freie Männer erhoben sich nacheinander und äußerten sich vor der Versammlung. Einige sprachen sich dafür aus, den Kurii ihren Durchzug zu erlauben, viele wandten sich dagegen.

Dann kam man zu dem Schluß, daß man doch erst wissen müßte, was die Kurii als Gegenleistung zu bieten gedachten.

Inzwischen war mir klargeworden, daß Torvaldsland praktisch eine Mauer zwischen den Kurii und den südlichen Regionen Gors bildete. Der Kur ist ein Landwesen. Er kann nicht schwimmen und scheut das Wasser. Auf Schiffen fühlt er sich sehr unwohl. Außerdem hat seine Rasse keine Ahnung von der Kunst des Schiffsbaus. Daß plötzlich große Kurii-Gruppen in Erscheinung traten und sich zu einem solchen Marsch in den Süden formierten, konnte in den Kriegen dieser Wesen mit den Priesterkönigen kein Zufall sein. Hier waren in großem Maße goreanische Kurii im Spiel. Sie hatten primitive Waffen. Sie kannten nicht einmal Übersetzungsgeräte. Nach den Gesetzen der Priesterkönige oblag es solchen Spezies – Kurii wie Menschen –, Auseinandersetzungen auf ihre Art zu regeln. Ich bezweifelte nicht, daß die Kurii – wahrscheinlich unter Anleitung der Kurii aus den Stahlwelten – einen Einmarsch in Torvaldsland planten, der sie innerhalb einer Generation bis zum Südpol Gors führen sollte. Die Kurii machten Anstalten, ihre wahren Motive zu offenbaren. Endlich waren sie zum Vormarsch bereit. Wenn sie Erfolg hatten, ließ die Invasion aus dem Weltall sicher nicht lange auf sich warten. Aus Barmherzigkeit oder Desinteresse hatten die Priesterkönige viele Kurii am Leben gelassen, die abgestürzt oder abgeschossen worden waren. Diese Wesen hatten im Laufe der Jahrhunderte an Zahl und Kampfkraft zugenommen und mochten nun unter der Leitung der Kurii aus den Stahlwelten stehen; zweifellos hatte Kontakt bestanden. Vermutlich kam sogar der Sprecher aus den Stahlschiffen, ein Wesen, dem man das Goreanische beigebracht hatte. Die goreanischen Kurii, die Gruppe, die man hatte überleben und siedeln lassen, kannte diese Sprache sicher nicht. Es gab kaum Berührungspunkte mit den Menschen – außer wenn man sich gegenseitig umbringen wollte.

Offenbar hatten die Kurii keine Lust, sich den Weg zu fruchtbaren Landstrichen im Süden zu erkämpfen. Sie wünschten sich einen leichten Aufmarsch, ohne ihre Kampfkraft zu reduzieren. Zugleich wollten sie Torvaldsland vom Süden abriegeln. Es war nicht viel zu gewinnen, wenn man gegen Torvaldsland kämpfte, und nicht viel zu verlieren, wenn man darauf verzichtete – das Versäumnis konnte man später nachholen, wenn die Machtverhältnisse im Süden gefestigt worden waren. Ich hatte natürlich meine Zweifel an der Frage, ob eine Kur-Invasion in den Süden ohne Unterstützung durch die Stahlwelten möglich war. Vielleicht stand hinter dem Versuch die

Absicht, den Einflußbereich der Kurii so weit wie möglich in den Süden vorzuschieben und auch zum erstenmal die Kräfte der Priesterkönige herauszufordern. Dies ermöglichte eine Abschätzung der Kampfstärke der Priesterkönige, ein Faktor, der den Kurii bisher weitgehend unbekannt war. Die Wesen im Sardargebirge sollten dazu verleitet werden, sich eine Blöße zu geben, die womöglich einen erfolgreichen Angriff aus dem Raum ermöglichte. Alles in allem war die Invasion in den Süden in diesem Augenblick noch ein Versuch. Wenn sie Erfolg hatte, mochten die Priesterkönige zum Eingreifen gezwungen sein, um die Menschen auf diesem Planeten zu erhalten – und damit brachen sie ihre eigenen Gesetze. Wenn die Priesterkönige aber nicht einschritten – vielleicht aus Stolz –, mochte Gor schnell zu einer Kur-Welt werden, auf der die Priesterkönige schließlich isoliert und vernichtet wurden. Dies war meines Wissens bisher der kühnste und gefährlichste Vorstoß der Kurii. Dabei wurden große Streitkräfte auf Gor eingesetzt, die weitgehend aus eingeborenen Kurii bestanden. Natürlich mochten sich Kurii aus den Schiffen als Organisatoren und Offiziere in dieser Armee befinden, auf jeden Fall gab es eine Verbindung zu den Schiffen. Der große Marsch mochte nur der erste Schritt einer Invasion sein, die mit der Landung vieler tausend Stahlschiffe enden konnte, Angreifer von den Sternen, um sich der Küsten Gors zu bemächtigen.

Natürlich war auch denkbar, daß die Kurii die Torvaldsländer angreifen wollten, sobald sie mitten im Land standen. Wenn es erst einmal soweit war, konnten sie sich abschnittsweise vorankämpfen, ehe eine große Armee gegen sie aufgeboten werden konnte.

Ebenso war vorstellbar, daß sich die Kurii gemäßigt und notgedrungen tatsächlich eine Neigung zur Landwirtschaft entwickelt hatten, weil sie von den Schiffen unzureichend versorgt wurden. Oder sie wurden allmählich doch eine friedfertigere Lebensform. Vielleicht konnten wir doch gemeinsam mit dieser Rasse eine friedlichere Welt schaffen, eine Welt, in der Wagemut, Neugier, Abenteuerlust und die Freiheit des Menschen mehr waren als vernachlässigte, verkrüppelte, halb vergessene Anachronismen, ererbt von unseren fernen Vorfahren, den Ur-Barbaren. Damit hätten wir unser barbarisches Menschsein überwunden und wären eins geworden mit allen Lebewesen, mit den Schnecken, den Kurii und den Blumen.

»Was wollt ihr für die Erlaubnis zahlen, unser Land zu durchqueren, sollten wir euch diese Erlaubnis gewähren?« fragte Svein Blue Tooth.

»Wir nehmen wenig oder nichts«, sagte der Kur, »und erwarten daher, daß ihr auch nichts fordert.«

Ärgerliches Murmeln wurde in der Versammlung laut.

»Aber«, fuhr der Kur fort. »Da unsere Zahl so groß ist, brauchen wir Proviant, den wir von euch erwarten!«

»Von uns?« fragte Svein Blue Tooth. Ich sah, daß in der Menge drohend Speere geschwenkt wurden.

»Für jeden Tag des Marsches«, sagte der Kur, »brauchen wir hundert Verr, hundert Tarsk, hundert Bosks und hundert gesunde Frauen von der Art, die ihr Sklavinnen nennt.«

»Als *Proviant?*« fragte Blue Tooth verblüfft.

In den Sprachen der Kurii gab es verschiedene Worte, die sich auf eßbares Fleisch bezogen. Diese allgemeinen Begriffe schlossen auch den Menschen ein. Sie wurden zuweilen mit ›Fleischtiere‹ oder mit ›Vieh‹ übersetzt, manchmal einfach auch mit ›Nahrung‹.

»Ja«, sagte der Kur.

Svein Blue Tooth lachte.

Diesmal schien der Kur die Reaktion nicht amüsant zu finden. »Wir verlangen ja keine eurer kostbaren freien Frauen«, sagte er.

Das weiche Fleisch der Menschenfrau galt bei den Kurii als Delikatesse.

»Wir haben eine bessere Verwendung für unsere Sklavinnen«, sagte Svein Blue Tooth. »Wir verfüttern sie nicht an die Kurii!«

Gelächter brandete durch die Menge.

Ich hatte auch nicht damit gerechnet, daß die Torvaldsländer ihre Sklavinnen hergeben würden. Dazu waren sie viel zu begehrenswert.

»Außerdem brauchen wir tausend männliche Sklaven als Träger, die auch als Nahrung verwendet werden können.«

»Und wenn wir euch dies alles gewähren«, fragte Svein Blue Tooth, »was erhalten wir dafür?«

»Euer Leben«, sagte der Kur lapidar.

Wutgeschrei gellte auf. Die Torvaldsländer begannen zu toben. Sie waren frei, freie Goreaner. Sie fuchtelten erbost mit ihren Waffen.

»Bedenkt eure Antwort wohl, meine Freunde«, sagte der Kur. »Alles in allem sind unsere Forderungen sehr mäßig.«

Die Feindseligkeit der Männer schien ihn zu verwirren. Er hielt seine Forderungen offenbar für großzügig.

Und vermutlich waren sie wirklich großzügig – wenn man die Maßstäbe der Kurii anlegte. Hätten wir einer Herde Vieh, die zwischen uns und einem ersehnten Ziel stand, soviel geboten?

Ich sah den Mann, mit dem Ivar Forkbeard gesprochen hatte, auf die Plattform steigen. Er trug einen Holzeimer und einen zweiten Gegenstand, der in Leder eingewickelt war. Er wandte sich an Svein Blue Tooth, und der große Jarl lächelte. »Ich habe hier«, rief Svein Blue Tooth, »einen Eimer voller Sa-Tarna-Korn. Zum Zeichen unserer Gastfreundschaft biete ich ihn unseren Gästen als Gabe.«

Der Kur betrachtete das gelbe Korn im Eimer. Ich sah, wie die Krallen der rechten Pfote kurz entblößt wurden und schnell wieder in den weichen Polstern der Tatze verschwanden.

»Ich danke dem großen Jarl«, sagte das Ungeheuer. »Vorzügliches Korn! Wir hoffen, daß wir im Süden mit unserer Ernte ebenso erfolgreich sind. Aber ich muß darauf verzichten, euer Geschenk zu kosten. Wir ernähren uns nicht wie die Menschen von Korn im Rohzustand.«

Nun nahm der Jarl aus der Hand von Ivar Forkbeards Helfer den in Leder gewickelten Gegenstand entgegen.

Es handelte sich um einen flachen Laib Sa-Tarna-Brot.

Der Kur besah sich das Brot. Seinen Gesichtsausdruck vermochte ich nicht zu deuten.

»Iß«, sagte Svein Blue Tooth.

Der Kur ergriff das Brot. »Ich nehme die Gabe mit in mein Lager«, sagte er, »als Zeichen des guten Willens der Torvaldsländer.«

»Iß«, wiederholte Svein Blue Tooth.

Die beiden Kurii hinter dem Sprecher begannen wie aufgebrachte Larls leise zu knurren. Der Ton ließ mir die Nackenhaare zu Berge stehen; ich wußte, daß sich die drei soeben miteinander unterhalten hatten.

Der Kur betrachtete das Brot, wie wir Gras oder Holz oder einen Schildkrötenpanzer betrachtet hätten.

Dann steckte er es langsam in sein Maul. Kaum hatte er zu schlucken begonnen, als er angewidert würgte und das ganze Brot wieder von sich gab.

Da wußte ich, daß dieser Kur – und vermutlich auch alle seine Artgenossen – ausschließlich Fleischfresser waren.

Das Wesen stand mit hochgezogenen Schultern auf der Plattform; die Krallen waren vorgestreckt, die Ohren lagen flach am Kopf, die Augen funkelten tückisch.

Ein Speer kam dem Wesen zu nahe. Es packte zu, entriß dem Mann die Waffe und biß den Schaft mit einer kurzen Bewegung seiner Zähne in zwei Teile, als handelte es sich um einen dürren Zweig. Dann hob es den Kopf und stieß einen ungeheuren Wutschrei aus, wie ein geblendeter Larl. Sicher gab es in diesem Augenblick keinen Mann in der Versammlung, der nicht vor Entsetzen erstarrte. Das Gebrüll des Ungeheuers mußte sogar auf den Schiffen zu hören sein.

»Freie Männer aus Torvaldsland!« rief Svein Blue Tooth. »Wollen wir den Kurii die Erlaubnis geben, durch unser Land zu wandern?«

»Nein!« brüllte ein Mann.

»Niemals!« riefen andere.

Dann hallten die aufgebrachten Rufe der Männer über das ganze Feld.

»Tausend von euch können durch die Klauen eines einzigen Kur sterben!« rief der Kur drohend.

Neues Wutgeschrei, Waffen wurden gehoben. Der Kur mit dem goldenen Armband wandte sich ärgerlich ab. Seine Artgenossen folgten ihm.

»Laßt sie ziehen!« rief Svein Blue Tooth. »Der Friede des Thing schützt sie!«

Die Männer wichen zurück, und durch ihre Mitte bewegten sich mit schnellen, trottenden Schritten die drei Kurii.

»Mit denen sind wir fertig«, sagte Ivar Forkbeard.

»Morgen!« rief Svein Blue Tooth, »werden die Talmits an die Sieger in den Wettbewerben vergeben!« Er lachte. »Und morgen abend gibt es ein großes Fest!«

Diese Ankündigung löste Jubelgeschrei aus.

»Ich habe sechs Talmits gewonnen«, erinnerte mich Ivar Forkbeard.

»Willst du es wirklich wagen, sie abzuholen?« fragte ich.

Er sah mich an, als hätte ich den Verstand verloren! »Natürlich! Ich habe sie doch gewonnen!«

Als wir das Thingfeld verließen, erblickte ich in der Ferne einen hohen schneebedeckten Berg, der entfernt einer verbogenen Speerklinge ähnelte. Ich hatte diesen Berg schon mehrmals gesehen, doch hier vom Thingfeld aus hatte man einen besonders guten Blick auf ihn.

»Was ist das für ein Gipfel?« fragte ich.

»Das ist der Torvaldsberg«, erwiderte Ivar Forkbeard.

»Der Torvaldsberg?«

»In den Legenden steht, daß Torvald in diesem Berg schläft. Er wird erwachen, wenn er in Torvaldsland wieder gebraucht wird.«

Dann legte er mir den Arm um die Schulter. »Komm in mein Lager. Du weißt noch immer nicht, wie man dem Angriff mit der Jarls Axt begegnet.«

Ich lächelte. Nein, noch hatte ich diesen waghalsigen Spielzug des Nordens nicht gemeistert.

11

Um meine Stirn waren zwei Talmits gewunden – einen hatte ich beim Ringen gewonnen, den anderen beim Bogenschießen.

Die Männer Forkbeards und viele andere klopften mir auf die Schultern. Aber trotz allem war ich mir gar nicht so sicher, ob ich noch lange zu leben hatte. Bald kam der Augenblick, da die Talmits auch an Thorgeir vom Axtgletscher vergeben werden mußten.

Zwei Männer aus Svein Blue Tooths Gefolge erhoben sich und bliesen auf gekrümmten Bronzehörnern ein Signal, wie sie auch zur Verständigung zwischen Schiffen verwendet werden.

Auf dem purpurn geschmückten Holzpodest saßen Svein Blue Tooth und seine Gefährtin Bera in großen geschnitzten Stühlen. Beide hatten sich prächtig herausstaffiert. In seiner Nähe, einige auf der Plattform, andere davor, standen seine führenden Offiziere, seine Rechtsberater, Kapitäne und die wichtigsten Leute von seinen weit verstreuten Höfen und Besitztümern; mindestens vierhundert seiner Bewaffneten tummelten sich auf diesem Fest. Die Runenpriester in ihren weißen Roben hoben sich ab von der bunten Menge.

Svein Blue Tooth stand auf. Um seinen Hals hing der Zahn des Hunjerwals. »In der Geschichte des Thing«, rief Svein, »hat es noch keinen Sieger gegeben, wie wir ihn heute ehren wollen!«

Diese Äußerung überraschte mich nicht.

Ivar Forkbeard hatte sechs Talmits gewonnen: Im Stangensteigen, Schluchtsprung, Ruderschreiten, Speerwerfen – Weite *und* Genauigkeit – und im Schwimmen.

»Dieser Mann«, rief Svein Blue Tooth, der sichtlich beeindruckt war, »hat in diesen Konkurrenzen sechs Talmits gewonnen.«

Svein Blue Tooth war ein echter Torvaldsländer. Er begriff die große Leistung, die hinter diesen Siegen stand. Es war selten, daß ein Mann auch nur zwei Talmits gewann. Tausende nahmen an den Wettbewerben teil, und in jeder Disziplin konnte nur einer den Talmit des Siegers beanspruchen. »Ich bin selbst geehrt und gehe in die Geschichte meines Landes ein«, fuhr Blue Tooth aus, »weil ich der hohe Jarl bin, der diese Talmits vergibt. Und indem wir diesen Mann ehren, ehren wir zugleich uns selbst.« Diese Einstellung paßte zu den Torvaldsländern. Man fühlte sich selbst geehrt, wenn man zu recht verdiente Ehren vergab. Und Svein Blue Tooth freute sich sichtlich, daß während seiner Jarlzeit ein Kämpfer sechs Talmits gewonnen hatte.

Die große graugekleidete Gestalt Ivar Forkbeards stand neben mir. Seine Gesichtszüge waren nicht zu erkennen.

Aus einem geschmückten Lederetui, das ihm ein hoher Offizier reichte, hob Svein Blue Tooth eine Handvoll Talmits.

Die Männer jubelten, hoben ihre Waffen. Speerklingen wurden gegen Holzschilde geknallt.

»Der Mann, der sich Thorgeir vom Axtgletscher nennt«, rief Svein Blue Tooth, »möge vortreten!«

Ivar Forkbeard stieg mit energischen Schritten die Stufen zur Plattform empor. Es gab in seiner Gruppe keinen, der in diesem Augenblick nicht den Atem anhielt und verstohlen zu seinen Waffen tastete, um sich zu vergewissern, daß sie griffbereit waren. Ich sah mich um und versuchte den günstigsten Fluchtweg auszumachen.

Wenn man in kochendes Tharlarionöl geworfen wird, stirbt man schnell. Wird die Flüssigkeit dagegen langsam über kleinem Feuer erhitzt, dauert der Tod viele Stunden. Ich betrachtete das Gesicht von Svein Blue Tooth und bezweifelte nicht, daß er ein geduldiger Mann war. Ich erschauderte.

Ivar Forkbeard, Thorgeir vom Axtgletscher, stand maskiert auf der obersten Stufe der Plattform, vor seinem Feind.

Ich hoffte, daß Svein Blue Tooth ihm die Talmits einfach überreichen würde, damit er schnell wieder zu uns kommen und wir zu den Schiffen fliehen konnten.

Aber so sollte es nicht kommen. Offenbar hatte Svein Blue Tooth die Absicht, seinen Gegner zu ehren, indem er ihm die Talmits persönlich um die Stirn band.

Svein Blue Tooth lachte. »Fürchte dich nicht, Champion!« sagte er. »Hier ist niemand, der wirklich glaubt, daß du Thorgeir heißt.«

Ivar Forkbeard zuckte die Achseln und breitete die Hände aus, als habe man ihn bei einer Lüge ertappt. Ich hätte am liebsten mit einem Axtgriff auf ihn eingeschlagen.

»Wie heißt du, Champion?« fragte Bera, die Frau des Jarl Svein Blue Tooth.

Ivar schwieg.

»Daß du dich verhüllt hast, verrät uns, daß du ein Geächteter bist«, sagte Blue-Tooth.

Ivar sah ihn an, als verblüffe ihn die Hellsichtigkeit des Anführers.

»Aber der Frieden des Thing ist dir sicher«, sagte Svein Blue Tooth. »In unserem Kreis bist du ungefährdet. Sei unbesorgt, großer Champion. Wir sind hier versammelt, um dich zu ehren, nicht um dich zu bedrohen. Der Friede des Thing ist dir garantiert – wie allen Männern hier.«

»Großer Jarl«, sagte Ivar Forkbeard, »schwörst du mir deinen Eid des Friedens für die Dauer dieses Thing, deinen persönlichen Eid auf den Ring des Tempels von Thor?«

»Das ist nicht erforderlich«, sagte Blue Tooth. »Aber wenn du willst, schwöre ich.« Er hob die Hand. »Beim Ring des Thor-Tempels garantiere ich dir den Frieden dieses Thing – und meinen eigenen Frieden.«

Ich atmete auf. Forkbeards Männer entspannten sich sichtlich.

Forkbeard machte einen sehr nachdenklichen Eindruck. Vermutlich überlegte er, ob der Schwur Blue Tooths genügte.

»Wie heißt du, Champion?« fragte Svein Blue Tooth.

Ivar Forkbeard warf seine Kapuze zurück. »Ich heiße Ivar Forkbeard«, sagte er.

12

Die Halle Svein Blue Tooths bestand aus Holz und bot einen herrlichen Anblick.

Das Innere der Halle war ohne die verschiedenen Nebenräume und die Empore, die innen herumführte und Zugang zu anderen Räumen bot, etwa vierzig Fuß hoch, vierzig Fuß breit und nahezu zweihundert Fuß lang. An der Westwand stand ein gewaltiger Tisch, der die ganze Breite des Raums einnahm. Hinter diesem Tisch, mit dem Rücken zur Wand, damit von dort aus die ganze Halle überblickt werden konnte, befand sich der hohe Sitz, der Platz des Hausherrn. Er war groß genug für drei oder vier Männer, und ehrenhalber durften manchmal andere Männer mit dem Jarl auf dem hohen Sitz Platz nehmen. Zu beiden Seiten dieses Throns befanden sich zwei Säulen, etwa zwanzig Zentimeter dick und rund acht Fuß hoch – die Thronsäulen. Die Säulen waren während der Herrschaft von Svein Blue Tooths Großvater geschnitzt worden und trugen die Glückszeichen seines Hauses. Zu beiden Seiten des hohen Sitzes standen lange Bänke, ebenso auf der anderen Seite des Tisches. Ein Ehrenplatz war die Position gegenüber dem hohen Sitz, auf dem man sich am besten mit dem Gastgeber unterhalten konnte. Obwohl der Thron ›hoher‹ Sitz genannt wurde, ragte er nicht über die anderen Sitzgelegenheiten auf. Der Jarl blickte nicht auf seine Gefolgsleute herab. Der Sitz ist ›hoch‹ in dem Sinne, daß sich große Ehre mit ihm verbindet.

Fast durch die gesamte Halle erstreckte sich eine Grube für ein ›langes Feuer‹, über dem für die Hausangehörigen Nahrung zubereitet werden konnte. An den Längswänden der Halle standen ebenfalls lange Tische mit Bänken. Auf den Tischen befindliche Schalen, mit Salz gefüllt, trennen gewöhnlich die Männer nach ihrem Rang. Wer ›über‹ dem Salz sitzt, verfügt über ein größeres Prestige als jemand, der ›unterhalb‹ Platz nehmen muß. Zwischen dem Salz und dem hohen Sitz befand man sich ›über‹ dem Salz; saß man zwischen dem Salz und dem Halleneingang, befand man sich ›unterhalb‹. In der Halle Ivar Forkbeards aber galten solche Rangunterschiede nicht; in seiner Halle wohnten ausnahmslos Kampfgefährten, die ›über dem Salz‹ standen. So wäre es nach Ansicht Blue Tooths und anderer nicht richtig gewesen, einen hohen Offizier an denselben Tisch zu setzen wie einen Mann, der sich damit beschäftigte, die Verrs hütenden Thralls zu beaufsichtigen.

Salz wird von den Torvaldsländern übrigens im allgemeinen aus Meerwasser oder aus der Verbrennung von Tang gewonnen. Aber es ist längst zum Handelsobjekt geworden und wird zuweilen bei Überfällen erbeutet. Die gelben und roten Salzsorten des Südens, von denen ich einige auf den Tischen sah, sind in Torvaldsland normalerweise nicht zu finden.

Die Anordnung der Tische ist zwar von Halle zu Halle verschieden, aber es ist üblich, daß der Eingang der Halle zur Morgensonne hin orientiert ist und daß der hohe Sitz diesem Eingang gegenübersteht. Es ist übrigens niemandem gestattet, hinter dem hohen Sitz Platz zu nehmen. In einem rauhen Land wie diesem sind solche elementaren Vorsichtsmaßnahmen sicher am Platze.

An den Längswänden der Halle hingen die Schilde der Krieger mit ihren Waffen. Auch Krieger, die gewöhnlich an den Mitteltischen saßen, bewahrten ihre Schilde und Speere an der Wand auf. In der Nacht schlief jeder Mann in seinen Fellen hinter dem Tisch und unter seinen Waffen. Blue Tooth und die Mitglieder seiner Familie sowie hohe Offiziere zogen sich natürlich in Privaträume zurück.

Die Halle war mit prachtvollen Schnitzereien und oberhalb der Schilde mit kostbaren Wandteppichen und anderen Behängen geschmückt. Sie stellten Szenen aus dem Krieg oder von der Jagd dar, dazwischen waren Schiffsbilder zu finden. Eine Darstellung zeigte eine Tabukjagd in einem Wald. Ein anderer Wandteppich mit zahlreichen Schiffen einer Kriegsflotte stammte aus der Zeit der großen Hungersnot in Torvaldsland – eine Generation war das jetzt her. In jener bitteren Zeit hatte es besonders viele Piratenzüge in den Süden gegeben.

Als Ivar Forkbeard auf dem purpurn geschmückten Siegerpodest seinen Namen nannte, brüllte Svein Blue Tooth: »Ergreift ihn und macht das Öl heiß!«

»Dein Eid! Dein Eid!« riefen die entsetzten Runenpriester.

»Ergreift ihn!« schrie Blue Tooth, doch seine Männer waren ihm in den Arm gefallen, während sie Ivar Forkbeard mit schlecht verhehlter Mißbilligung ansahen.

»Du hast mich hereingelegt!« fauchte Blue Tooth.

»Ja«, sagte Forkbeard. »Das stimmt.«

Svein Blue Tooth, der von seinen Männern festgehalten wurde, bemühte sich vergeblich, sein riesiges Schwert zu ziehen.

Der Hohe Runenpriester stellte sich höchstpersönlich zwischen den Jarl und Forkbeard, der unschuldig zu den Wolken hinaufblickte.

Der Runenpriester hob den schweren goldenen Ring Thors. »Du hast auf diesen Ring geschworen!« rief er.

Auf Svein Blue Tooths Gesicht traten die Adern hervor. Er war ein kräftiger Mann. Seine Offiziere hatten ihre liebe Not, ihn festzuhalten. Er knurrte wie ein gereizter Larl.

Endlich gab er den Kampf auf. »Wir beraten uns«, sagte er schweratmend. Er zog sich mit seinen Offizieren zum hinteren Rand der Plattform zurück, wo eine hitzige Diskussion anhob. Wiederholt wurden finstere Blicke auf Forkbeard geworfen, der nun fröhlich verschiedenen Bekannten in der Menge zuwinkte.

»Lang lebe Forkbeard!« rief ein Mann aus dem Publikum. Die Gefolgsleute Blue Tooths traten unbehaglich von einem Fuß auf den anderen und drängten sich näher an die Plattform heran. Ich erklomm die Stufen und nahm hinter Forkbeard Aufstellung. Ich hatte die Hand auf den Schwertgriff gelegt und wollte meinen Freund notfalls verteidigen.

»Du bist wahnsinnig«, sagte ich zu ihm.

»Schau«, erwiderte er, »da ist Hafnir vom Fjord der eisernen Wände. Ich habe ihn seit meiner Ächtung nicht gesehen!«

»Gut«, sagte ich.

Er winkte dem Mann zu. »Hallo, Hafnir!« rief er. »Ja, ich bin es, Ivar Forkbeard!«

Die Bewaffneten Svein Blue Tooths waren uns jetzt unangenehm nahe. Ich schob mit der linken Hand einige Speerspitzen zur Seite.

Die Diskussion am hinteren Ende der Plattform nahm kein Ende. Die Positionen schienen einigermaßen klar zu sein, obwohl ich nur Wortfetzen verstand; es ging einerseits um das heiß ersehnte Vergnügen, Forkbeard und sein Gefolge zu rösten – dagegen äußerten sich die Gemäßigten, die schlimme Folgen befürchteten, wenn der Friede des Thing gebrochen wurde, und einen Gesichtsverlust für Svein Blue Tooth, wenn er einem öffentlich und freiwillig geäußerten Eid zuwiderhandelte. Die Runenpriester wiesen darauf hin, daß die Götter einen solchen Vertrauensbruch gewiß nicht hinnehmen und sich möglicherweise mit Krankheiten, Seuchen, Hurrikanen oder Hungersnöten rächen würden. Gegen diese Argumente wurde vorgebracht, daß es nicht einmal die Götter Svein Blue Tooth übelnehmen könnten, wenn er einen winzigen Eid vergaß, der ihm unter Vorspiegelung falscher Tatsachen entlockt worden war; ein kühner Bursche verstieg sich sogar zu der Behauptung, unter den gegebenen Umständen sei es geradezu Blue Tooths Pflicht, seinen Schwur zu widerrufen und Forkbeard und seine Gefolgschaft zu vernichten. Zum Glück mußte der junge Mann mitten in seinem Vortrag niesen, und dieser Fingerzeig der Götter nahm seinen Argumenten alle Kraft.

Schließlich wandte sich Blue Tooth dem Forkbeard zu. Sein Gesicht war vor Wut gerötet.

Der Hohe Runenpriester hob den heiligen Tempelring.

»Der Frieden des Thing«, knurrte Blue Tooth, »und der Friede meines Hauses ruht für die Zeit des Thing auf dir. Dies habe ich geschworen, und ich werde mich daran halten.«

Die Menge jubelte. Forkbeard strahlte. »Ich wußte, daß es so kommen würde, mein Jarl«, sagte er. Der Hohe Runenpriester senkte den Tempelring.

Ich empfand Bewunderung für Svein Blue Tooth. Er stand zu seinem Wort, obwohl in diesem Fall jeder objektive Beobachter hätte einräumen müssen, daß die Versuchung, sich darüber hinwegzusetzen, sehr stark gewesen war. In Ehrendingen mußte ein hoher Jarl seinen Männern ein Beispiel geben. Er hatte sich in vorbildlicher Weise, wenn auch zähneknirschend, dazu bekannt.

»Morgen abend«, sagte er, »wenn das Thing vorbei ist, solltest du von hier verschwunden sein. Mein Eid gilt nur für die Zeit des Thing – und keinen Augenblick länger.«

»Ich glaube, du hast sechs Talmits für mich«, sagte Forkbeard.

Svein Blue Tooth starrte ihn aufgebracht an.

»Einer fürs Schwimmen«, zählte Forkbeard auf, »einer für das Stangensteigen, einer für das Schluchtspringen, einer für das Ruderschreiten und zwei für meine Geschicklichkeit mit dem Speer.«

Blue Tooth war sprachlos.

»Das wären sechs«, sagte Forkbeard. »In der Geschichte des Thing hat noch kein Champion so gut abgeschnitten.«

Blue Tooth streckte Forkbeard die Talmits hin, doch der andere neigte bescheiden das Haupt.

Als hoher Jarl von Torvaldsland blieb Svein Blue Tooth gar nichts anderes übrig, als Ivar Forkbeard die sechs Talmits um die Stirn zu binden.

In der Menge klang großer Jubel auf, auch ich brüllte begeistert mit. Auf seine Art war Svein Blue Tooth gar kein so übler Bursche.

»Morgen abend«, wiederholte der Jarl nachdrücklich.

»Du zürnst mir«, erwiderte Ivar Forkbeard, »und würdest mich unterhalb des Salzes setzen, nur weil ich ein Geächteter bin.«

»Ich zürne dir und würde dich nicht einmal in meine Halle lassen«, erwiderte Svein Blue Tooth, »weil du der größte Erzgauner in ganz Torvaldsland bist!«

Ich sah, daß sich Forkbeard über dieses Kompliment ungemein freute; er war eben immer auf seinen Ruf bedacht.

»Aber ich habe die Mittel, mich von dem Bann zu befreien, den du über mich gesprochen hast«, fuhr Forkbeard fort.

»Unmöglich!« rief Blue Tooth. Einige seiner Männer lachten. »Niemand könnte das Wergeld aufbringen, das ich festgesetzt habe.«

»Du hast von der Befreiung Chenbars aus den Verliesen von Port

Kar gehört?« Forkbeard lächelte. »Du weißt von dem Angriff auf die Tempel in Kassau?«

»Du?« rief Blue Tooth.

Ich sah, wie es in den Augen Blue Tooths aufblitzte – und erkannte, daß er ein echter Torvaldsländer war. Alle Männer des Nordens haben einen unstillbaren Hang zur Räuberei.

»Das Wergeld, das ich festgesetzt habe«, sagte er langsam, »ist so hoch bemessen, daß es nach meiner Rechnung kein Mensch aufbringen kann. Hundert Stein in Gold, das Gewicht eines erwachsenen Mannes in Saphiren aus Shendi, und die einzige Tochter meines Feindes Thorgard von Scagnar.«

»Dürfte ich dir heute abend in deiner Halle die Ehre erweisen?« fragte Forkbeard.

Svein Blue Tooth sah ihn verblüfft an. Er betastete den schweren Zahn, der an einer Kette um seinen Hals hing.

In diesem Augenblick erhob sich Bera, seine Frau.

»Gib uns die Ehre und komm heute abend in unsere Halle, Champion«, sagte sie.

Blue Tooth widersprach ihr nicht. Die Frau eines Jarl hatte gesprochen.

Forkbeard musterte Svein Blue Tooth, der noch immer nervös an dem Zahn herumspielte.

»Ja«, sagte der Jarl. »Komm heute abend in meine Halle – Champion.«

Und wieder gab es laute Jubelrufe. Svein Blue Tooth, hoher Jarl von Torvaldsland, gefolgt von seiner Frau und seinen hohen Offizieren und Ratgebern, verließ die Plattform.

Wir hatten in der Halle Svein Blue Tooths vorzüglich gespeist.

Zahlreiche Tarsk und Bosk waren über dem langen Feuer an eisernen Spießen geröstet worden. Das Bier an den Tischen Blue Tooths war ausgezeichnet. Süß und stark war der Met.

Der Rauch des Feuers verflüchtigte sich zwischen den Dachstreben und stieg schließlich durch die Löcher des schrägen Dachs. Das Licht kam von den Kochfeuern, doch auch von Fackeln, die in Ringen an den Wänden steckten; da und dort hingen an langen Ketten große Tharlarionöllampen, die man von den Seiten her hochziehen und herablassen konnte.

Als Forkbeard, ich und Forkbeards Gefolgsleute, von denen einige schwere Lasten trugen, die Halle betraten, wies man uns Plätze in einem Nebenraum an, wo wir uns vor dem Fest waschen konnten. Das Zimmer hatte ein Fenster, was für torvaldsländische Hallen sehr ungewöhnlich war. Ich hatte den Finger gegen das Fenster gelegt und es nach außen gedrückt. Die Öffnung war nicht mit Glas verkleidet, sondern mit einer Art Membran, die fast so durchsichtig war wie Glas. »Was ist das?« hatte ich Forkbeard gefragt. »Das ist die getrocknete Nachgeburtsmembran eines Boskembryos«, erwiderte er. »So ein Stück hält viele Monate lang, auch bei Regen.« Durch das Fenster blickend, konnte ich die Palisade erkennen, die sich um die Halle zog, und einige Nachbargebäude. Die Palisade umgab etwa zwei Morgen; in ihrem Innern lagen Läden und Lagerhäuser und sogar ein Gebäude zur Aufbewahrung von Eis; in der Mitte ragte die große Halle auf, der riesige Palast des Nordens, das Haus Svein Blue Tooths. Durch die Membran sah ich kaum verzerrt die Palisade, den Laufsteg, der innen herumführte, die Wächter und darüber die Monde Gors. In der Ferne schimmerte das Mondlicht auf einem schneebedeckten Gipfel – auf dem Gipfel des Torvaldsberges, in dem der legendäre Torvald schlafen sollte.

Lächelnd wandte ich mich zu Ivar Forkbeard um. Ich sah, daß seine Männer ihre Lasten in einer Ecke des Nebenraums abgelegt hatten.

Forkbeard grinste mich an. Er war bei bester Laune und kam mir ganz und gar nicht wie ein Geächteter vor.

»Wenn ihr gewaschen seid und eure Vorbereitungen getroffen habt«, sagte ein junger Thrall, der in der Tür erschien, »wäre es gestattet, vor den hohen Sitz des Hauses zu treten, vor meinen Herrn, Svein Blue Tooth, Jarl von Torvaldsland.«

»Es ist uns eine Ehre«, hatte Forkbeard erwidert und vier seiner Männer abgestellt, die unseren Schatz bewachen sollten.

Wir sahen uns an. »Ich habe das Gefühl«, sagte ich, »daß wir einem Larl vor die Fänge laufen.«

»Keine Angst«, sagte Ivar. »Ich, Forkbeard, bin ja bei dir!«

»Wärst du nicht bei mir«, sagte ich, »würde ich mich wohl kaum so elend fühlen.«

»Ich verstehe«, meinte Forkbeard.

»Könnten wir nicht einfach in eine Grube voller giftiger Osts springen oder vielleicht während eines Gewitters über die Ebene der Wagenvölker rennen, die Schwerter über die Köpfe erhoben?«

»Es geht nicht nur darum, einem Larl vor die Fänge zu laufen«, sagte Forkbeard. »Das kann jeder Dummkopf.«

»Das weiß ich auch.«

»Der Trick besteht darin, dem Larl heil wieder zu entkommen.«

Und Forkbeard blinzelte mir zu, was mich aber nicht sonderlich beruhigte.

»Du hast also wirklich Hoffnung, diese Eskapade lebend zu überstehen?«

»So etwas gehört zu meinem Plan«, bestätigte er. »Und dann, wenn das nicht klappt, sterben wir natürlich ehrenvoll, gegen einen übermächtigen Gegner. Mein Plan ist also narrensicher.«

»Du hast dir alles gut überlegt«, räumte ich ein. »Geh voran.«

Forkbeard hob kühn den Kopf und trat lächelnd aus dem Nebenraum. Am Eingang zur großen Halle blieb er stehen und hob die Hände, um die Anwesenden zu grüßen. Die zahlreichen Krieger hießen ihn begeistert willkommen. Immerhin hatte er sechs Talmits gewonnen. »Forkbeard grüßt euch!« brüllte Ivar. Ich blinzelte. Es war hell in der Halle. Ich hatte nicht geahnt, daß sie so groß war. An den Tischen saßen über tausend Männer und hoben Forkbeard ihre Bierkrüge und Messer entgegen. Gemessenen Schritts näherte er sich zu der Bank gegenüber dem hohen Sitz, wobei er ab und zu stehenblieb, um mit den Männern Svein Blue Tooths freundliche Worte zu wechseln. Ich folgte ihm mit seinen Männern. Dabei stellte ich fest, daß Blue Tooth Forkbeards Beliebtheit bei seinen Leuten ganz und gar nicht gefiel. Neben dem hohen Sitz hatte Bera Platz genommen. Wieder war ihr Haar hochgesteckt. Ihr Rock bestand aus gelber Wolle, und sie trug einen roten Umhang aus See-Sleen-Fell. Um ihren Hals lagen zahlreiche goldene Ketten.

Wir hatten in der Halle Svein Blue Tooths vorzüglich gespeist. Svein war ein reicher Mann, so daß wir während des Essens durch Akrobaten, Jongleure und Sänger unterhalten worden waren. Die Männer hatten brüllend gelacht, als einer der Akrobaten in das lange Feuer gefallen war und sich gleich darauf kreischend im Lehm gerollt hatte. Zwei andere Männer hatten einen Streit beigelegt, indem sie ein Tauziehen mit einem Boskfell veranstalteten. Dabei lag das lange Feuer zwischen ihnen. Als einer der beiden ins Feuer gezogen worden war, hatte der andere das Fell über ihn geworfen und war auf ihm herumgetrampelt. Ehe sich der Unglückliche befreien konnte, hatte er schlimme Brandwunden erlitten. Auch diese Einlage sorgte für große Heiterkeit an den Tischen. Die Jongleure hatten es ebenfalls nicht einfach, weil sie auf ihre wirbelnden Teller und Tassen achten mußten und über mehr als nur ausgestreckte Beine stolperten. Auch so mancher Sänger wurde von niederprasselnden Knochen und Tellern aus der Halle gescheucht.

Forkbeard regte sich einmal so sehr über das Unvermögen der

Musiker auf, daß er mir seine Absicht kundtat, selbst ein Lied zum Besten zu geben. Er war ungewöhnlich stolz auf seine Stimme. Ich flehte ihn an, auf dieses Vorhaben zu verzichten. »Du bist hier Gast«, sagte ich. »Es wäre unschicklich für einen Mann deiner Talente, die Unterhalter zu beschämen und damit vielleicht die Ehre deines Gastgebers anzukratzen, der zweifellos die besten Künstler hat auftreten lassen, die er finden konnte.«

»Da hast du recht«, erwiderte Forkbeard, und ich atmete auf. Hätte Ivar Forkbeard zu singen begonnen, wären unsere Überlebenschancen wohl noch geringer geworden.

Thralls drehten die Braten über dem langen Feuer; Sklavinnen bedienten an den Tischen. Sie trugen lange weiße Wollröcke, die ziemlich fleckig waren; sie gingen barfuß und trugen das Haar im Nacken zusammengebunden, ihre Gesichter waren verschwitzt; sie mußten schwer arbeiten. Wie ich feststellte, achtete Bera sehr auf die Sklavinnen; ein Mädchen, das von einem Krieger gepackt und geküßt wurde und seine Zärtlichkeiten zu erwidern begann, wurde auf Beras Befehl von zwei Thralls in die Küche geführt, wo sie ausgepeitscht wurde. Ich vermutete, daß das Fest anders ausgesehen hätte, wenn Bera nicht dabei gewesen wäre; ihre starre Gestalt wurde von den Männern zweifellos nicht gern gesehen. Aber sie war die Frau Svein Blue Tooths. Ich sagte mir, daß sie sich normalerweise sicher früh zurückzog und Svein Blue Tooth mitnahm. Erst dann konnten die Männer die Tische zurückschieben und richtig zu feiern beginnen. Kein Jarl vermag die Männer lange in seiner Halle zu halten, wenn er sie nicht ausreichend mit Frauen versorgt. Svein Blue Tooth tat mir leid. Heute abend jedoch sah es nicht danach aus, als wollte sich Bera früh zurückziehen. Ich nahm an, daß darin einer der Gründe zu suchen war, warum die Männer so bösartig auf die Künstler reagiert hatten; allerdings waren die Torvaldsländer im allgemeinen kein leicht zufriedenzustellendes Publikum. Sie lassen sich nur durch das Kaissa und die Lieder der Skalden längere Zeit fesseln – und durch die Geschichten, die an den Tischen erzählt werden.

Nachdem die Künstler abgetreten waren und viel Fleisch verzehrt worden war, wandte sich Svein Blue Tooth, der sich sehr geduldig gegeben hatte, an Ivar Forkbeard. »Soweit ich mitbekommen habe, glaubst du die Möglichkeit zu haben, dein Wergeld zu bezahlen.«

»Kann sein«, sagte Forkbeard.

In Svein Blue Tooths Augen begann es zu blitzen. Er betastete den Zahn des Hunjerwals.

»Das Wergeld war sehr hoch«, sagte er.

Forkbeard stand auf. »Bringt das Gold und die Saphire«, befahl er. »Und eine Waage.«

Zur Verblüffung der Anwesenden brachten Forkbeards Männer aus dem Nebenraum Kisten und Säcke mit Gold herein – und dazu einen großen schweren Ledersack.

Die Männer von den hinteren Tischen drängten heran; sogar die Thralls und die Sklavinnen verharrten in der staunenden Menge.

»Platz! Macht Platz!« rief Forkbeard.

Über zwei Ahn lang wurde Gold auf zwei Waagen gewogen – eine gehörte Forkbeard, die andere dem Hause Svein Blue Tooth. Zu meiner Erleichterung stimmten die Gewichte fast völlig überein.

Das Gold häufte sich auf dem Boden.

Die Augen Svein Blue Tooths schimmerten gierig.

»Das hier sind vierzig Gewicht Gold«, sagte Svein Blue Tooths Helfer, als wollte er seinen Notizen nicht trauen. »Vierhundert Stein Gold!«

Der Mann auf dem Thron hielt den Atem an.

Ivar Forkbeard griff nun nach dem schwarzen Lederbeutel, öffnete ihn und schüttete einen Strom schimmernder, funkelnder Edelsteine auf den festgestampften Lehmboden – die meisten waren tiefblau, einige aber auch purpurn und weiß und gelb, die geschnitzten Saphire Shendis, von denen jeder die Form eines winzigen Panthers hatte.

»Aii!« rief die Menge. Svein Blue Tooth beugte sich mit geballten Fäusten vor. Bera starrte mit weit aufgerissenen Augen auf den Schatz. Sie brachte kein Wort heraus.

Forkbeard schüttelte den Sack. Weitere Edelsteine fielen heraus, von denen einige zu den selteneren Saphirarten gehörten – hellrosa, orangefarben, violett, braun und sogar grün.

»Ah!« rief die Menge.

»Wie schön!« staunte ein Sklavenmädchen, der nicht einmal ihr eiserner Sklavenkragen gehörte.

»Wiege sie!« sagte Forkbeard.

Ich hatte bis zu diesem Augenblick keine Ahnung gehabt, wie viele verschiedene Saphirarten es gibt – ich hatte nur die bläulichen Steine gekannt.

Doch ich zweifelte keinen Augenblick daran, daß diese Steine echt waren. Chenbar der See-Sleen hätte darauf bestanden, daß die Gebühr für seine Rettung in echten Steinen entrichtet wurde; das war für ihn eine Ehrensache. Ebenso hätte es Forkbeard nicht gewagt, falsche Steine anzubieten – er stand über solchen Dingen, zumal er es hier mit einem Mann seines eigenen Landes zu tun hatte.

Nun wurden auch die Edelsteine gewogen.

Die Krieger stießen manchen Schrei des Entzückens aus. Das Gewicht der Steine entsprach dem eines korpulenten erwachsenen Mannes.

Ivar Forkbeard stand hinter seinen Reichtümern und breitete grinsend die Hände aus. »Ich hatte nicht gedacht, daß es in Torvaldsland einen solchen Schatz gibt«, sagte Bera leise.

»Svein Blue Tooth war sehr beeindruckt. Er konnte kaum sprechen. Wenn er diesen Schatz besaß, gab es in ganz Torvaldsland keinen Jarl, der sich auch nur annähernd mit ihm messen konnte. Seine Macht würde der eines Ubar des Südens entsprechen.

Aber die Torvaldsländer sind nicht leicht zufriedenzustellen. Blue Tooth lehnte sich zurück. »Das Wergeld umfaßt aber noch eine dritte Forderung.«

»Ach wirklich, Jarl?« fragte Ivar.

»Es will mir scheinen, daß ich diesen Schatz behalten und du geächtet bleiben mußt. Aber natürlich gilt dies alles als Anzahlung. Ich widerrufe meinen Bann über dich, sobald du mir die Tochter meines Feindes Thorgard von Scagnar überbringst.«

Blue Tooths Männer raunten ärgerlich. »Forkbeard hat sein Wergeld doch mehr als bezahlt!« rief einer. »Welcher Mann hat je einen solchen Preis zudiktiert bekommen und hat ihn bezahlt?« fragte ein anderer.

»Ruhe!« brüllte Svein Blue Tooth und richtete sich hinter seinem Tisch auf. Stirnrunzelnd blickte er in die Runde.

»Niemand, keine Armee oder Flotte«, rief ein anderer Mann, »könnte die Tochter eines so mächtigen Jarls wie Thorgard von Scagnar entführen!«

»Offenbar verlangst du das Unmögliche, mein Jarl«, bemerkte Ivar Forkbeard.

»O ja, ich verlangte das Unmögliche«, rief Svein Blue Tooth. »Von dir, mein Freund Ivar Forkbeard, verlange ich das Unmögliche.«

Forkbeards Männer murrten unwillig. Hände tasteten sich zu den Waffen.

Auch die Männer Svein Blue Tooths, etwa tausend Krieger, waren ärgerlich. Doch kühn setzte ihr Jarl seinen Willen gegen den ihren. Wer wagte es, sich dem Willen des Jarl zu widersetzen?

Ich bewunderte Blue Tooth. Er war mutig. Ich bezweifelte nicht, daß sich die Männer letztlich seinem Urteil beugen würden.

Svein setzte sich wieder auf den hohen Sitz. »Jawohl, Freund Forkbeard«, sagte er. »Von dir verlange ich, wie es mein gutes Recht ist, das Unmögliche.«

Forkbeard wandte sich um und rief zum Eingang der Halle hinüber: »Bringt das Mädchen!«

Außer dem Knistern der Feuerstellen und Fackeln war in der riesigen Halle kein Laut zu hören.

Die Männer und Thralls und Sklavinnen wichen auseinander. Vom Tor der Halle, das nun aufgestoßen war, näherten sich vier Gestalten. Ottar, der Forkbeard zum Thing begleitet hatte, zwei von Forkbeards Männern mit Speeren und zwischen ihnen in einer kostbaren Robe der Verhüllung, wie sie im Süden üblich war, ein Mädchen.

Die vier blieben vor dem Tisch gegenüber dem hohen Sitz Svein Blue Tooths stehen. Das Mädchen stand zwischen dem Gold und den aufgehäuften Saphiren. Ihre Kleidung bestand aus herrlichen Stoffen, die seltsam schimmerten und fast etwas Juwelenhaftes hatten. Sie war zweifach verschleiert; einmal mit weißer Seide und darunter mit purpurner Seide.

»Was für ein Scherz ist das?« fragte Blue Tooth streng.

»Dies ist kein Scherz, mein Jarl«, sagte Forkbeard. Er deutete auf das Mädchen. »Ich möchte meinem Jarl Hilda, die Tochter Thorgards von Scagnar, vorstellen.«

Das Mädchen hob die Hände und ließ ihre beiden Schleier fallen.

»Sie ist es«, flüsterte ein Mann am Tisch von Svein Blue Tooth. »Ich war einmal in der Halle Thorgards. Sie ist es!«

»Bist du«, fragte Svein Blue Tooth, »die Tochter Thorgards von Scagnar?«

»Ja, mein Jarl«, erwiderte sie.

»Bevor Thorgard von Scagnar mit dem Schwarzen Sleen in See stach«, sagte Svein lauernd, »besaß er ein anderes Schiff. Wie hieß es?«

»Der Gehörnte Tharlarion. Das Schiff ist noch immer in seinem Besitz, doch es dient nicht mehr als Flaggschiff.«

»Wie viele Ruder hat es?«

»Achtzig.«

»Wer unterhält die Fischgründe von Thorgard?« fragte ein Mann.

»Grim, aus Hunjer.«

»Im Kampf habe ich Thorgard von Scagnar einmal verwundet«, sagte Svein Blue Tooth.

»Die Narbe befindet sich an seinem linken Handgelenk und ist unter einem juwelenverzierten Armband versteckt.«

Svein lehnte sich zurück.

»Im gleichen Kampf«, fuhr sie fort, »hat er dich verwundet, und zwar ernsthafter. Du müßtest die Narbe an deiner linken Schulter tragen.«

»Es stimmt«, sagte Svein Blue Tooth.

»Ich sag's euch doch!« rief der Mann am Tisch. »Das ist Hilda, die Tochter Thorgards von Scagnar! Ich bin in seiner Halle gewesen! Sie ist es!«

»Wie bist du in Forkbeards Hände gefallen?« fragte Svein Blue Tooth.

»Durch einen Trick, mein Jarl«, sagte sie. »Ich wurde in meinen eigenen Räumen gefangengenommen.«

»Wie hat man eure Wächter überlistet?«

»Der Weg führte aus dem Fenster meines Zimmers, spät in der Nacht. Ich wurde ins Meer geschleudert, gut fünfzig Fuß tief. Dort wartete ein Boot. Ich wurde wie ein Fisch an Bord geholt. Meine Herren folgten.«

Die Männer in der Halle stimmten ein lautes Jubelgeschrei an – und daran waren nicht nur Forkbeards Männer beteiligt, sondern auch die Krieger Svein Blue Tooths.

»Armes Mädchen!« rief Bera.

»So etwas kann jeder Frau passieren«, sagte Hilda. »Sogar dir, Herrin.«

»Die Männer sind Ungeheuer!« rief Bera und musterte Ivar und mich und seine Männer. »Schämt euch, ihr Ungeheuer!« rief sie.

»Svein Blue Tooth, Jarl von Torvaldsland, ich möchte dir Hilda, Tochter Thorgards von Scagnar, vorstellen«, sagte Ivar. »Und Hilda, Tochter Thorgards, dies ist Svein Blue Tooth, der Jarl von Torvaldsland.«

Hilda neigte ehrerbietig den Kopf.

»Armes Mädchen!« rief Bera. »Du mußt schrecklich gelitten haben!«

Hilda senkte den Kopf und antwortete nicht.

»Ich hätte es mir nicht träumen lassen, Hilda, die Tochter Thorgards von Scagnar, als Gefangene vor mir zu sehen!«

»Vor dir steht mehr als eine Gefangene, mein Jarl«, sagte sie.

»Wie meinst du das?«

Sie hob den Kopf und streifte das schimmernde Gewand zur Seite. »Ich trage den Kragen Ivar Forkbeards.«

Um die blasse empfindliche Haut ihres anmutig geschwungenen Halses zog sich der häßliche torvaldsländische Sklavinnenkragen.

»Du hast es gewagt, der Tochter Thorgards von Scagnar den Sklavenkragen anzulegen!« rief Bera.

»Mein Herr tut, was ihm gefällt, Herrin«, sagte Hilda.

»Sei still, Sklavin!« rief Bera. »Wenn ich mir vorstelle, daß ich vor einer Sklavin Mitleid gezeigt habe!«

Wütend raffte Bera ihre Röcke auf und zog sich in ihre Privatgemächer zurück.

»Du hast ihr den Kragen umgelegt!« lachte Svein Blue Tooth.

»Natürlich«, erwiderte Forkbeard.

»Großartig!« lachte Svein Blue Tooth und rieb sich die Hände. »Offenbar ist die Forderung des Wergelds erfüllt.«

»Ja«, sagte Forkbeard. »So sieht es aus.«

»Morgen früh verkünde ich die Aufhebung deines Banns«, sagte Blue Tooth.

Ich atmete auf. Offensichtlich kamen wir doch lebend aus der Halle Svein Blue Tooths heraus. Ich hatte bis zum letzten Augenblick einen Trick oder einen Verrat gefürchtet. Doch er hatte sein Urteil vor allen Männern verkündet. Und ich wußte inzwischen, daß man sich auf sein Wort verlassen konnte.

»Ich glaube, da besteht noch ein kleiner Irrtum«, sagte Ivar Forkbeard.

Ich stöhnte innerlich auf.

»Wie meinst du das?« fragte Blue Tooth.

»Wie kann das Wergeld denn bezahlt sein?« fragte Ivar Forkbeard.

Blue Tooth sah ihn ratlos an. Dann deutete er auf die Juwelen, das Gold und das Mädchen. »Du hast doch alles hier, um das Wergeld zu bezahlen.«

»Das ist richtig«, sagte Forkbeard und richtete sich zu seiner nicht unbeträchtlichen vollen Größe auf. »Aber wer hat dir gesagt, daß ich bereit bin, das Wergeld tatsächlich zu zahlen?«

Plötzlich begannen die Männer in der Halle zu jubeln – die Männer Forkbeards ebenso wie die des Jarls. Keiner von uns hatte diese Wendung erwartet – und doch hätte man so etwas von einem Mann wie Forkbeard erwarten müssen. Noch kein Mann des Nordens hatte seine Ehre so großartig verteidigt! Obwohl dieser Schritt für uns alle den Tod bedeuten mochte, für uns, die wir Forkbeard folgten, und vielleicht für hundert Kämpfer Blue Tooths – trotzdem jubelten wir! Das Herz klopfte mir bis in den Hals, das Blut pulsierte mir durch die Adern. Immer wieder schlug ich mir mit der rechten Handfläche gegen die linke Schulter. Ich hörte, wie Schwerter gegen Teller klapperten und Speerklingen gegen Schultern prallten. Es war ein unbeschreiblicher Lärm.

Langsam erhob sich Svein Blue Tooth. Er war außer sich vor Zorn.

Jeder Mann in der Halle wußte, daß sein Verwandter, ein entfernter Cousin namens Finn Broadbelt, im fairen Kampf gefallen war und daß das Wergeld eigentlich zu unrecht gefordert worden war; ebenso wußten alle Männer in dieser Halle, daß das festgesetzte Wergeld – auch wenn es berechtigt gewesen wäre – unvorstellbar hoch war, absichtlich so berechnet, daß die Erfüllung ausgeschlossen war, ein Wergeld, das voller Verachtung dazu führen sollte, daß Forkbeard für immer geächtet blieb. Und zur Verblüffung aller Torvaldsländer – an der Spitze Svein Blue Tooth – hatte Forkbeard nicht nur sechs Talmits gewonnen, sondern hatte in dieser Halle auch das Wergeld abgeliefert, das kein Mann für möglich gehalten hatte – und hatte dann stolz vor dem hohen Sitz Blue Tooths sich geweigert, überhaupt etwas zu bezahlen!

»In diesem Land«, sagte Ivar Forkbeard, »möchte ich keine Gnade annehmen durch die Hand eines Jarl wie dich, Svein Blue Tooth, sondern treffe eine Entscheidung, wie sie einem freien Mann ansteht. Ich wähle den Sleen, den Wald und das Meer!«

Svein Blue Tooth starrte ihn wortlos an.

»Ich zahle das Wergeld nicht«, sagte Forkbeard. »Ich möchte ein Geächteter bleiben.«

Wieder jubelten die Männer. Ich schlug Forkbeard auf die Schulter. Auch Gorm und Ottar stellten sich neben ihn, gefolgt von seinen anderen Männern.

Dann herrschte wieder Schweigen in der hohen Halle. Alle Augen waren auf Svein Blue Tooth gerichtet.

Er stand vor dem hohen Sitz seines Hauses, vor dem langen Tisch; links und rechts hinter ihm erhoben sich die Thronpfeiler seiner Macht.

Er machte Anstalten zu sprechen, doch hob er plötzlich den Kopf. Auch ich und mehrere andere merkten es zur gleichen Zeit. Rauch! »Die Halle brennt!« rief ein Mann. Flammen nagten über und hinter uns an der südöstlichen Ecke des Dachs, rechts von der Tür.

Rauch begann aus einem der Nebenräume hereinzudringen. Und im Halbdunkel bewegte sich etwas.

»Was ist los?« rief einer der Männer an den Tischen.

Hinter uns wurden die mächtigen geschnitzten Türen aufgestoßen. Auf der Schwelle, lodernde Silhouetten vor den lodernden Flammen, standen riesige zottige Gestalten.

Einer der Angreifer sprang in die Halle. In einer Hand hielt er eine riesige Axt, deren Griff etwa acht Fuß lang war und deren Klinge von Spitze zu Spitze an die zwei Fuß maß. Mit dem anderen Arm hielt das Wesen einen großen runden Eisenschild; Schild und Axt wurden gehoben, die Arme waren unglaublich lang, etwa sieben Fuß; um den linken Arm des Wesens zog sich ein goldenes Spiralband. Es war der Kur, der vor der Versammlung gesprochen hatte.

Das Ungeheuer warf den Kopf in den Nacken, öffnete mit blitzenden Augen das Maul und stieß den Blutschrei des erregten Kur aus, dann duckte es sich mit hochgezogenen Schultern, schob die Krallen aus den weichen Ballen und legte die Ohren an.

Niemand rührte sich.

Umgeben von anderen Kurii, stieß das Wesen einen schrillen Schrei aus, einen fürchterlichen Laut, den ich als Lustschrei empfand.

Ich sollte später erfahren, daß ein Kurii diesen Laut instinktiv ausstößt, bevor er Blut zu trinken bekommt.

Und dieser Schrei wirkte wie ein Anregungsmittel auf die anderen; der Laut wurde von anderen wiederholt, und mit wirbelnden Äxten griffen die Kurii an.

13

Ich sah den abgetrennten Oberkörper eines Mannes durch die Luft fliegen.

Kurii sprangen von den Längsseiten der Halle herab und streckten die Männer nieder, die zu ihren Waffen eilen wollten. Die Holzschilde der Torvaldsländer vermochten die gewaltigen Äxte der Angreifer nicht aufzuhalten. Immer wieder gruben sich die Klingen der Kurii-Äxte in die Leiber von wehrlosen Männern, die vergeblich versuchten, ihre Waffen zu erreichen.

In dem dichten Rauch vermochte ich kaum zu atmen. Meine

Augen brannten. Dicht neben mir schrie ein schwerverletzter Mann. Einen Augenblick lang spürte ich nur den Lehmboden unter mir, das Stroh, das darauf lag, den wirren Wald aus hastenden Füßen. Meine linke Hand glitt in dem Durcheinander aus – Blut. Wieder mußte ich einen Tritt einstecken, doch schließlich kam ich hoch. Die entsetzte Menge drängte mich sinnlos ein Dutzend Meter in diese, dann in jene Richtung. Ich konnte nicht einmal meine Waffe ziehen.

Immer wieder hieben die Kurii-Äxte zu. Durch die Halle gellte wildes Geschrei. Ich sah, wie ein Krieger, dessen Rückgrat zerschmettert worden war, von einer pelzigen, krallenbewehrten Hand in die Luft gehoben und hundert Fuß weit gegen die rückwärtige Wand der Halle geschleudert wurde. Ein anderer Torvaldsländer hing schlaff in den Fängen eines Kur. Ich hoffte, daß er nicht mehr lebte; im nächsten Augenblick schlossen sich die Kiefer des Ungeheuers um seinen Kopf.

Ich warf einen kurzen Blick auf Ivar Forkbeard, der Hilda am Arm führte und mit ihr einen der Nebenräume zu erreichen versuchte. Er brüllte seinen Männern, die sich um ihn drängten, Befehle zu. Svein Blue Tooth stand auf dem langen Tisch. Im Lärm des Kampfes vermochte ich ihn nicht zu verstehen.

Eine gewaltige Kurii-Axt sauste dicht an mir vorbei. Vier Männer, die dem Hieb auszuweichen versuchten, wurden niedergestreckt. Die Menschen, die den Kurii am nächsten waren, versuchten sich in der Menge zu verkriechen. Die Ungeheuer drängten uns immer mehr zusammen, so daß nur wenige Männer überhaupt ihre Waffen einsetzen konnten.

Hinter den Kurii versuchten einige Männer durch die große offene Doppeltür der Halle zu fliehen. Ich sah sie als dahinhuschende Gestalten vor der draußen tobenden Feuersbrunst. Aber dort draußen waren noch weitere Kurii zu sehen. Die Männer flohen geradewegs vor die Äxte dieser Ungeheuer, die keine Gnade kannten.

Ich bemerkte, daß es mehreren von Forkbeards Männern gelungen war, in einen Nebenraum zu entkommen. Gorm und Ottar gehörten zu dieser Gruppe. Ich hoffte, daß sie fliehen konnten. Vielleicht gelang es ihnen, die Membran aus einem Fenster zu stoßen und in dem draußen herrschenden Durcheinander zu fliehen.

Zu meiner Überraschung erschien kurz Forkbeard in der Tür des Nebenzimmers und sah sich um. Sein Gesicht war von den Bränden rot angestrahlt. In der Hand schwenkte er sein Schwert.

Hilda sah ich nicht. Ich vermutete, daß sie mit den Männern den kleinen Raum erreicht hatte. Ich hoffte, daß sie mit den anderen fliehen konnte, vielleicht über den Laufsteg und über die Palisade.

Da fiel mein Blick auf Forkbeard, der eine Hand um den Oberarm Rollos gelegt hatte und ihn zur Tür des Nebenraums führte. Obwohl ringsum ein unentwirrbares Durcheinander herrschte, wirkte der riesige Mann nicht im geringsten beunruhigt. Seine Augen starrten ins Leere. Er wurde wie ein Kind in den kleinen Raum geführt. Ich sah, daß seine Axt blutverschmiert war. Das Blut der Kurii hat eine ähnliche chemische Zusammensetzung wie das der Menschen und ist ebenfalls rot. Der Hauptunterschied besteht darin, daß das Blut der Kurii salzhaltiger ist, was in Wasser besonders proteinauflösend wirkt. Die Kurii können deshalb Fleischmengen verzehren und verdauen, an denen ein Mensch zugrundegehen würde.

Rollo verschwand in dem kleinen Zimmer.

Von rechts hörte ich den Schrei einer Sklavin und sah, wie ein Kur sie fesselte. Er zerrte das Mädchen hinter sich her in eine Ecke, wo ein weiterer Kur wartete, der bereits mehrere gefesselte Mädchen bewachte. Die Sklavin kniete sich hastig zu ihren Leidensgenossinnen. Erschaudernd dachte ich daran, daß die Kurii Menschenfrauen als Delikatesse betrachteten.

Hinter mir hörte ich Axtschläge und versuchte mich aus der Menge freizukämpfen.

Der Lärm wurde von Menschen verursacht. Als ich mich umdrehte, sah ich Svein Blue Tooth und vier andere, die sich bemühten, ein Loch in die Außenwand zu hacken. Allerdings kamen sie kaum voran, da sie in dem Gedränge sehr behindert waren.

In der Nähe erblickte ich Forkbeard, der noch nicht geflohen war. Er hatte das Schwert gezogen, das ihm gegen die gewaltigen Metallschilde und die hin und herfahrenden Äxte der Kurii kaum etwas nützen konnte. Die Ungeheuer vermochten einen Gegner niederzustrecken, ehe er überhaupt an sie herankam, auch wenn er mit dem Langschwert des Nordens bewaffnet war.

Forkbeard sah sich um.

Es waren über tausend Männer in der Halle gewesen. Etwa dreihundert lagen bereits in ihrem Blut, vorwiegend an den Wänden, unter den Waffen, die sie in den meisten Fällen nicht mehr erreicht hatten.

Ich sah den Kur, der das Sklavenmädchen gejagt hatte. Wieder näherte er sich der Ecke, in der die Mädchen bewacht wurden – er hatte neue Beute gefunden. Gleich darauf wandte er sich ab, um sich eine weitere Delikatesse aus der Menschenmenge in der Halle herauszufischen.

Zu beiden Seiten standen die Kurii nun zwischen uns und den Waffen. Auf diese Weise waren uns auch die Seitentüren versperrt. Ebenso standen die Kurii mit kampfbereit erhobenen Äxten vor dem Eingang zur großen Halle. Sechs- oder siebenhundert Männer waren in der Mitte zusammengedrängt, praktisch umringt. In unserem Rücken befand sich die Westwand der Halle. »Macht Platz!« brüllte Svein Blue Tooth. »Wir müssen mit den Äxten ausholen!«

Die Männer versuchten vor den Kurii zurückzuweichen, die langsam mit erhobenen Äxten näher kamen.

Ich schaffte es, mich aus der Menge zu lösen und zwischen mir und den Männern und den Kurii eine Position am Rande einzunehmen. Wenn ich niedergestreckt wurde, dann sollte das unter Umständen geschehen, die mir freie Bewegung erlaubten. Ich zog mein Schwert.

Ich sah, wie einer der Kurii die Zähne fletschte.

»Deine Klinge ist nutzlos«, sagte Ivar Forkbeard, der plötzlich neben mir auftauchte.

Der Kur kam näher.

In diesem Augenblick ertönte ein Schrei von oben. Aufblickend sah ich, daß ein Mann von dem Balkon herabgeworfen wurde, der etwa dreißig Fuß über dem Boden um die Halle führte. Die Kurii hatten sich also dort oben auch durchgesetzt.

Ich glaubte nicht, daß der Kampf noch lange dauern würde. Dunkler Rauch wallte durch den Raum. Männer husteten und würgten. Auch die Nüstern der Kurii schlossen sich zu schmalen Schlitzen. Funken setzten sich in ihrem Fell fest.

Ich schob eins der hängenden Bronzegefäße zur Seite, eine Tharlarionöllampe, die an ihrer Kette von der Decke hing.

»Speere!« brüllte Ivar. »Wir brauchen Speere!«

Aber in der von panischem Entsetzen beherrschten Menge, die vor den Kurii zurückwich, hatten nur wenige Speere. Und die wenigen, die man gerettet hatte, ließen sich in dem Gedränge nicht werfen.

Auf einer Seite erblickte ich den Kur mit dem goldenen Armband. Einer seiner Mundwinkel war blutverschmiert. Das Wesen sah mich an.

Da wußte ich, daß ich meinen Feind gefunden hatte.

Eine Axt zuckte auf mich zu. Ich wich zur Seite aus, und die Waffe grub sich in den Lehmboden. Im Nu hatte ich mich dem

Wesen genähert und vergrub meine Klinge bis zum Heft in der Brust des Ungeheuers. Es stieß einen überraschten Schrei aus, den ich erst hörte, als ich mitsamt meinem Schwert schon wieder zurückgesprungen war. Die anderen Kurii sahen ihren Artgenossen verwirrt an; dann stürzte das Ungeheuer zu Boden.

Bis auf das Knistern der Flammen war in der Halle plötzlich kein Laut mehr zu hören. Im nächsten Augenblick kam dem Anführer der Kurii das Ausmaß meiner Tat zu Bewußtsein. Ein Kur war getötet worden!

»Angriff!« brüllte Ivar Forkbeard. »Angriff! Seid ihr schüchterne Tarsk, daß ihr keinen Angriff wagt? Männer von Torvaldsland, greift an!«

Aber keiner bewegte sich. Sie wagten es nicht, gegen die Kurii vorzugehen – schließlich waren sie nur schwache Menschen. Lieber warteten sie hilflos und tatenlos auf ihren Tod. Der Schock saß so tief, daß sie sich nicht zu bewegen vermochten.

Der tote Kur lag zusammengekrümmt im Schmutz. Die blutige Axt lag am Boden. Der Schildarm hatte sich in einer der Halteschlaufen verdreht; die andere Schlaufe war gerissen.

Der Anführer der Kurii, mein Feind, sah mich mit blitzenden Augen an. Sein Entsetzen beim Anblick des fallenden Gefährten war in Wut umgeschlagen.

Ich, einer aus der Herde, ein Stück Vieh, hatte es gewagt, einen Angehörigen der Herrenrasse niederzustrecken, eine überlegene Lebensform! Ein Kur war getötet worden!

Ich machte mich zum Kampf bereit.

Wieder schrillte der Blutschrei der Kurii durch die Halle Svein Blue Tooths. Zu beiden Seiten des Führers drängten sich Kurii vorbei und griffen an.

Auf die nächsten Ereignisse möchte ich nicht im einzelnen eingehen. Die Kurii zerstreuten mit sausenden Äxten die dichtstehende Menge, teilten sie in Hunderte von kreischenden Fragmenten auf. Nur einen Meter von mir entfernt wurde ein Mann von einem Axthieb förmlich in zwei Teile gespalten. Während der Kur noch versuchte, seine Klinge aus dem Körper des Mannes zu ziehen, schaffte ich es, dem Wesen mein Schwert unter dem linken Ohr in den Hals zu stoßen. Ich sah, wie Ivar Forkbeard, dessen Schwert im Körper eines Kur steckengeblieben war, mit einem Messer auf die Brust eines mächtigen Kur einhackte; die andere Hand versuchte das gewaltige Maul des Ungeheuers abzuwehren. Man konnte sich in der Halle kaum noch auf den Beinen halten. Wir rutschten in dem Blut aus, das auch die Grube des langen Feuers zu füllen begann. Unsere Hosen und Tuniken waren damit besudelt. In der Nähe einer Wand entriß ich einem gefallenen Krieger einen Speer, den ich sofort von mir schleuderte. Die Waffe hat einen sieben Fuß langen Schaft und vermag auf kurze Entfernung einen Schild des Südens zu durchstoßen. Die Spitze bohrte sich tief in den Körper eines Kur. Die Axt des Wesens sank zu Boden. Mein Eingreifen hatte einem Menschen das Leben gerettet, doch er starb nur Sekunden später durch die Axt eines anderen Angreifers. Ich drückte mich mit dem Rücken gegen die Wand. In der südöstlichen Ecke stürzte brennend ein Dachbalken herab. Ich hörte die Sklavinnen jammern. Die Kurii hoben die Köpfe; ihre Nüstern waren jetzt fast völlig geschlossen. Die Augen vieler Kurii, die sonst schwarze Pupillen hatten, wirkten gerötet und angeschwollen. Ich sah Ivar Forkbeard, der sich mit einem Speer bereithielt, den Angriff eines unbewaffneten Kur abzuwehren. Er stemmte den Speerschaft gegen die Erde hinter sich. Der Speer zog eine fünfzehn Zentimeter tiefe Furche in den Boden, ehe er zum Stillstand kam, und der aufgespießte Kur schnappte ins Leere und stürzte fauchend zurück. Ivar sprang zur Seite, um einer anderen Axt auszuweichen.

Auf der anderen Seite des Raums sah ich den Anführer der Kurii, das Wesen mit dem goldenen Armband.

Ich erinnerte mich an seine Worte auf der Versammlungsplattform. In seiner Wut hatte er ausgerufen: »Tausend von euch können durch die Klauen eines einzigen Kur fallen!«

Im Augenblick waren etwa noch hundert oder hundertundfünfzig Menschen in der Halle am Leben.

»Folgt mir!« rief Svein Blue Tooth. Er und seine Männer hatten endlich ein Loch durch die hintere Wand der Halle gebrochen. Dreißig oder vierzig Männer, die vor Angst wie von Sinnen waren, stürzten sich auf die Öffnung, versuchten sich gleichzeitig hindurchzuzwängen, rissen sich an den Holzsplittern Arme und Gesichter auf.

»Beeilt euch, beeilt euch!« rief Blue Tooth. Seine Kleidung war zerrissen, doch um seinen Hals hing noch immer der blaue Zahn des Hunjerwals. Svein stieß zwei seiner Männer durch die Öffnung. Zwischen mir und der Öffnung befanden sich einige Kurii. Ivar Forkbeard und ein paar seiner Männer waren ähnlich abgeschnitten. Ein weiterer Dachbalken stürzte lodernd und qualmend herab, prallte hart auf und blieb schräg gegen die Wand gelehnt liegen.

Die Wandteppiche waren längst verbrannt, die Wände dahinter angesengt. Das einzige Wandstück, das wirklich brannte und einzustürzen drohte, befand sich in der südöstlichen Ecke des Gebäudes.

Zehn Kurii sprangen jetzt auf die rückwärtige Wand zu, wo Svein Blue Tooth und seine Männer einen Fluchtweg geschaffen hatten; sie wollten diesen Fluchtweg sperren. Mit erhobenen Äxten standen sie vor der Öffnung. Ein Mann, der ihnen zu nahe kam, wurde mit einem einzigen Axthieb niedergestreckt.

»Die Lampen!« brüllte Forkbeard mir zu. »Rothaar! Die Lampen!«

Ein weiterer Dachbalken knallte dumpf auf den Boden.

Ich sah den Kur, der die Fesseln der gefangenen Sklavinnen hielt und der seine Schützlinge nun aus der Halle zerrte. Insgesamt waren es über vierzig Mädchen.

Ich sah, wie die Kurii systematisch zwischen den Gefallenen nach Überlebenden suchten, damit ihnen kein Opfer entging. Die Kurii waren gründlich; wie die Menschen waren sie vernunftbegabt.

Darauf umzingelten sie eine Gruppe in der Nähe der Westwand. Ein paar schrien in ihrer Todesangst; einige sanken auf die Knie und flehten um Gnade, doch vergeblich.

Zwei Kurii wandten sich in meine Richtung.

Ich sah Ivar Forkbeard, der zwischen den zusammengedrängten Männern an der Westwand der Halle stand. Er war leicht zu erkennen, denn er war einer der wenigen, die noch auf den Füßen standen. Im Widerschein der Flammen machte er einen furchteinflößenden Eindruck; die Adern auf seiner Stirn wirkten wie Stränge; seine Augen waren seltsam gerötet. Sein Langschwert, das er wieder an sich gebracht hatte, wies frische Blutspuren auf, sein linker Ärmel war zerrissen, und an seinem Hals zeigten sich Klauenspuren. »Auf mit euch!« brüllte er den Männern zu. »Auf die Füße, ihr Waschlappen! Kämpft!« Aber auch die Stehenden wirkten gelähmt vor Entsetzen. »Ihr wollt Torvaldsländer sein?« fragte er. »Kämpft! Kämpft!« Aber keiner machte eine Bewegung. In der Gegenwart der Kurii schienen sie tatsächlich zum stumpfsinnigen Vieh zu werden, das man zur Schlachtbank führt.

Ich sah, wie die Kurii die Zähne bleckten. Ich sah sie die Äxte heben, um mit ihrem grauenhaften Werk fortzufahren.

Und wieder tönte die Stimme Forkbeards durch den Rauch zu mir herüber. »Die Lampen!« rief er noch einmal. »Rothaar, die Lampen!«

Und da endlich verstand ich, was er meinte. Die Tharlarionöllampen, die an Ketten von der Decke hingen! Die Öffnungen in der Hallendecke, durch die der Rauch abzog! Er wollte, daß ich floh.

»Zuerst du, Forkbeard!« Ich wollte nicht ohne ihn fliehen. Wir hatten Kaissa miteinander gespielt.

»Du bist ein Narr!« brüllte er.

»Ich weiß noch nicht, wie man den Angriff mit der Jarls Axt abschlägt!« rief ich.

Dann steckte ich mein Schwert ein und lehnte mich lässig an die Wand. Ich hatte die Arme verschränkt.

»Narr!« brüllte er noch einmal und sah sich um, musterte die Männer, die nicht kämpfen konnten, die sich nicht zu bewegen vermochten.

Dann rammte er sein Schwert in die Scheide, sprang in die Höhe und klammerte sich an einer der Tharlarionöllampen fest.

Die beiden Kurii, die mich belauerten, hatten ihre Äxte gehoben.

Ich wandte mich dem Tisch zu, neben dem ich stand. Die beiden Äxte bissen sich gleichzeitig in die dicke Tischplatte. Riesige Splitter stoben in alle Richtungen davon. Ich sprang über den Tisch. Hinter mir erklang das verblüffte Knurren der Kurii.

Im nächsten Augenblick hatte ich meine Hände um eine der großen schwingenden Bronzelampen gelegt. Heißes Öl schwappte heraus. Ich pendelte hin und her. Mein linker Ärmel fing an der Dochtflamme Feuer.

Ein Kur unter mir stieß einen Schmerzensschrei aus; ich blickte hinab und zog mich hastig hoch, um einem Axthieb auszuweichen; einer der Kurii torkelte herum; die öldurchtränkte linke Seite seines Kopfes stand in Flammen. Das Wesen schrie durchdringend und betastete sein linkes Ohr. Mit kräftigen Bewegungen kletterte ich an der Kette hoch. Im nächsten Augenblick geriet die Lampe unter mir in Bewegung. Ich klammerte mich verzweifelt fest. Das Feuer an meinem rechten Ärmel züngelte, und ich kam außer Atem. An der Kette war Blut. Die Kurii heulten unter mir. Ich zog mich weiter hoch. Im nächsten Augenblick wirbelte eine Axt an mir vorbei und grub sich in eine der Querstreben des Daches. Ich kletterte weiter und erkannte plötzlich, warum die Kette so straff gespannt war. Der Balken über mir ächzte; die Kette war nun gespannt wie ein Kabel; die Kettenglieder mußten eine ungeheure Last tragen und begannen zu knirschen – unter mir hing ein gewaltiger Kur an der Kette, der sich an den Aufstieg machte. Der Ring über mir, durch den die Kette verlief, bog sich zum Teil auf. Hastig legte ich die letzten Fuß zurück und warf den Arm über einen Dachbalken. Ich spürte, wie Klauen nach meinem Bein griffen, sich darum schlossen. Ich ließ den Balken los und hängte mich mit dem Kriegsschrei Ko-ro-bas um den Hals des verblüfften Kur und griff mit Händen und Zähnen an. Steife Finger bohrten sich wie Dolche in seine Augen. Meine Zähne zerrten an den Adern seiner Handgelenke und an den Armen, die sich an der Kette festklammerten. Und in diesem Augenblick erkannte ich – und auch der Kur –, daß es auf Gor Tiere gab, die ebenso barbarisch waren wie die Kurii – kleinere, schwächere Tiere, aber auf ihre Art nicht weniger bösartig und nicht weniger schrecklich. Das Wesen wehrte mich schreiend ab, ließ mich los, doch ich klammerte mich an seinen Schultern fest und biß ihm halb das Ohr durch. Dann zog ich mich wieder auf den Balken hinauf. Unter mir klaffte eine rote Öffnung voller Reißzähne wie weiße Nägel; ich zog mein Schwert, und als das Ungeheuer mir mit blutenden Augen und zerrissenem Ohr nachkletterte, hieb ich ihm die Hand ab. Es stürzte, wurde kleiner und prallte schließlich schwer auf den Lehmboden vierzig Fuß unter mir. Dabei brach es sich den Hals.

Ich riß den glimmenden Ärmel ab und stieß ihn mit der Schwertspitze in das Gesicht des zweiten Kur; die abgetrennte Hand des ersten hatte sich noch immer in die Kette verkrallt. Der zweite Kur zerrte das brennende Tuch von seinem zerstochenen Gesicht. Dann biß er nach der Klinge und schnitt sich dabei in das Maul. Er griff nach dem Balken, doch ich schlug ihm die Finger ab, und auch dieses Wesen verlor das Gleichgewicht und stürzte in die Tiefe.

»Komm!« rief eine Stimme.

Ich sah Forkbeard auf einem Balken in der Nähe.

»Beeil dich!« rief er.

Hustend erwehrte ich mich des nächsten Kur und trieb ihm die Schwertspitze durch das Ohr ins Gehirn. In diesem Augenblick stürzte ein Teil des brennenden Daches ein, Funken stoben.

»Beeil dich!« rief eine Stimme wie aus weiter Ferne. Ich hieb auf den nächsten Kur ein, der wutschnaubend nach mir greifen wollte. Der Ring, durch den die Kette verlief, vermochte das Gewicht der Kurii nicht länger zu tragen und löste sich knirschend aus dem Holz. Ich sah, wie Ring und Kette nach unten zuckten. Vier Kurii, die mir hatten folgen wollen, stürzten in die Tiefe. Ein anderer Teil des Dachs, kaum zwanzig Fuß entfernt, senkte sich dem Boden entgegen. Unter mir, von Funken und Qualm verdeckt, sah ich zahlreiche Kurii, die zu uns emporblickten, voller Wut darüber, daß ihnen die Beute entkam. Knapp ein Dutzend Schritte von ihnen entfernt stürzte ein weiterer Balken ab. Der Anführer der Kurii schrie einen Befehl. Seine blitzenden Augen starrten zu mir herauf; um seinen linken Arm lag das goldene Spiralband. Im nächsten Augenblick machte er mit den anderen kehrt und trottete aus der Halle. Ich steckte mein Schwert ein.

»Beeil dich!« rief Forkbeard wieder.

Ich sprang von Balken zu Balken und hockte mich neben ihm nieder. Ihm folgend, zwängte ich mich durch eins der Abzugslöcher. Nun standen wir auf dem mit Holzschindeln gedeckten Dach der brennenden Halle.

»Mir nach!« rief Forkbeard.

In der Ferne sah ich den Torvaldsberg. Mondlicht spiegelte sich auf dem Schnee. Forkbeard eilte zur Nordwestecke der Halle und verschwand unter der Dachkante. Ich schaute hinab und sah, wie er mit schnellen Bewegungen hinabkletterte, wobei er die Vertiefungen und Vorsprünge der herrlichen Schnitzereien am Eckbalken ausnutzte. Mit angesengtem Arm, pochendem Herzen und keuchenden Lungen folgte ich ihm in die Tiefe.

14

Auf den Schneehängen des Torvaldsberges war die Mittagsstunde angebrochen.

Ivar und ich sahen uns um. Wir konnten unsere Verfolger sehen, vier an der Zahl, vier schwarze Punkte.

»Wir wollen ausruhen«, sagte Ivar.

Ich kniff die Augen zusammen, um sie vor der grellen Sonne zu schützen, die von den Schneeflächen reflektiert wurde. Forkbeard setzte sich mit dem Rücken an einen Felsen. Auch ich nahm Platz, mit untergeschlagenen Beinen, wie ein Krieger.

Wir waren am Eckpfosten von Svein Blue Tooths Halle hinabgeklettert. Im Licht des brennenden Gebäudes sahen wir überall verstreut Leichen liegen. Einige Kurii waren dabei, sich an ihnen gütlich zu tun. In einer Ecke des Palisadenzauns drängten sich die Mädchen zusammen, bewacht von mehreren Kurii. Wir sprangen ungesehen in den Hof und hielten uns im Schatten der Halle. In einem günstigen Augenblick erreichten wir ungesehen die Palisade und kletterten hinüber.

Ich öffnete die Augen und blickte ins Tal hinab. Die vier Punkte waren größer geworden.

Nach unserer Flucht aus der Halle Svein Blue Tooths hatte Forkbeard darauf bestanden, daß wir uns in seinem Lager umsahen. Das Unternehmen war gefährlich gewesen. Zu unserer Bestürzung wimmelte es in der Gegend von Kurii. Ihre Zahl war nicht zu schätzen – es mochten Hunderte, sogar Tausende sein. Sie schienen sich überall zu befinden. Zweimal wurden wir verfolgt, doch im Gewirr der Spuren und abgelenkt von frischem Blut hatten unsere Verfolger die Fährte verloren. Einmal sahen wir, wie sich zwei Kurii wegen eines Opfers stritten. Ein paarmal warfen wir uns zwischen Gefallenen zu Boden und stellten uns tot. Mehrfach kamen wir ganz dicht an fressenden Ungeheuern vorbei, die uns gar nicht bemerkten. Offenbar war der Angriff gleichzeitig gegen die Halle und das Thinglager gerichtet gewesen. Aber zutiefst entsetzt waren wir, als wir feststellten, daß sich Menschen zwischen den Kurii bewegten, Menschen, die nicht angegriffen wurden. Die Männer trugen gelbe Tücher. Offenbar hatten die Kurii menschliche Verbündete gefunden.

»Schau mal«, sagte Forkbeard und deutete zum Strand hinab. Einige Meter vom Ufer entfernt entdeckten wir zwischen den anderen Schiffen eine neue Armada. Ihre dunklen Umrisse bewegten sich behäbig im Wasser.

Ein Schiff stach aus dieser Flotte hervor. Es war groß und hatte achtzig Ruder. »Der Schwarze Sleen«, sagte Ivar, »das Schiff Thorgards von Scagnar!«

Hunderte von Kurii befanden sich zwischen uns und den Schiffen.

Ivar und ich sahen uns an. Wir verstanden nun, was der Kur bei Thorgard von Scagnar gewollt hatte.

Die Kurii sind Landwesen, die das Meer nicht lieben. Bei ihrem Marsch nach Süden sollte die Flotte Thorgards von Scagnar ihre Westflanke decken. Außerdem konnten die Schiffe zu Kommunikationszwecken herangezogen werden und die vorrückenden Armeen versorgen. Auf diese Weise hatte der Marsch der Kurii Unterstützung von See. Die Strategie der Kurii war hervorragend – eine Strategie, deren volles Ausmaß sicher nur auf den Stahlschiffen der Kurii bekannt war.

»Könnten wir uns nicht auch frei bewegen, wenn wir gelbe Tücher hätten?« fragte Forkbeard.

»Möglich«, sagte ich.

»Dann wollen wir uns welche borgen.«

Eine Kolonne von Männern näherte sich; sie alle trugen gelbe Tücher. An der Spitze marschierte ein großer Mann in einem weiten Umhang – Thorgard von Scagnar. Auch er hatte sich ein gelbes Tuch an die Schulter gebunden.

Zwei Schatten stürzten sich auf die letzten beiden Männer in der Kolonne.

Kurz darauf stand Ivar Forkbeard mit geballten Fäusten in seinem Lager. Das Zelt war niedergebrannt, die Zeltstangen lagen am Boden. Nichts rührte sich mehr.

»Schau«, sagte ich und zog ein Stück der Zeltbahn zur Seite. Wir blickten auf die Leiche eines Kur hinab, der mit blicklosen Augen in den Himmel starrte.

»Einer meiner Männer hat sich mit Erfolg gewehrt«, sagte Forkbeard.

»Man wird bald erkennen, daß wir nicht zu Thorgards Streitkräften gehören«, sagte ich. »Sie werden uns jagen.«

»Es ist möglich, daß wir schon jetzt gejagt werden – von den Kurii aus der Halle.«

»Ja, man kennt unsere Fährte. Wir müssen fliehen.«

»Nein«, sagte Ivar. »Wir müssen auf den Torvaldsberg.«

»Was meinst du?«

»Es wird Zeit.« Er sah sich zwischen den Ruinen seines Lagers um. In der Ferne loderte die brennende Halle Svein Blue Tooths. »Es wird Zeit.«

Die schwarzen Punkte waren weiter gewachsen.

Ich blickte zu den Hängen des Torvaldsbergs empor. »Es ist Wahnsinn, dort hinaufzuklettern«, sagte ich. »Wir haben keine Seile. Wir haben keine Erfahrung mit Bergen.«

Die Kurii waren noch etwa einen Pasang entfernt. Sie hatten sich die Äxte und Schilde auf den Rücken gebunden und kletterten über einen Geröllhang in unsere Richtung. Wenn sie Eisflächen erreichten, gingen sie nicht darum herum, sondern streckten ihre Krallen aus und überquerten sicher das abschüssige Gelände. Forkbeard und ich hatten mehrere Ehn verloren, weil wir solche Stellen umgehen mußten. Unsere Verfolger wurden mit diesen Hindernissen sichtlich viel besser fertig.

Wenn sie dann wieder Felsgestein erreichten, verhielten die Kurii einen Augenblick, senkten die Nasen und orientierten sich an Spuren, die für einen Menschen unauffindbar sein mußten.

Ivar Forkbeard stand auf. Es gab keine Deckung mehr zwischen unserer Position und dem Beginn der Steilhänge.

Die Kurii, die ihn sahen, stimmten ein Freudengeheul an.

Ich glitt aus und hing nur noch an den Händen an einem winzigen Felsvorsprung. Im nächsten Augenblick fand mein Fuß neuen Halt. Meine Finger schmerzten. Meine Füße waren klamm und gefühllos von dem Eis. Doch am Oberkörper schwitzte ich.

»Du darfst immer nur einen Fuß und eine Hand bewegen«, sagte Ivar. »Weiter geht's!«

Ich wagte es nicht, hinabzublicken. Die Kurii unter uns waren deutlich zu hören.

Der Torvaldsberg ist ein schwierig begehbarer Berg, doch er ist nicht unbezwingbar, selbst wenn man keine Kletterausrüstung hat. Ich folgte Forkbeard so dicht wie möglich, und es dauerte nicht lange, bis ich begriff, daß er genau wußte, was er tat. Er schien ein unheimliches Gespür dafür zu haben, Vorsprünge und Risse im Stein ausfindig zu machen, die aus zwei oder drei Fuß Entfernung kaum zu sehen waren.

Aber auch die Kurii waren ausgezeichnete Bergsteiger, auch wenn sie nun nicht mehr aufzuholen vermochten.

Es mußte etwa zur vierzehnten Ahn gewesen sein, vier Stunden nach der Mittagsstunde, als Forkbeard mich auf einen Felsvorsprung hob.

»Die Kurii«, sagte er, »können uns nicht auf demselben Weg erreichen.«

»Warum?«

»Die Griffmöglichkeiten sind zu flach, und das Gewicht der Kurii ist zu groß. Du hast doch sicher bemerkt, daß die Vorsprünge immer flacher geworden sind.«

»Ich habe gemerkt, daß der Weg immer schwieriger wurde«, sagte ich. »Du scheinst den Berg ziemlich gut zu kennen. Offenbar bist du schon einmal hier gewesen.«

Ivar lächelte. »Ja, als Junge schon habe ich den Torvaldsberg erstiegen.«

»Du hast von Griffmöglichkeiten gesprochen.«

»Ich habe sie selbst geschaffen.«

Und plötzlich kam es mir gar nicht mehr verwunderlich vor, daß er sich so zuversichtlich bewegt hatte. Ich hatte schon geahnt, daß er den Berg kannte – und nun hatte ich auch eine Erklärung dafür, warum die Kurii, die von Natur aus bessere Kletterer waren, an diesem Hang nicht aufholen konnten. Offenbar machte sich Forkbeard hier einen Weg zunutze, den er sich vor Jahren zumindest teilweise selbst geschaffen hatte.

»Dieser Sims hier«, sagte Forkbeard grinsend, »ist eine Kurfalle. In meiner Jugend wurde ich hier einmal von einem Kur gejagt. Er verfolgte mich zwei Tage lang. Ich bereitete einen Weg vor, auf dem er mir folgen konnte – bis auf die letzten zwanzig Fuß. Danach waren die Vorsprünge für die Finger eines Kur zu schmal.«

Unter uns ertönte ein wütendes Schnaufen.

»Und so habe ich als Junge meinen ersten Kur getötet.« Forkbeard stand auf und trat an den Rand des Felsvorsprungs, wo mehrere große Steine zu sehen waren. »Ein Teil der Steine, die ich damals zusammentrug, ist noch immer da.«

Den Kur unter uns beneidete ich nicht.

Ich blickte über die Felskante. »Er klettert immer noch«, flüsterte ich und zog mein Schwert. Es war sicher kein Problem, dem Ungeheuer den Zugang zu unserem Felsvorsprung zu verwehren.

Hinter dem ersten Kur, der einige Fuß unter uns hing, befand sich ein zweiter. Die beiden anderen waren weiter unten am Hang, wo es weniger steil war.

Der erste Kur war nur noch etwa zehn Fuß von uns entfernt, als er ausrutschte und mit lautem Schrei in die Tiefe stürzte. Fünf Ihn später landete er auf einem Geröllhang.

»Zu schmal, wie ich gesagt habe«, bemerkte Ivar.

Der zweite Kur, der sich fünfundzwanzig Fuß unter uns befand, blickte knurrend zu uns herauf.

Der Felsbrocken, den Ivar geschleudert hatte, traf ihn voll im Gesicht.

Die Falle, die vor vielen Jahren von einem torvaldsländischen Jungen aufgebaut worden war, funktionierte noch immer. Ich bewunderte Forkbeard.

Die beiden anderen Kurii hockten unter uns am Hang und blickten zu uns empor. Sie machten keine Anstalten mehr, uns nachzuklettern.

Kurz nach der zehnten Stunde des nächsten Tages erreichten wir den Gipfel des Torvaldsbergs. Obwohl hier oben viel Schnee lag, ragte doch da und dort das Felsgestein hervor, freigeweht von dem Wind, der hier oben mit ziemlicher Stärke blies.

Ich richtete mich auf und warf einen Blick in die Runde. Die Schönheit dieses Ausblicks spottet jeder Beschreibung.

Durch Gefahren und Widrigkeiten hatten wir uns zu diesem Ziel vorgearbeitet – und ich hatte einen Sieg errungen, der nicht mein Sieg, sondern der Sieg einer Welt war, einer Welt und ihrer Schönheit. Ich hatte hier nicht einen Berg erobert, sondern der Berg schenkte mir einen Blickpunkt, der mich erkennen ließ, wie unbedeutend ich war und wie schön und kostbar die Wirklichkeit und das Leben und der Sonnenschein auf einer öden, kalten Landschaft waren. Ivar stand schweigend neben mir.

»Du bist schon einmal hier gewesen«, sagte ich, »als Junge.«

»Ja«, sagte Ivar. »Und ich habe es nie vergessen.«

»Bist du hierhergekommen, um zu sterben?«

»Nein. Aber ich habe sie nicht finden können.«

Ich sah ihn verwirrt an.

»Ich habe sie damals nicht finden können und finde sie auch jetzt nicht.«

»Was?« fragte ich.

»Unwichtig«, erwiderte er und wandte sich ab.

Von unten näherten sich die beiden Kurii. Wir beobachteten sie. Die Wesen richteten sich auf und blickten ebenfalls in die Ferne.

Dann wandten sie sich in unsere Richtung. Wir zogen unsere Waffen, und die Kurii nahmen ihre Äxte und Schilde zur Hand.

Ivar und ich sprangen von dem Felsen, auf dem wir gestanden hatten. Die beiden Kurii näherten sich von links und rechts. Sie hatten die Ohren angelegt und bewegten sich sehr vorsichtig.

Die große Axt fuhr auf mich zu. Ich rollte durch den Schnee ab und versuchte nach vorn zu hechten, um mit der Klinge zuzustoßen. Doch ich glitt aus. Die Axt bohrte sich dort in den Boden, wo ich eben noch gestanden hatte. Ein Granitbrocken traf mich schmerzhaft. Ich taumelte zurück. Der Kur ließ sich Zeit und lauerte mit erhobener Axt. Ich sah seine Augen über dem Schild. »Ha!« brüllte ich und tat, als wollte ich angreifen. Die Axt bewegte sich etwas, wurde aber nicht geschwungen. Dann schnaubte das Wesen und hob die Axt. Ich wußte, daß die Klinge mich nicht rechtzeitig erwischen konnte, und griff an. Und genau das hatte sich der Kur erhofft. Er hatte mich hereingelegt! Mit gewaltiger Kraft traf mich der schwere Schild von der Seite, schleuderte mich vierzig Fuß durch die Luft. Halb geblendet vor Schmerz rollte ich durch den Schnee. Wieder dröhnte die Axt auf Granit, und wieder traf mich der Schild wie ein Hammer. Ich richtete mich taumelnd auf. Mein linker Arm war gefühllos, vermutlich gebrochen. Meine Schulter fühlte sich wie Holz an. Und die Axt fuhr erneut hoch. Aufschreiend verlor ich das Gleichgewicht und stürzte über einen Felsabhang. Zwanzig Fuß tiefer landete ich im Schnee. Zu meiner Rechten erblickte ich eine kleine dunkle Öffnung, die etwa einen Fuß breit und hoch war. Ich taumelte darauf zu. In der Höhle ging es in gleicher Höhe weiter. »Ivar!« brüllte ich. »Ivar!« Ich hörte den Blutschrei eines Kur, den ich nicht sehen konnte. Ivar machte kehrt und sprang zu mir herunter in den Schnee. Die beiden Kurii standen wutschnaubend über uns. Ich deutete auf die Öffnung. Mit blitzenden Augen untersuchte Forkbeard meinen Fund. Ich bewegte die Finger meiner linken Hand. Ich hatte Gefühl im Arm, doch ich wußte noch nicht, ob er gebrochen oder nur geprellt war. Ich steckte das Schwert wieder in die Scheide; Ivar nickte und zwängte sich rücklings durch die schmale Öffnung. Ich folgte ihm. Forkbeard half mir, zerrte mich hinein. Im nächsten Augenblick schob sich ein langer Kur-Arm durch die Öffnung zu uns herein. Forkbeard schlug mit dem Schwert danach, und der Kur zog sich mit einem Schmerzensschrei zurück. Die beiden Ungeheuer setzten sich einige Fuß von der Höhlenöffnung entfernt in den Schnee. Kurii sind geduldige Jäger. Sie würden warten.

Ich rieb mir die Schulter und hob den linken Arm. Er war offenbar nicht gebrochen.

»Komm mit!« sagte Ivar aufgeregt.

Ich fragte mich, wie tief die enge Höhle sein mochte. Auf Händen und Füßen kroch ich hinter dem Torvaldsländer her.

»Hier!« sagte Ivar. »An der Wand!«

Er führte meine Finger zu einer Stelle an der Felswand. Ich spürte vertikale Zeichen, die rechtwinklige Verlängerungen hatten.

»Du hast sie gefunden!« rief Forkbeard. »Du hast sie gefunden!«

15

Auf allen vieren kroch ich hinter Forkbeard durch den engen Gang, wobei ich mich einmal auf die linke Seite drehen mußte, um mich durch eine schmale Öffnung zu winden. Dahinter schien mehr Platz zu sein, und ich hob vorsichtig die Hände und richtete mich auf. Ich hörte Forkbeard in der Dunkelheit herumtasten. Dann ertönte das Schlagen von zwei kleinen Stücken Eisenpyrit. Im nächsten Augenblick sprühten Funken, die in einen kleinen Haufen aus winzigen Mooszweigen fielen. Mehrere dieser Haufen, etwa fünfzehn

Zentimeter hoch, lagen auf einem Felsvorsprung, daneben verschiedene Feuersteine und Stahlstücke. Ich erschauderte.

Forkbeard hatte eine Fackel gefunden, die er an das glimmende Moos hielt. Ich zog eine zweite Fackel aus einem Metallring an der Wand und stieß sie ebenfalls in die Glut.

Keiner von uns sagte etwas.

Der Gang verlor sich vor uns in der Dunkelheit. Er war etwa acht Fuß hoch und ebenso breit. Zu beiden Seiten erstreckte sich eine Reihe von Ringen mit dunklen Fackeln. Links und rechts befanden sich Buchstaben einer hohen, eckigen Schrift an den glattgemeißelten Wänden.

»Alte Runen«, sagte Ivar.

»Kannst du sie lesen?«

»Nein.«

Die Haare in meinem Nacken stellten sich auf. Ich betrachtete eine der Darstellungen. Sie zeigte einen Mann auf dem Rücken eines Vierbeiners.

»Schau mal«, sagte ich, und deutete darauf.

»Interessant. Ein Reiter auf einem Fabeltier – aber die Sage kenne ich nicht.«

Ich starrte auf das Bild. So etwas hatte ich auf Gor noch nie gesehen. Ich fragte mich, wer dieses Bild in den Fels gemeißelt hatte. Es war sehr alt. Offenbar hatte der Künstler eine Welt gekannt, von der Ivar Forkbeard keine Ahnung hatte. Das vierbeinige Wesen war eindeutig ein Pferd.

Der Gang wurde jetzt so breit, daß wir uns darin verloren vorkamen. Die Reliefs und Ornamente nahmen an Vielfalt und Farbigkeit zu. Ringsum steckten dunkle Fackeln in ihren Ringen.

»Kannst du diese Runen nicht lesen?« fragte ich Ivar.

»Ich bin doch kein Runenpriester«, erwiderte er entrüstet.

Seine Reaktion war ziemlich mürrisch. Ich wußte, daß er einige Runen zu lesen vermochte. Die Zeichen hier waren vielleicht zu alt oder entsprachen einem Dialekt, den er nicht kannte.

»Aber hier ist ein Zeichen, das jeder Dummkopf kennt.«

Auch ich hatte den Buchstaben schon oft gesehen – aber niemand hatte ihn mir bisher erklärt.

»Was bedeutet er?« fragte ich.

»Weißt du das wirklich nicht?«

Er wandte sich ab, und ich folgte ihm. Kurz darauf nahmen wir neue Fackeln von den Wandringen, entzündeten sie und löschten die alten.

Nun kamen wir an verschiedenen offenen Truhen vorbei, in denen Schätze ruhten – Münzen und Edelsteine, Ringe und Armbänder. Danach erreichten wir einen großen Torbogen, den Eingang zu einem riesigen Raum, der sich außerhalb des flackernden Lichtscheins unserer Fackeln im Dunkeln verlor.

Forkbeard deutete mit der Fackel auf das große Zeichen über dem Tor, das Zeichen, das er mir eben nicht erklärt hatte.

»Ich glaube, ich weiß, was das Zeichen bedeutet«, sagte ich.

»Und?«

»Es ist das Namenszeichen Torvalds«, sagte ich.

»Ja.«

»Torvald«, sagte ich erschaudernd, »ist doch nur eine Gestalt der Legenden. Jedes Land hat solche sagenhaften Helden und Gründer, seine mystischen Riesen.«

»Dies«, sagte Forkbeard, »ist die Kammer Torvalds. Wir haben die Ruhestätte Torvalds gefunden! Torvald schläft im Torvaldsberg, und zwar seit tausend Jahren. Er wartet darauf, geweckt zu werden. Sobald sein Land ihn braucht, wird er erwachen. Und dann wird er uns in den Kampf führen. Er wird wieder Anführer sein für die Männer des Nordens.«

»Es gibt keinen Torvald«, sagte ich.

»Wir müssen ihn wecken.«

Bekümmert blickte ich hinter Forkbeard her, der mit erhobener Fackel in die große Kammer trat. Es wollte mir nicht unmöglich erscheinen, daß die Sagen um Torvald ein Körnchen Wahrheit enthielten. Es mochte einmal einen Torvald gegeben haben, einen Mann, der vor über tausend Jahren in dieses Land gekommen war. Doch heute gab es diesen Mann nicht mehr. Es bedrückte mich, wenn ich daran dachte, welche Enttäuschung auf meinen leichtgläubigen Freund Forkbeard wartete.

Seine Hoffnung, einen sagenumwitterten Helden zu finden, der die Männer des Nordens zu den Waffen rief, um sie gegen die Kurii zu führen, mußte enttäuscht werden.

Dieser Höhlenraum, das wußte ich, war von Menschen geschaffen worden. Vielleicht handelte es sich tatsächlich um die Grabkammer Torvalds, die seit vielen Jahrhunderten vergessen war, bis jetzt zwei fliehende Männer zufällig wieder darauf stießen. Vielleicht traf es zu, daß Torvald im Torvaldsberg begraben und daß seine Grabstätte versteckt worden war, um sie vor Neugierigen und Grabräubern zu schützen. Und wenn dem so war, konnten sich wirklich Legenden darum gerankt haben, Legenden, in denen das

Rätsel des verlorenen Grabes eine große Rolle spielte. Diese Geschichten waren in den langen Winternächten bestimmt immer wieder an den Feuern erzählt worden und hatten sich von Dorf zu Dorf ausgebreitet, von einem einsamen Hof zum andern. Und in einer dieser Sagen mochte tatsächlich zum Ausdruck kommen, daß der große Torvald gar nicht tot war, sondern nur schlief und wieder erwachen würde, wenn sein Land ihn brauchte.

Forkbeard stand nun neben der großen Steinbank, die mit schwarzen staubigen Fellen bedeckt war.

Am Fuß der Bank befanden sich Waffen, am Kopfende hingen an der Felswand unter einem großen Schild zwei gekreuzte Speere und daneben ein gewaltiges Schwert in einer Scheide. Neben dem Kopfende ruhte auf einer Steinplattform ein großer Helm mit Hörnern.

Forkbeard sah mich an.

Die Bank war leer.

Er sagte nichts. Er setzte sich auf die Kante der Bank und stützte den Kopf in die Hände. Seine Fackel, die auf dem Boden lag, flakkerte und erlosch. Forkbeard rührte sich nicht. Im Gegensatz zu den meisten anderen Goreanern weinten die Torvaldsländer selten. Nun stieg ein trockenes Schluchzen in seiner Kehle auf. Natürlich ließ ich mir nicht anmerken, daß ich diesen Laut gehört hatte.

»Wir haben verloren«, sagte er schließlich. »Rothaar, wir haben verloren.«

Ich hatte eine neue Fackel angezündet und sah mich in der Kammer um. Torvald hatte sich also doch nicht in seinem Grabmal begraben lassen. Die Stätte des Todes war leer.

»Wo ist Torvald?« rief Ivar Forkbeard.

Ich zuckte die Achseln.

»Es gibt keinen Torvald!« fuhr Forkbeard fort. »Torvald existiert gar nicht! Nicht einmal seine Gebeine sind hier.«

»Torvald war ein großer Kapitän«, sagte ich. »Vielleicht ist er an Bord seines Schiffs verbrannt, das *Schwarzer Hai* hieß – das hast du mir selbst gesagt.« Ich sah mich um. »Aber wenn das so wäre, warum ist dann dieses Grabmal gebaut worden?«

»Dies ist kein Grab«, sagte Ivar Forkbeard. »Dies ist eine Schlafkammer. Es gibt hier keine Knochen von Tieren oder Thralls – die Reste von Opfern.« Er sah sich um. »Warum hat Torvald eine Schlafkammer in den Torvaldsberg meißeln lassen?«

»Damit die Menschen seines Landes zum Torvaldsberg kommen, um ihn zu wecken«, sagte ich.

Forkbeard sah mich an.

Zwischen den Waffen am Fußende der Bank zog ich einen langen dunklen Pfeil hervor. Er war über einen Meter lang, der Schaft war mindestens zwei Zentimeter dick. Die Spitze bestand aus Eisen und hatte Widerhaken. Die Federn am anderen Ende waren gut fünfzehn Zentimeter lang; Federn der Küstenmöwe.

Ich hob den Pfeil. »Was ist das?«

»Ein Kriegspfeil.«

»Und was ist das hier für ein Zeichen an der Seite?«

»Das Zeichen Torvalds.«

»Warum befindet sich der Pfeil wohl hier?« fragte ich.

»Damit die Kämpfer ihn finden?«

»Das nehme ich auch an.«

Er hob die Hand und nahm mir den Pfeil ab.

»Sende den Kriegspfeil aus«, sagte ich.

Forkbeard betrachtete den Pfeil.

»Ich glaube, ich beginne einen Mann zu verstehen, der vor mehr als tausend Wintern gelebt hat«, sagte ich. »Dieser Mann, nennen wir ihn ruhig Torvald, schuf in einem Berggipfel eine Schlafkammer, in der er aber nicht schlafen wollte, sondern in die andere Menschen kommen sollten, um ihn zu wecken. Doch hier sollten sie nicht Torvald finden, sondern sich selbst, sich selbst, Ivar, allein und mit einem Kriegspfeil.«

»Das verstehe ich nicht.«

»Ich glaube, Torvald war ein großer und weiser Mann«, sagte ich. »Als Torvald diese Kammer schuf, hatte er nicht die Absicht, sich selbst hier wecken zu lassen, sondern es sollten diejenigen erwachen, die zu ihm kommen wollten.«

»Die Kammer ist leer«, sagte Ivar.

»Nein«, erwiderte ich. »Wir sind hier.«

Ich legte ihm die Hand auf die Schulter. »Nicht Torvald muß in dieser Kammer erwachen, sondern wir. In der Hoffnung, daß andere die Arbeit für uns tun, finden wir hier nur uns selbst und einen Kriegspfeil. Ist dies nicht Torvalds Art, uns aus einer tausendjährigen Vergangenheit zu sagen, daß wir uns nur auf uns selbst verlassen können und nicht auf andere? Wenn das Land gerettet werden soll, dann von uns und anderen wie uns. Es gibt keine Zaubersprüche, keine Götter, keine Helden, die uns retten werden. In dieser Kammer soll nicht Torvald zum Leben erweckt werden, sondern du und ich.« Ich sah Forkbeard an. »Hebe den Pfeil des Krieges«, sagte ich.

Und ich trat mit erhobener Fackel von der Bank zurück. Mit entschlossenem Gesicht hob Forkbeard den Arm, den Pfeil in der Faust.

Ich war nicht einmal ein Torvaldsländer, und doch war ich als einziger zugegen, als der Kriegspfeil gehoben wurde, tief unter den Felsen des Torvaldsberges.

Dann schob Forkbeard den Pfeil in seinen Gürtel, bückte sich und begann die Waffen durchzusehen. Er wählte zwei Speere aus und reichte mir einen. »Wir müssen noch zwei Kurii töten«, sagte er.

16

Es war sehr still. Kein Mann sagte ein Wort.

Unter uns im Tal erstreckte sich zehn Pasang weit das Lager der Kurii.

Zu Füßen Ivar Forkbeards kniete Hilda die Hochmütige, Tochter Thorgards von Scagnar.

»Nun geh«, befahl Ivar.

Gehorsam sprang sie auf und eilte durch die Dunkelheit davon.

In meiner Nähe wartete Svein Blue Tooth. Es war kalt. Ich sah die Umrisse seines Helms, den Rand seines Schildes, den Speer.

Hinter uns warteten Gorm Ottar und Rollo und weitere Kampfgefährten von Forkbeards Heimstatt. Bis zur goreanischen Dämmerung waren es noch einige Ehn. In unserer Reihe stand auch Gjarni aus dem Thorstein-Lager und der Mann, der bei dem formellen Duell seinen Schild getragen hatte. Hinter dem Kämpfer erblickte ich den jungen Mann, den er in dem Duell hatte besiegen wollen. In Begleitung des Jünglings war der Junge, der seinen Schild tragen wollte.

Der Kriegspfeil war durch das Land getragen worden.

Er war zum Grünklippen-Fjord getragen worden, zum Thorstein-Lager, zum Axtgletscher und zu Einars Felsenriff, er war zu den hohen Höfen, zu den Seen und zur Küste gekommen, er war zu Fuß befördert worden oder mit einem schnellen Schiff. Tausend Pfeile, jeder vom Pfeil des Torvald berührt, waren über Land gebracht worden, und die Männer hatten ihn berührt und gesagt: »Ich komme.« Und sie waren gekommen. Kapitäne und Piraten, Bauern, Fischer, Jäger, Netzweber, Schmiede, Holzschnitzer und Kaufleute; Männer, die kaum mehr als ihre Lederkleidung und eine Axt besaßen, und reiche Jarls mit prunkvollen Waffen. Und in der

Menge standen auch Thralls, die in Kriegszeiten mitkämpfen durften.

Ich fragte mich, wie viele Männer heute sterben würden. Und ich fragte mich, ob auch für mich heute früh in Torvaldsland, in der frühen Morgendämmerung, das Ende heranrückte. Ich umfaßte meine Axt, ein beruhigendes Gewicht. Die Waffe war gut ausbalanciert.

Auf der anderen Seite des Tals warteten weitere Männer. Das Signal sollte durch einen Schild gegeben werden, der die Morgensonne einfing und einen Blitz über das Tal schickte – dann der Angriff. Lautes Kriegsgeschrei würde ertönen. Unter uns befanden sich auch Männer aus Hunjer, Skjern, Helmutsport und Scagnar, über dessen Klippen Thorgard herrschte.

Soweit ich wußte, hatten noch niemals Menschen einen Angriff auf Kurii gewagt.

Svein Blue Tooth betastete den Zahn des Hunjerwals. Er war ein guter Jarl. Er war nach Ivar Forkbeard und Tarl Cabot, einem Krieger aus Ko-ro-ba, der dritte gewesen, der den Pfeil Torvalds gehoben hatte.

Einige Reihen hinter ihm stand ein großer Mann, der so groß war wie Rollo oder noch größer. Ich kannte ihn nicht näher. Er hatte einen struppigen Bart und trug einen Speer. Er hatte gesagt, er heiße Hrolf und käme aus dem Osten. Niemand hatte ihm weitere Fragen gestellt.

Im Tal unter uns sahen wir die Asche von tausend Lagerfeuern glimmen. Die Kurii schliefen dort unten, zu mehreren in einem Lager zusammengerollt. Die Feldlager der Kurii bestehen aus Häuten und Fellen, die über gebogene Äste geworfen sind. Diese Gebilde sind nur etwa vier bis fünf Fuß hoch und entsprechend breit, doch fünfzig oder sechzig, manchmal sogar hundert Fuß lang. Diese Schutzbauten winden sich hierhin und dorthin, da und dort stoßen sie aneinander und haben gemeinsame Zugänge. Sie ähneln Höhlen, die auf dem flachen Land errichtet worden sind. Die Kurii bewegen sich darin auf allen vieren. Sie schlafen nicht gern im Freien. Wenn sie keine andere Möglichkeit haben, graben sie sich sogar in den Boden ein und bedecken sich mit Gras und Zweigen. Ein Kur schläft immer mit dem Kopf zum Eingang.

Die Kurii-Herden waren ruhig; der Wind stand gegen uns. Ich sah die weiße Verrherde, Hunderte von Tieren, die im nordwestlichen Eck des Lagers eingepfercht waren; in der Nordostecke befanden sich die Tarskgehege, die man bis hierher roch. Die Bosks befanden sich im Süden des Lagers. Sie bildeten einen wichtigen Teil unserer Strategie. Sie sollten verhindern, daß die Kurii nach Süden entkamen. Die Herde bestand aus mehreren tausend Tieren. Die Nordseite des Lagers sollte ungeschützt bleiben – ein scheinbarer Ausweg, der die Kurii – sollte sich das Kriegsglück gegen sie wenden – hoffentlich zur Flucht in diese Richtung veranlaßte.

Etwa in der Mitte des Lagers, südöstlich gelegen, befand sich eine Herde von Kurii-Beutestücken; auch diese Wesen befanden sich in einem Gehege, das mehr als einen Viertel-Pasang breit war und aus zusammengebundenen Holzstangen bestand. Dieses Gehege wurde von gezähmten Sleen bewacht.

Nordwestlich von der Mitte des Lagers sah ich die Zelte Thorgards von Scagnar und seiner Männer.

Die Kurii hatten es mit ihrem Marsch in den Süden nicht eilig gehabt. Vor mehreren Tagen war es ihnen nicht gelungen, die Torvaldsländer dazu zu bringen, ihnen Vorräte für ihren Marsch zur Verfügung zu stellen. Nach ihrem überwältigenden Sieg am Abend von Svein Blue Tooths Fest, bei dem die Halle niedergebrannt und das Thinglager vernichtet worden war, hatten sie ein eigenes Lager errichtet und sich methodisch daran gemacht, Proviant zusammenzutragen. Hunderte von Trupps hatten die Berge und Täler durchkämmt, hatten Höfe niedergebrannt und Vorräte geplündert, Werkzeuge und Waffen erbeutet, Menschen und Tiere zusammengetrieben und ins Lager geschafft. Zur gleichen Zeit hatte Svein Blue Tooth hundert Pasang weiter südlich seine Kampfgefährten um sich versammelt.

In diesen Tagen hatte ich mich viel mit den Kurii beschäftigt. Die Trupps der Kurii, die normalerweise aus sechs Wesen bestanden, wurden zumeist von ausgebildeten Sleen begleitet. Bei meinen Kundschaftergängen mußte ich mich zweimal dieser Tiere erwehren. Sie werden verschieden eingesetzt; einige dienen nur als Wachtiere, andere fungieren gewissermaßen als Kundschafter beim Vorrücken von Kampfverbänden, und wieder andere sind noch besser ausgebildet und werden eingesetzt, um Menschen zu jagen, insbesondere Sklavinnen, die sie ohne viel Umstände über Land in das Lager der Kurii treiben.

Ich blickte zum Torvaldsberg hinüber. Der Gipfelschnee schimmerte in der Sonne.

Im Tal unter uns befand sich das Lager der Kurii noch im Dunkeln. Wir hörten das leise Heulen eines Sleen. Ich fragte mich, ob Kurii träumen konnten. Es war anzunehmen.

»Bald ist es soweit«, sagte Ivar Forkbeard zu mir.

Ich nickte.

Von unten hörten wir plötzlich den Jagdschrei eines Sleen, gefolgt von den Stimmen zweier anderer Tiere.

Ich beneidete Hilda nicht. Die Kurii würden sich nicht weiter um die Sleen kümmern, die ihrer Aufgabe nachkamen, ein geflohenes Tier einzufangen und zur Herde zurückzubringen. Die Dämmerung strich über das Tal. Aus dem Lärm der Sleen schlossen wir, wo sich Hilda befand.

»Dort«, sagte Ivar und hob die Hand.

Die Sleen stellten das Mädchen nördlich von der Boskherde. Wir sahen ihren bleichen Körper und die dunklen, geschmeidigen Silhouetten, die sich ihr näherten. Dann war sie umringt und blieb stehen. Die Sleen wichen zur Seite und deuteten ihr damit an, in welche Richtung sie gehen sollte. Zwei Sleen trieben das Mädchen sodann vor sich her.

Im nordwestlichen Teil des Lagers befand sich die Verrherde, im Nordosten lagen die Tarskgehege, im Süden wurden die Bosk festgehalten, und etwas südöstlich von der Lagermitte wurde eine ganz anders geartete Herde bewacht – und zu diesem Gehege wurde die Tochter Thorgards von Scagnar getrieben. Alles ging nach Plan. Nachdem die Sleen ihre Beute abgeliefert hatten, nahmen sie ihre Patrouille wieder auf. Ein Tier war zur Herde geführt worden, und sie interessierten sich nicht mehr dafür, solange es nicht zu fliehen versuchte. Wir sahen Hilda zu den anderen eilen, die dort auf dem zertrampelten Rasen hockten.

»Ich wünschte«, seufzte Ivar Forkbeard, »ich hätte auch so eine Herde.«

Die Herde bestand aus schlanken zweibeinigen Tieren.

»Einige der Mädchen gehören dir«, erinnerte ich ihn.

»Die werde ich mir auch zurückholen.«

In dieser Herde befanden sich vermutlich mehrere unserer Frauen: Thyri, Aelgifu, Gunnhild, Schmollmund, Honigkuchen, Leah – und jetzt Hilda, die inzwischen Forkbeards Lieblingssklavin geworden war.

Jetzt teilte Hilda den verängstigten Mädchen unsere Anweisungen mit. Nun mußte sich erweisen, ob sie Sleen und Kurii mehr fürchteten als ihre Herren. Wenn sie nicht gehorchten, war ihr Leben verwirkt. Sie erhielten einen Befehl, und als Sklaven mußten sie gehorchen.

Die Sonne beleuchtete nun den Gipfel des Torvaldsbergs.

»Bindet die Tücher um«, sagte Svein Blue Tooth. Die Anordnung wurde von Mann zu Mann weitergegeben. Auf der anderen Seite des Tals mußten ähnliche Vorbereitungen im Gange sein. Jeder von uns band sich ein gelbes Tuch an die Schulter – das Zeichen, an dem die Kurii ihre Verbündeten, die Männer Thorgards von Scagnar, erkannten. Auch wir wollten dieses Zeichen tragen – zur Rache an jenen, die ihre Artgenossen verraten hatten.

»Haltet die Waffen bereit«, sagte Svein Blue Tooth. Die Männer kamen in Bewegung.

Es kam mir seltsam vor, daß sich Menschen, einfache Menschen, zum Kampf gegen die Kurii rüsteten. Aber in diesem Augenblick hatte ich noch keine Ahnung von dem großen Zorn, der in ihnen loderte.

Svein Blue Tooth hatte den Kopf gesenkt.

Ich spürte die seltsame Erregung als erstes bei dem riesigen Rollo. Es war kein menschlicher Laut; es war ein Schnauben, ein Knurren, das aus seiner Kehle drang, wie der Laut eines Larl, der aus dem Schlaf geweckt wird. Meine Nackenhaare sträubten sich. Der riesige Kopf wurde langsam gehoben. Rollo öffnete die Augen, und ihr Blick war nicht mehr leer, sondern in ihrer Tiefe schien ein schreckliches Feuer zu leuchten. Seine Fäuste öffneten und schlossen sich, seine Schultern waren hochgezogen. Halb geduckt stand er da, während das Etwas, die Wut, der Wahnsinn, in ihm zu toben begann.

»Es beginnt«, sagte Ivar Forkbeard zu mir.

»Was meinst du?« fragte ich.

Ich sah, wie Svein Blue Tooth, der Jarl Torvaldslands, den Kopf hob, doch er schien nicht mehr bei Sinnen zu sein. Sein Gesicht kam mir plötzlich verändert, ja völlig fremd vor. Ruckartig fuhr seine Hand über die Speerklinge. Entsetzt bemerkte ich, daß er sich tief in die Hand geschnitten hatte und sein eigenes Blut ableckte.

Ein Mann kämpfte gegen das Gefühl, das ihn zu sprengen drohte. Dabei riß er sich das Haar büschelweise aus. Ein anderer ließ den Kopf hin und her rollen; sein Körper bebte. Er murmelte unverständliche Worte. Ein dritter Kämpfer warf seinen Schild zur Seite und riß sich das Hemd auf. Andere stöhnten und begannen zu knurren wie erregte Tiere, die sich kaum noch beherrschen konnten. Jene, die von dieser Erscheinung noch nicht berührt waren, verharrten entsetzt zwischen ihren Kampfgefährten. Sie befanden sich in einer Horde von Ungeheuern; doch die Erregung griff um sich.

»Das ist die Wut Odins«, sagte Forkbeard. »Die Wut Odins.«

Einer nach dem anderen wurden die Männer davon angesteckt. Das Phänomen schien beinahe etwas Greifbares zu sein, etwas, das von einem Krieger zum nächsten übersprang. Man hatte fast das Gefühl, diese Wut zu sehen – doch in Wirklichkeit waren nur die Auswirkungen zu bemerken, wie eine gespenstische Seuche, wie ein unsichtbares, verzehrendes Feuer, wie die Berührung durch die Götter, durch die harten, grausamen Götter Torvaldslands. Und die Macht dieser Götter war schrecklich.

Ivar Forkbeard warf plötzlich den Kopf in den Nacken und schrie lautlos zum Himmel empor. Das Etwas hatte ihn berührt.

Ringsum atmeten die Männer schwer, knirschten mit den Zähnen, kämpften mit dem Drang in ihrem Innern.

Ich mußte den Blick von Ivar Forkbeard abwenden. Er war nicht mehr der Mann, den ich kannte. Seinen Platz hatte ein Ungeheuer eingenommen.

Ich blickte ins Tal hinab. Dort unten schliefen die Kurii. Noch zu gut erinnerte ich mich an die Mordgier dieser Bestien, an das grauenhafte Massaker, das sie in der Halle Svein Blue Tooths angerichtet hatten.

Plötzlich spürte ich in mir ein seltsames Gefühl. »Wahnsinn!« sagte ich mir. In dem Lager unter uns schliefen die Kurii, die gemordet hatten, die ein nächtliches Massaker angerichtet hatten. Unter uns schliefen ahnungslos unsere Feinde.

Ich bekämpfte die Gefühle, die mich durchströmten – doch ebensogut hätte ich mich gegen die Gewalt eines Vulkans stellen können.

Ich öffnete die Augen.

Das Tal unter uns schien gerötet vor Wut, der Himmel war rot, ebenso die Gesichter der Männer in meiner Nähe. Eine Woge der Aggression staute sich in mir. Ich wollte zuschlagen, hacken, zerren, vernichten. Die Erscheinung hatte mich berührt und mich in eine unheimliche rote Welt des Zorns gestürzt.

Svein Blue Tooth hatte Schaum vor dem Mund. Seine Augen blitzten wie die eines Wahnsinnigen.

Ich hob meine Axt.

Die vielen tausend Torvaldsländer zu beiden Seiten des Tals machten sich bereit. Ich spürte ihren Erregungszustand, ihren unerträglichen Drang, ihre unbezähmbare Spannung.

Der Signalspeer in der Hand des bebenden Blue Tooth wurde angehoben. Die zahllosen Krieger hielten eine Sekunde lang den Atem an. Dann blitzte die Sonne auf dem Schild. Der Signalspeer deutete auf das Tal.

Mit einem wilden Schrei stürmte die Streitmacht hangabwärts. Die Torvaldsländer griffen an!

17

Der Kur sank von der Klinge. Brüllend sprang ich auf einen zweiten zu und machte ihn nieder, ehe er sich erheben konnte, dann tötete ich einen dritten.

Im Augenblick des Angriffs hatten die Sklavenmädchen im Gehege die Befehle befolgt, die Hilda ihnen übermittelt hatte. Zu Hunderten waren sie aus der Umzäunung ausgebrochen und eilten durch das Lager. Die Herdensleen hüpften zwischen ihnen herum, doch bei der Menge der Sklavinnen hatten sie Mühe, sich einzelne Mädchen herauszusuchen, um sie ins Gehege zurückzutreiben. Kaum hatte sich ein Sleen eine Sklavin vorgenommen, eilten drei oder vier andere an ihm vorbei und brachten ihn von seiner Beute ab, die ihrerseits davoneilte und später dann half, andere Sleen abzulenken. Viele Mädchen ließen sich allerdings zurückbringen, um gleich darauf an einer anderen Ecke des Geheges wieder auszubrechen.

Ein Kur hob seine gewaltige Axt. Ich griff an, und meine Klinge fand ihr Ziel, ehe er zuschlagen konnte.

Ich zerrte meine Waffe frei. »Tarl Rothaar!« rief in diesem Augenblick eine Stimme. Ich wandte mich um. Es war Thyri, die ich jedoch im ersten Augenblick nicht erkannte. Blutüberströmt stand ich da, die Axt erhoben. Der Kur lag zuckend zu meinen Füßen. Entsetzt hob das Mädchen die Hand vor den Mund und huschte davon.

Ich sah, wie ein Kur einen Mann aus Thorgard von Scagnars Lager ergriff und ihm den Kopf vom Körper riß.

Die Angreifer trugen gelbe Tücher an der Schulter wie sie. Viele Kurii waren in der ersten Verwirrung dieser Täuschung zum Opfer gefallen. Inzwischen versuchten sie ohne Unterschied jeden bewaffneten Mann zu vernichten. So starben zahlreiche Kämpfer Thorgards unter den Fängen und Klingen der Kurii, und mehrere Kurii wurden auch von Thorgards Kämpfern erledigt, die sich natürlich ihrer Haut zu wehren versuchten.

Einmal sah ich Thorgard von Scagnar. Ivar Forkbeard versuchte sich sofort zu dem Mann durchzukämpfen, wurde aber von Kurii und einigen Kriegern abgedrängt und stürzte sich sofort wieder in den Kampf.

Ich hörte zwei Sklavenmädchen kreischen.

Ich sah zwei Kurii, die sich an Gorm heranschleichen wollten. Zweimal schwang ich meine Axt – einmal nach links, einmal nach rechts – und durchtrennte ihnen das Rückgrat.

In seinem Wahn hieb Gorm wie von Sinnen auf die beiden toten Kurii ein.

Schulter an Schulter kämpften Bjarni aus dem Thorstein-Lager und der junge Mann, dessen Champion ich bei dem Duell gewesen war.

Ich roch Feuer. Kurii heulten und brüllten durcheinander.

Ein Kur wich humpelnd vor Ottar zurück. Dieser verfolgte das Wesen mit wildem Blick und streckte es schließlich nieder.

Ich sah den riesigen Torvaldsländer Hrolf, den Mann aus dem Osten, der großartig kämpfte. Mit lautem Schrei stieß er einem Kur den Speer durch die Brust.

Ein anderer Kur griff an. Ich trat zur Seite und versetzte ihm einen gewaltigen Axthieb in den Leib. Ein zweiter Kur hielt unentschlossen inne. Als ich etwas die Balance verlor, griff er an. Ich zog den Axtgriff nach vorn, erwischte ihn damit im Bauch und stieß ihn zur Seite. Ich sprang auf, ließ meine Axt kreisen und traf den Hals des Ungeheuers.

Dem nächsten Kur trat ich ganz offen entgegen. Der Griff seiner Axt legte sich über den Griff meiner Waffe und zwang mich auf ein Knie nieder. Langsam richtete ich mich wieder auf und drängte die Waffe, die von beiden Klauen des Kurs gehalten wurde, zurück. Das Wesen stemmte sich mit voller Kraft gegen mich, überzeugt, daß es einen Menschen zu erdrücken vermochte. Ich hielt lange genug stand, um zu erkennen, daß ich es schaffte, dann zog ich meinen Griff hastig zurück, drehte mich zur Seite und hob meine Waffe erneut. Der Kur stolperte vorwärts, und ich trat auf den Griff seiner Axt. Das Wesen versuchte die Waffe wieder in seine Gewalt zu bringen. Vor meiner erhobenen Axt rollte es sich verzweifelt zur Seite. Mein Schlag traf das linke Schulterblatt. Heulend sprang der Kur auf und wich mit entblößten Fängen vor mir zurück. Ich folgte ihm. Er wandte sich plötzlich zur Flucht, doch ich erwischte ihn vor dem Eingang eines Pavillonzelts, das Thorgard von Scagnar gehörte. Der Kur hatte kehrtgemacht und wich langsam zurück.

Dabei stieß er gegen eine Zeltleine und riß den Haltepflock aus dem Boden. Ich sprang vor und schlug noch einmal zu. Der Kur verschwand blutend im Zelt, aus dem sofort das Geschrei zahlreicher Sklavinnen ertönte.

Ich folgte dem Kur, der jetzt mit dem rechten Arm nach einer der Zeltstangen griff und sie aus dem Boden zog. Ein Teil des Zeltes stürzte ein. Er stieß mit der Zeltstange nach mir. Ich wartete ab. Das Wesen war vom Blutverlust geschwächt. Wieder machte es kehrt, floh zur gegenüberliegenden Zeltwand und versuchte die Seide zu zerreißen. Dabei erwischte ich es. Ich zog meine Axt aus dem reglosen Körper und drehte mich um. Die Mädchen hatten sich verängstigt aneinandergeklammert und sahen mich zitternd an. Ich verließ das Zelt.

»Wo steckt Thorgard von Scagnar?« fragte Ivar Forkbeard, dessen Hemd zerrissen war. Brust und Wange waren blutbesudelt.

»Ich weiß es nicht«, antwortete ich.

Hinter Ivar Forkbeard entdeckte ich Hilda, Thorgards Tochter.

»Die Kurii greifen bei den Verrgehegen an!« rief ein Mann.

Schleunigst eilten Ivar und ich in diese Richtung.

Der Angriff war schlecht geplant. Speere flogen in die Gruppe der Kurii. Mehrere rutschten im Schlamm der Verrgehege aus; die erschrocken blökenden Tiere sprangen zwischen den Kämpfenden hin und her und waren ihnen im Wege.

Auch Svein Blue Tooth war zu den Verrherden geeilt und leitete den Angriff, der den Ausfall der Kurii zersprengte. Der große Torvaldsländer stieg über den Leichnam eines gefallenen Kur. »Die Kurii dürfen nicht nach Süden entkommen«, schrie Svein Blue Tooth Ketil zu, dem Verwalter seiner großen Farm, der als gefürchteter Ringer bekannt war.

»Die Boskherden verhindern dort die Flucht«, erwiderte Ketil. »Einige Kurii sind sogar zertrampelt worden.«

»Man hat uns hereingelegt!« rief ein Mann. »Auf der anderen Seite des Lagers hat der wirkliche Angriff begonnen! Hunderte von Kurii! Sie brechen durch! Dieser Vorstoß war eine List, er sollte die Männer hierherziehen, damit sich die Kurii woanders neu formieren konnten!«

Ich bewunderte den Anführer der Kurii. Er war ein echter General, ein gefährlicher Gegner, skrupellos und geschickt.

»Offenbar haben wir einen würdigen Gegner«, sagte Forkbeard grinsend.

»Die Schlacht wendet sich gegen uns!« brüllte ein Mann.

»Haltet sie auf!« sagte Ivar Forkbeard. Von der anderen Seite des Lagers, fast einen Pasang entfernt, drang Kuriigeschrei herüber. »Komm, wir müssen mitkämpfen, Tarl Rothaar«, sagte Forkbeard.

Fliehende Männer eilten an uns vorbei. Forkbeard stellte sich einem der Krieger in den Weg.

»Zurück!« sagte er wütend. Der Mann machte kehrt, hob seine Waffe und floh in den Kampf. »In die Schlacht!« brüllte Forkbeard.

»Wir können sie nicht aufhalten! Sie werden das Lager zurückerobern!«

Schon sahen wir den Signalspeer Svein Blue Tooths, von Kurii umgeben. Der Speer wirkte wie eine Flagge auf einer Insel. Dicht davor stand der mächtige Rollo und hieb mit seiner Axt nach rechts und links. Wer sich von den Kurii dem Signalspeer näherte, starb. Hunderte von Männern begleiteten uns. Die Kurii, deren Streitmacht nicht ausreichte, zogen sich brüllend zurück, um sich zu einem neuen Angriff zu formieren.

»Bildet Reihen!« schrie Svein Blue Tooth in das Getümmel. Svein, der Jarl, kämpfte mitten zwischen seinen Männern. Die Torvaldsländer drängten sich danach, vor seinen Augen in der ersten Reihe Aufstellung zu nehmen.

Wir sahen die sich überlappenden Schilde der Kurii-Linie. Ich schätzte die Zahl der Gegner auf über zweitausend.

Lauthals brüllend stürmten die Kurii auf uns zu. Unsere Reihen gerieten ins Wanken, doch nach kurzem, schrecklichem Kampf wichen die Angreifer zurück.

Rechts von mir kämpfte der mächtige Rollo. Auf seinen Lippen stand Schaum, seine Augen rollten in ihren Höhlen. Links von mir lieferte Hrolf aus dem Osten einen großartigen Kampf. Aber die anderen hielten sich ebenso gut.

Zweimal noch wurde angegriffen – einmal von den Kurii, einmal von uns. Doch gegen die Schildmauer der Kurii kamen wir nicht an; nach erheblichen Verlusten zogen wir uns zurück. Ohne die Sicherheit Svein Blue Tooths, ohne die Kraft seiner Stimme hätten die Kurii die Initiative in diesem Augenblick an sich reißen können. »Bildet Reihen!« brüllte er wieder. »Formiert euch neu! Speere ins zweite Glied!« Eine Hecke aus Speeren, zwischen den Kämpfern der ersten Reihe hindurchgesteckt, erwartete die Kurii.

Hundert Meter trennten die gegnerischen Linien.

Aus dem Lager eilten weitere Kurii herbei, um ihren Kameraden beizustehen. Auch Männer lösten sich aus Einzelkämpfen und fanden ihren Weg in unsere Linien.

Ich fand es erstaunlich, daß wir gegen die Kurii standgehalten hatten – doch es war tatsächlich geschehen.

Die Kurii machten keine Anstalten, hinter ihrer Schildmauer hervorzukommen. Diese Mauer besteht aus zwei Reihen sich überlappender Schilde, die eine am Boden, die andere in Brusthöhe. Diese beiden äußeren Reihen der Kurii waren deutlich zu erkennen; die untere Reihe kniete, die obere stand. Ähnliche Mauern wurden nun auf allen Seiten um die Formation errichtet – es bildete sich das Kriegsviereck der Kurii. Im Innern des Vierecks hielt sich eine große Anzahl von Kurii auf, die zum Angriff bereit waren, sollte sich die Schildmauer öffnen oder an einer Stelle geschwächt werden. Ich schätzte, daß sich in dieser Formation etwa zweitausenddreihundert Kurii befanden.

»Wir wollen das Viereck noch einmal angreifen!« rief ein Mann.

»Nein«, bestimmte Svein Blue Tooth. »Das Viereck ist nicht zu schaffen.«

»Sie warten bestimmt auf die Nacht«, sagte Ivar Forkbeard.

Die Männer erschauderten. Ein Kur kann in der Nacht ausgezeichnet sehen, während die Menschen im Vergleich dazu praktisch blind sind.

»Bei Dunkelheit bringen sie uns um!« sagte ein Mann.

Svein Blue Tooth hob den Kopf. »Es ist Mittag vorbei. Ich habe Hunger.« Er sah sich im Kreise seiner Männer um. »Geht zu den Schuppen der Kurii. Schneidet Fleisch. Röstet es vor unseren Kampflinien.«

»Gut«, sagte Ivar Forkbeard. »Vielleicht öffnen sie die Mauer für uns.«

Aber das Viereck hielt. Kein Kur rührte sich von seinem Platz.

Aufgebracht wandte sich Svein Blue Tooth ab.

»Dein Plan hat nicht geklappt«, sagte Ivar Forkbeard.

»Ja«, erwiderte Svein Blue Tooth grimmig. »Sie warten auf die Nacht.«

Ich sah den Kur-General in dem großen Viereck, den riesigen Kur mit dem goldenen Ring am linken Arm, der meines Wissens keine militärische Bedeutung hatte. Viele Kurii tragen solche Ringe an den Armen und um den Hals. »Manchmal«, sagte ich, »reagieren die Kurii ganz automatisch auf Blut.«

»Blut haben sie jetzt genug gehabt«, erwiderte Ivar Forkbeard. »Die Luft ist förmlich damit getränkt.«

Ich warf Ivar Forkbeard einen Blick zu, den er grinsend erwiderte.

»Wir brechen das Viereck«, sagte ich zu Svein Blue Tooth. »Und zwar in einer Stunde. Sucht inzwischen alles an Nahrung und Wasser zusammen, was ihr finden könnt. Gebt den Männern zu essen und zu trinken. Dann seid bereit.«

Svein Blue Tooth sah uns an, als hätten wir den Verstand verloren. »Gut«, sagte er. Seine Finger drehten den blauen Zahn des Hunjerwals.

Die Kurii hoben gespannt die Köpfe. Sie hatten das Grollen gehört, ehe es für menschliche Ohren vernehmbar wurde. Die Erde begann zu zittern.

Staub wallte wie Rauch empor.

Die Ungeheuer sahen sich an.

Im nächsten Augenblick erdröhnte Hufgetrappel, das Bellen der Bosks wurde lauter.

Zu Hunderten rasten die Tiere heran – mit trommelnden Hufen und gesenkten Köpfen stürmten sie gegen das Viereck der Kurii an. Obwohl Ivar und ich und hundert Männer brüllend hinter der Herde herjagten, hörten wir das verblüffte Kreischen der Kurii. Wir hörten das Kratzen von Hörnern auf Metall, die Schreie der aufgespießten Ungeheuer, das Heulen der Kurii, die von Hufen zertrampelt wurden. Es gibt nichts auf Gor, das der Gewalt eines fliehenden Bosk widersteht. Sogar Larls rücken vor einer solchen Attacke aus. Die Herde walzte das Viereck nieder und stürmte langsamer werdend auf die Hänge des Tals zu. Betäubte, verwirrte Kurii taumelten hin und her und sahen sich der angreifenden Horde Svein Tooths gegenüber. Die Attacke begann, während die letzten Bosks noch über die Stelle dahinrasten, an der sich das Viereck befunden hatte. Kreischende Männer tauchten mit erhobenen Äxten aus dem Staub auf und fielen über die demoralisierten Kurii her. Die Ungeheuer hatten keine Zeit, sich neu zu formieren. Heulend ergriffen sie die Flucht, und Gruppen von Männern nahmen die Verfolgung auf.

»Laßt nicht nach! Verfolgt sie!« brüllte Blue Tooth. »Keine Gnade!«

Wieder wurde das Lager zu einem Gewirr von Einzelkämpfen, doch nun waren die Kurii entschieden im Nachteil und ergriffen die Flucht, sobald sich ihnen die Gelegenheit dazu bot. Wandten sie sich nach Norden, ließen wir sie ziehen, denn dort lauerten seit dem frühen Morgen vierhundert Bogenschützen im Hinterhalt. Ein

Ausweg läßt den Gegner überhaupt erst an Flucht denken; ein in die Ecke getriebener verzweifelter Gegner ist doppelt gefährlich; ein Gegner, der noch einen letzten Ausweg zu haben glaubt, denkt eher an den Rückzug.

Ivar und ich schritten durch das brennende Lager. Männer folgten uns. Wir bahnten uns einen Weg zwischen den verkohlten und ausgeraubten Zelten Thorgards von Scagnar hindurch. Im Tal brannten noch immer tausend Feuer. Da und dort waren Köpfe von Kurii auf Pfähle gespießt worden. Wir stiegen über zerbrochene Äxte, zerschmetterte Zeltstangen und zerrissene Zelthäute der Kurii-Unterkünfte. Wir kamen an einem Dutzend Männer vorbei, die Bierkrüge leerten. Zweihundert Meter vor uns erklang ein Seemannslied. Wir sahen einige Männer, die einen Kur gefangen hatten. Ein schweres Holzstück lag zwischen seinen Fängen und war dort mit Lederschnüren festgezurrt. Das Wesen blutete an der Schläfe. Seine Klauen waren vor dem Bauch zusammengebunden. Die Männer trieben das Wesen mit Speerschäften zwischen sich hin und her. »Knie nieder! Roll dich herum!« befahl einer der Kämpfer. Überall lagen Tote im Gras, zumeist Kurii – denn die Überraschung und die Wut war auf unserer Seite gewesen. Wir beobachteten fünf Männer, die um ein Feuer saßen und den Schenkel eines Kur rösteten. Der Geruch war schwer und süßlich. In der Ferne ragte der Gipfel des Torvaldsberges auf. Ich sah Hrolf aus dem Osten, den bärtigen Riesen, der sich gelassen auf seinen Speer stützte und über das Schlachtfeld schaute.

»Ivar! Ivar!« rief eine Stimme.

Forkbeard hob den Kopf und sah Ottar am niedergebrannten Zelt Thorgards von Scagnar stehen. Er winkte uns heran.

»Hier gibt es Gefangene und reiche Beute!« rief Ottar und deutete auf elf Männer Thorgards von Scagnar. Man hatte ihnen Helme, Gürtel und Waffen abgenommen und ihnen Ketten um den Hals gelegt.

»Verkauft sie als Sklaven in Lydius«, sagte Forkbeard und wandte sich ab.

Dann durchstöberte er die Kisten und Truhen und Beutel. Dicht daneben knieten Thorgards Mädchen. Es waren siebzehn. Sie sahen ziemlich zerzaust und niedergeschlagen aus.

»Thorgard von Scagnar!« rief eine Stimme. Wir drehten uns um. Thorgard von Scagnar, zerrissen, zerlumpt und blutbesudelt, war an einen abgebrochenen Speerschaft gefesselt worden; man hatte ihm die Arme zurückgewinkelt und die Stange zwischen Ellbogengelenken und Rücken durchgeschoben. Seine Handgelenke waren seitlich am Brustkorb gefesselt. Ein einfaches Seil lag um seinen Hals, und Gorm zerrte ihn daran vor Ivar Forkbeard.

Mit entsetztem Blick musterte der Gefangene den Mann von Forkbeards Heimstatt. »Du gehörst jetzt mir«, sagte Forkbeard und sah sich im Kreis um. »Bringt meine neuen Sklavinnen ins Gehege«, befahl er Olga, die die Mädchen für ihn bewacht hatte. Während die Sklavinnen zusammengetrieben und abgeführt wurden, wandte sich der große Torvaldsländer wieder an Thorgard von Scagnar.

»Einige seiner Männer sind entkommen«, sagte Gorm. »Sollen wir ihn entkleiden?«

»Nein.«

»Knie nieder«, sagte Gorm zu Thorgard von Scagnar und stieß ihn mit einem Speerschaft an.

»Nein«, sagte Forkbeard.

Die beiden Männer sahen sich an. Dann sagte Forkbeard: »Schneide ihn los!«

Gorm gehorchte.

»Gib ihm ein Schwert«, befahl Forkbeard.

Auch das geschah, und die Männer und Hilda traten zurück, machten den beiden Männern Platz. Thorgard packte den Schwertgriff. Der Himmel hatte sich bewölkt. »Du warst schon immer ein Dummkopf!« sagte Thorgard zu Forkbeard.

»Jeder Mann hat seine Schwächen«, erwiderte Ivar.

Plötzlich stieß Thorgard von Scagnar einen Wutschrei aus. Sein Bart wehte zur Seite, als er – jetzt wieder bewaffnet – auf seinen Gegner zustürmte, der den Schlag mühelos abwehrte. Ich konnte die Wucht des Schlages an der Art und Weise beurteilen, wie Forkbeards Klinge darauf reagierte. Thorgard war ein ungeheuer kräftiger Mann. Ich war überzeugt, daß er den Waffenarm manches Gegners durch schiere Gewalt ermüden konnte, und wenn der Gegner dann erschöpft war und nicht mehr reagieren konnte, erzwang er mit großer Entschlossenheit und Kraft den Sieg. Ich kannte die Kampfesweise solcher Männer.

Aber ich nahm nicht an, daß Forkbeard so schnell ermüden würde. Auf seinem Schiff saß er nicht selten selbst an den Rudern. Er fing die gewaltigen Hiebe, die stählernen Donnerschlägen glichen, mit seiner Klinge ab und lenkte sie zur Seite. Aber er selbst griff selten an.

Hilda hockte im Schlamm, die Hände vor den Mund gehoben, und verfolgte den Kampf der beiden Riesen mit verängstigten Blikken. Denn die mächtigen Hiebe forderten ihren Tribut natürlich auch vom Arm des Angreifers.

Plötzlich trat Thorgard zurück. Forkbeard grinste ihn an. Er war nicht im geringsten geschwächt. Thorgard aber war auf der Hut und machte einen weiteren Schritt rückwärts. Forkbeard folgte ihm. Ich sah Erschöpfung in den Augen Thorgards – und zum erstenmal auch Angst. Er hatte viel Kraft vergeudet.

»Ich bin hier der Dummkopf«, sagte Thorgard.

»Das konntest du nicht wissen«, erwiderte Forkbeard.

Und jetzt trieb Forkbeard seinen Gegner Schritt für Schritt zurück. Wir folgten den beiden Kämpfern hundert Meter weit. Er trieb seinen Gegner mit unerbittlichen Schwerthieben vor sich her.

Einmal hielten die beiden inne und sahen sich an. Der Ausgang des Kampfes schien bereits klar zu sein.

Und dann folgten wir den beiden den Talhang hinauf, bis zu einer hohen Klippe über dem Thassa.

Es verwirrte mich, daß Forkbeard den entscheidenden Schlag noch nicht getan hatte.

Jetzt konnte Thorgard von Scagnar nicht weiter zurückweichen. Er stand mit dem Rücken zum Meer. Er vermochte auch den Arm nicht mehr zu heben.

Hinter ihm erstreckte sich das herrliche grüne Thassa. Der Himmel war bewölkt. Es wehte ein leichter Wind, der mit seinen Haaren und seinem Bart spielte.

»Schlag zu«, sagte Thorgard.

Einige hundert Meter vor der Küste lagen Schiffe auf dem Thassa. Eins dieser Schiffe war der Schwarze Sleen, Thorgards Schiff. Gorm hatte uns berichtet, daß einige seiner Männer entkommen waren. Sie hatten zu dem Schiff fliehen können.

Hinter mir bemerkte ich das angespannte Gesicht Hildas.

»Schlag zu«, sagte Thorgard noch einmal.

Der Hieb wäre ganz einfach gewesen. Die Männer Ivar Forkbeards waren außer sich.

Ivar drehte sich zu uns um. »Ich bin ausgerutscht«, sagte er.

Gorm und andere rannten zur Klippe. Thorgard hatte die Gelegenheit genutzt und war in die Tiefe gesprungen. Wir sahen, wie er durch die Brandung schwamm. Vom Schwarzen Sleen wurde ein Boot ins Wasser gelassen, das sofort auf ihn zuruderte.

»Wie unvorsichtig von mir«, sagte Forkbeard lächelnd.

Hilda kniete vor ihm nieder, schmiegte den Kopf an sein Bein. Tränen standen ihr in den Augen, als sie zu ihm aufblickte.

Daraufhin kehrten Forkbeard und ich und die anderen zu den Zelten Thorgards aus Scagnar zurück, wo uns bereits Svein Blue Tooth erwartete. In einiger Entfernung wurde eine lange Kette aneinandergefesselter Kurii mit Speerschäften durch das Lager getrieben.

»Unsere Falle hat vorzüglich funktioniert«, sagte Svein Blue Tooth zu Forkbeard. »Viele hundert fliehende Kurii wurden von unseren Bogenschützen niedergestreckt.«

»Hat es Überlebende gegeben?« erkundigte sich Ivar.

Blue Tooth zuckte die Achseln. »Mehrere, aber ich glaube, die Torvaldsländer haben eine Rückkehr der Kur-Armee nicht zu befürchten.«

Und das konnte stimmen. Wie zuvor mochten sich vereinzelte Kurii in den Süden verirren, doch ich nahm nicht an, daß sie sich wieder in großer Zahl zusammenrotten würden. Sie und die Torvaldsländer hatten erfahren, daß sich die Menschen gegen die Ungeheuer durchsetzen konnten. Diese Tatsache war in einem einsamen Tal des Nordens mit dem Blut von Kurii und Menschen bewiesen worden. Diese Demonstration blieb sicher auch nicht ohne Wirkung auf die fortschrittlichen Kurii in den Stahlwelten. Ich, Tarl Cabot, der die Dienste der Priesterkönige quittiert hatte, war ihnen dennoch an diesem entlegenen Ort nützlich gewesen. Forkbeard und ich hatten im Torvaldsberg den Kriegspfeil gefunden, und dieser Pfeil hatte seine Kraft an andere Pfeile weitergegeben, die in Hunderte von Dörfern und Lagern zu den freien Männern des Nordens getragen worden waren. Und gemeinsam mit diesen Männern hatte ich gekämpft. Dies kam mir seltsam vor. Ich dachte an den goldhäutigen Misk, den Priesterkönig, der einmal vor langer Zeit mit seinen Fühlern die Innenfläche meiner hochgereckten Hand berührt und mir das Nestvertrauen ausgesprochen hatte. Doch ich schlug mir den Gedanken aus dem Kopf.

»Was soll mit den gefangenen Kurii geschehen?« fragte ich Svein Blue Tooth und deutete auf die gefangenen Ungeheuer, die an uns vorübergetrieben wurden.

»Wir werden ihnen die Zähne ausbrechen und die Krallen ausreißen. Und dann sollen sie uns in Ketten als Lasttiere dienen.«

Der große Plan der Anderen, der Kurii aus den Stahlwelten, war fehlgeschlagen. Eingeborene Kurii, auf primitive Waffen beschränkt, waren offenbar nicht in der Lage, Gor zu erobern und die Priesterkönige im Sardargebirge zu isolieren, bis sie vernichtet oder dazu verleitet werden konnten, ihre eigenen Waffengesetze zu verraten, weil sie die Menschen bewaffnen mußten, oder ihre eigene Technologie einsetzen mußten, was für die Kurii in den Stahlwelten sehr interessant gewesen wäre. Der Plan war brillant gewesen, hatte aber wenig auf das Leben der Kurii Rücksicht genommen. Der Fehlschlag der Kurii-Invasion gab dem großen Krieg natürlich eine neue Dimension. Ich fragte mich, welche Ersatzpläne jetzt wohl in Angriff genommen würden. Vielleicht gab es solche Pläne schon seit Jahren oder Jahrhunderten. Ich betrachtete die Reihe der gefesselten Kurii. Sie hatten versagt. Doch sicher waren schon andere, frische Kurii in den Stahlwelten am Werk, in den Kommandozentralen und Kartenräumen, um neue Befehle zu geben, noch ehe die Asche in diesem entlegenen Tal des Nordens abgekühlt war. Ich sah mich auf dem Schlachtfeld um, unter dem wolkigen Himmel. Sicher waren schon neue verschlüsselte Anweisungen zwischen den fernen Stahlwelten ausgetauscht worden. Der Kur ist ein aggressives Wesen. Seine Evolution scheint ihn nur für ein Leben in Vorherrschaft zu prädestinieren. Ivar Forkbeard und Svein Blue Tooth mochten sich zu ihrem Sieg gratulieren. Ich, der ich die Kurii und die Kriegsgeheimnisse der Priesterkönige besser kannte, nahm an, daß dies nicht das letzte Wort der Ungeheuer war.

Doch diese Gedanken sollten sich andere machen, nicht Bosk aus Port Kar, nicht Tarl Rothaar. Sollten doch andere für die Priesterkönige kämpfen, sollten andere in den Krieg ziehen! Wenn ich in dieser Hinsicht einmal verpflichtet gewesen war, so hatte ich diese Schuld längst abgetragen.

Zum erstenmal seit meiner Abreise aus Port Kar fühlte sich die linke Seite meines Körpers seltsam kalt und taub an. Eine Sekunde lang konnte ich den linken Arm und das linke Bein nicht bewegen und wäre fast gestürzt. Dann war der Anfall vorüber. Auf meiner Stirn stand Schweiß. Das Gift von den Klingen aus Tyros lauerte noch immer in meinem Blut.

Ich war nach Norden gekommen, um die Ermordung Telimas zu rächen. Dieser Entschluß, mein Haß, hatte mich angetrieben. Doch schien ich meine Mission nicht erfüllt zu haben. In meinem Beutel ruhte das Armband, das mir Ho-Hak in Port Kar gegeben hatte, das Armband von der Stelle, an der Telima angegriffen worden war.

»Alles in Ordnung?« fragte Ivar.

»O ja«, sagte ich.

»Ich habe deinen Bogen und die Pfeile gefunden«, sagte Gorm. »Sie waren in der Beute.«

»Vielen Dank«, sagte ich, prüfte den Bogen und hängte mir die Waffe über die Schulter.

»In vier Tagen soll ein großes Fest stattfinden, wenn wir genügend Vorräte zusammenbekommen«, sagte Svein Blue Tooth. »Es war ein großer Sieg!«

»Ja«, sagte ich, »laßt uns feiern, denn wir haben einen großen Sieg errungen.«

18

Der Kur kam am gleichen Abend, am Abend nach der Schlacht, im Licht von Fackeln. Zahlreiche Speerträger umringten das Ungeheuer. Zum Zeichen des Friedens hielt es die beiden Teile einer zerbrochenen Axt über den Kopf.

Bewaffnete hielten sich in der Nähe auf.

Der Kur blieb vor Svein Blue Tooth und Ivar Forkbeard stehen und legte vor ihnen die Stücke der Axt auf den Boden.

Dann blickte er sich in der Menge um.

Zur Verblüffung der Zuschauer wandte sich das Ungeheuer nicht an Svein oder Ivar, sondern kam auf mich zu.

Ich schob Leah zur Seite und stand auf.

Die Lippen des Ungeheuers entblößten die Zähne. Es ragte riesig vor mir auf.

Der Kur sagte kein Wort, sondern griff in einen Beutel, der über seiner Schulter hing, und reichte mir ein zusammengerolltes Stück Papier, das seltsamerweise mit einem Bändchen zusammengebunden worden war.

Dann kehrte er zu Svein Blue Tooth und Ivar Forkbeard zurück und hob die Bruchstücke der Axt wieder auf.

Ärgerliches Murmeln wurde in der Menge laut. Speere wurden gesenkt.

Svein Blue Tooth richtete sich auf. »Der Friede des Lagers schützt ihn«, rief er.

Von Bewaffneten geleitet, verließ der Kur unser Lager.

Die Augen der anderen waren auf mich gerichtet. Ich öffnete die Nachricht und entrollte sie.

»Wo liegt das Felsenriff von Vars?« fragte ich.

»Fünf Pasang im Norden«, erwiderte Ivar Forkbeard. »Und zwei Pasang vor der Küste.«

»Bring mich dorthin.«

»Gut.«

Ich zerknüllte das Papier und steckte es ein. In dem Bogen befand sich ein langes blondes Haar. Es war ein Haar Telimas.

19

Das Mädchen trat vor mich hin. Sie trug ein langes weißes Kleid. Sie warf die Kapuze zurück und schüttelte ihr herrliches blondes Haar.

»Ich war dumm!« sagte ich. »Ich bin in den Norden gekommen, weil ich annahm, daß man dich getötet hatte. Ich bin nach Norden gekommen – aufgrund eines Tricks!«

Die Morgendämmerung war nicht mehr fern. »Es war nötig«, sagte sie.

Das Felsenriff von Vars mißt ungefähr hundert goreanische Fuß im Quadrat. Ein eckiger, aber einigermaßen flacher Felsbrocken, der sich fünfzehn bis zwanzig Fuß aus dem Wasser erhebt.

»Bist du unbewaffnet?« fragte sie.

»Ja.«

»Ich habe dieses Treffen arrangiert. Aber nicht ich wollte dich sprechen.«

»Das hatte ich auch nicht angenommen. Handelst du aus eigenem Antrieb?«

»Ja«, erwiderte sie und richtete sich auf. »In den Sümpfen haben sich die Kurii mit mir in Verbindung gesetzt.« Sie sah mich an. »Sie wollen den Frieden.«

Ich lächelte.

»Das ist wahr«, sagte sie ärgerlich. »Sicher fällt es dir schwer, so etwas zu glauben. Aber die Kurii sind des Kämpfens überdrüssig. Sie brauchen einen Gesandten, einen Mann, den die Priesterkönige kennen, der aber unabhängig von ihnen ist, einen Mann, den sie respektieren, der Urteilsvermögen und Verhandlungsgeschick besitzt und der den Priesterkönigen die Vorschläge der Kurii unterbreitet.«

»Ich dachte, du wüßtest nur wenig von solchen Dingen«, sagte ich.

»Das Wenige, das ich weiß, genügt völlig. Ein mächtiger Kur hat in den Sümpfen mit mir gesprochen, ein höfliches, zurückhaltendes

Wesen. Ein direkter Kontakt wäre problematisch gewesen. So etwas läßt sich schwer in Gang bringen, ohne daß die Priesterkönige davon erfahren.«

»Also hast du so getan, als wärst du in den Sümpfen umgebracht worden. Ein Kur wurde gesehen, dein Armband wurde im Rence gefunden . . .«

»Und jetzt bist du hier«, sagte sie lächelnd. »Dies ist der erste Akt in dem Drama, durch das zwischen verfeindeten Völkern Frieden geschaffen wird.«

»Dein Plan war brillant«, sagte ich. »Nur kommt er reichlich spät. Es ist auf beiden Seiten viel Blut geflossen. Viele Unschuldige mußten sterben.«

Ich blickte über Telimas Schulter. Am Felsrand tauchte zuerst der Kopf, dann die Schultern, dann der Körper eines Kur auf, der den Hang der Klippe erklomm. Er war fast neun Fuß groß, eine Größe, die selbst für einen Kur ungewöhnlich war. Sein Gewicht schätzte ich auf neunhundert Pfund. Seine Arme mochten sieben Fuß lang sein. Um den linken Arm trug er ein goldenes Spiralband. Auf der Schulter des Wesens ruhte ein langer flacher Gegenstand, der in ein purpurnes Tuch geschlungen war. Ich kannte den Kur. Dieses Wesen hatte zu den Torvaldsländern gesprochen. Dieses Wesen war in der Nacht des Angriffs in der Halle Svein Blue Tooths gewesen. Dieses Wesen hatte die Kurii bei dem Überfall auf das Lager geführt. Sicher war er ein Kur von den Stahlschiffen.

Ich neigte den Kopf. »Wir sind uns schon begegnet, nicht wahr?«

Zwanzig Fuß von mir entfernt hockte sich der Kur hin.

»Ich möchte dir Rog vorstellen, den Friedensgesandten der Kurii«, sagte Telima.

»Bist du Tarl Cabot?« fragte das Ungeheuer.

»Ja.«

»Bist du unbewaffnet?«

»Ja.«

»Wir haben dich schon einmal töten wollen, in Port Kar, durch Gift.«

»Ja, aber der Versuch ist fehlgeschlagen.«

Er wickelte den Gegenstand aus, der vor ihm lag.

»Leider kennst du die Lebensgewohnheiten der Kurii nicht, die Organisation unserer Dynastien und Klans – um Begriffe zu verwenden, die du verstehst: In meinem Volk bin ich ein Prinz, nicht dem Blute nach, sondern im Kampf – denn nur auf diese Art gewinnt man bei uns Anerkennung. Ich bin zum Führen ausgebildet. Ich sage dies, damit du begreifst, welche Ehre dir zuteil wird. Die Kurii kennen dich, und obwohl du ein Mensch bist, erweisen sie dir diese Ehre.«

Mit diesen Worten nahm er den Gegenstand aus dem Tuch. Es war eine riesige Kurii-Axt.

»Du bist ein großartiger Gegner«, sagte ich. »Ich habe deine Schlauheit und Tüchtigkeit bewundert. Dein Täuschungsangriff im Lager war ein Meisterwerk. Daß du unter Ungeheuern wie den Kurii führend bist, sagt viel über deine Qualitäten aus, über deine Stärke und deinen Intellekt. Obwohl ich nur ein Mensch bin, obwohl ich kein Kur und auch kein Priesterkönig bin, grüße ich dich.«

»Ich wünschte, ich hätte dich besser gekannt, Tarl Cabot.«

Und das Wesen stand auf, die Axt mit beiden Händen haltend. Telima starrte mit aufgerissenen Augen auf die Waffe und stieß einen Schrei aus. Mit einer Klaue schob das Ungeheuer sie zur Seite.

Es hob die Axt.

»Hättest du mich besser gekannt«, sagte ich, »wärst du nicht auf dieses Felsenriff gekommen.«

Die Axt wurde weit nach hinten geschwungen, zum Endpunkt des Bogens, bereit zu dem blitzenden, flachen Hieb, der mich in zwei Teile hauen sollte. Doch plötzlich hielt das Ungeheuer inne. Es hatte den Tuchukstahl nicht aufblitzen sehen, das Sattelmesser mit der ausbalancierten Klinge, die ich aus meinem Ärmel hatte gleiten lassen, ehe sie durch die Luft schoß. Mit blitzenden Augen begann das Wesen zu taumeln, es verstand nicht, was mit ihm vorging – da erst erblickte es den Griff, der aus der gewaltigen Brust ragte, während sich die Spitze in das mächtige Herz gebohrt hatte. Der Kur machte zwei unsichere Schritte vorwärts. Dann stürzte er, und die Axt polterte auf die Felsen. Kamchak von den Tuchuks hatte es mir vor langer Zeit eingeschärft: An einen Ort, den man unbewaffnet aufsuchen soll, muß man erst recht eine Waffe mitnehmen.

»Ich dachte, die Menschen wären ehrenhaft«, murmelte der Kur.

»Darin irrst du«, erwiderte ich.

Die Lippen des Kur wurden zurückgezogen. Auf seine Art war es eine erschreckende Grimasse, doch ich sah dies anders: Es war das Lächeln eines Kur.

So starb das Wesen.

Ich richtete mich auf und sah Telima an. Sie stand etwa zehn Fuß von mir entfernt und hatte die Hände vor die Lippen gehoben.

»Tarl! Tarl Rothaar!« rief eine Stimme. Es war Ivar Forkbeard. Ich sah das Boot, in dem vier Fackeln brannten, und die Männer an den Rudern, die das Boot zum Felsenriff manövrierten.

Ich stand oben auf dem Felsenriff. Vorsichtig tastete ich mich am Hang hinab, dem Boot entgegen.

Auf einem winzigen Felsvorsprung dicht über dem Wasser traf ich Ivar Forkbeard.

Die Männer hielten den Atem an. Ich schwenkte mit der rechten Hand den abgeschlagenen Kopf des Kur. In meinem Gürtel steckte der goldene Spiralring, den ich vom Arm des Wesens gestreift hatte. An meinem Gürtel war auch das Seil festgemacht, das zu dem Ring an Telimas Sklavenkragen führte. Sie kniete links von mir.

»Ich habe hier drei Dinge«, sagte ich, »die ich auf dem Felsenriff erworben habe. Der Kopf des Kur, der die Kur-Armee angeführt hat, ein goldener Spiralring, den ich ihm nach dem Tod abgenommen habe, und ein Sklavenmädchen!«

Ich warf den Kopf ins Boot, ließ den Ring folgen, nahm das gefesselte Mädchen hoch und trug sie bis an die Bordwand.

Sie sah mich an. Ich hielt einen Moment lang inne, dann warf ich sie zwischen die Ruderer.

20

»Ich möchte etwas sagen!« brüllte Svein Blue Tooth, hob ein Met-Horn und stand auf. »Der Bann«, sagte er, »der von der Halle Blue Tooths gegen die Person Ivar Forkbeards aus Forkbeards Heimstatt verhängt wurde, wird hiermit in dieser Halle und im Namen Svein Blue Tooths, Jarl von Torvaldsland, aufgehoben!«

Großer Jubel brach los.

»Damit zusammenhängende Beschuldigungen und Forderungen«, fuhr Blue Tooth fort und verschüttete etwas von seinem Met, »werden zurückgenommen!«

Und wieder brandeten Freudenschreie auf zwischen den verkohlten Wänden, in der schwarzen Asche, zwischen den geschwärzten herabgefallenen Dachbalken von Blue Tooths Halle, in deren Ruinen die Tische und Bänke für das Fest aufgestellt worden waren.

Zahlreiche Fackeln und Lampen – Schalen mit Öl an Speeren befestigt – erhellten die Szene. Hell leuchtete auch das lange Feuer in der Halle, über dem Tarsk und Bosks hingen, die von Sklavinnen am Spieß gedreht wurden.

»Svein Blue Tooth und ich«, sagte Ivar Forkbeard und stand auf, wobei ihm Hilda vom Schoß rutschte, »haben gewisse Meinungsverschiedenheiten gehabt.«

Die Männer lachten. Auf Forkbeards Kopf war ein Preis ausgesetzt gewesen. Blue Tooth hatte ihm nach dem Leben getrachtet.

»Und«, sagte er, »es ist denkbar, daß wir wieder Meinungsverschiedenheiten haben.«

Wieder brüllten die Männer vor Lachen.

»Wenn ein Mann ein bedeutender Mann sein will, braucht er große Feinde.« Forkbeard hob seinen Metkrug und prostete Svein Blue Tooth zu. »Du bist ein großer Mann, Svein Blue Tooth, und du bist ein großer Gegner gewesen.«

»Wenn es in meiner Macht steht«, sagte Blue Tooth, »will ich dir nun ein ebensoguter Freund sein.«

Mit diesen Worten sprang Blue Tooth auf den Tisch, und Forkbeard tat es ihm nach. Dann eilten die beiden Männer aufeinander zu und umarmten sich weinend.

Kaum ein Auge blieb trocken in den Ruinen der großen Halle, im Licht der Fackeln, unter den Sternen. Im Hintergrund schimmerte der Gipfel des Torvaldsberges im Licht der drei Monde.

Svein Blue Tooth hatte den Arm um Forkbeard gelegt und rief heiser: »Von diesem Tag an soll Ivar Forkbeard zu den Jarls von Torvaldsland gehören!«

Wir standen auf und bejubelten die Ehre, die Blue Tooth meinem Freund erwies.

Aber während die Männer sich noch freuten und mit den Waffen gegen ihre Schilde schlugen, blickte ich auf die Stelle in der Halle, wo auf einem großen Pfahl der riesige Kopf des Kur aufgespießt war, den ich auf dem Felsenriff von Vars getötet hatte. Wenn ein Mann wirklich bedeutend sein will, hatte Forkbeard gesagt, braucht er große Gegner. Ich betrachtete den zottigen schwarzen Kopf des Kur. Ich fragte mich, ob diese Menschen ahnten, wie groß ihr Gegner wirklich war. Und ich fragte mich, ob die Menschen, die in mancher Hinsicht so engherzig und schwach waren, solchen Gegnern überhaupt gewachsen waren. Der Kur war durch seine Evolution für eine führende Rolle bestens ausgerüstet – er war wirklich ein großer Gegner. Ich war mir nicht sicher, ob auch der

Mensch ein großer Gegner war, ob er es an Wildheit und Intelligenz mit einem solchen Ungeheuer aufnehmen konnte. Auf seiner Heimatwelt hat der Mensch keine natürlichen Feinde außer vielleicht sich selbst. Hier hatte der Mensch nun einen Gegner, ein hochintelligentes Raubtier. Kam er gegen dieses Ungeheuer an? Ich fragte mich, welche Rolle dem Menschen in der Ordnung der Dinge zukam.

»Geschenke!« rief Ivar Forkbeard. Seine Männer schleppten Kisten, Truhen und Säcke herbei. Sie schütteten den Inhalt vor dem Tisch aus. Es waren die Beutestücke aus dem Tempel von Kassau und die Saphire von Shendi, die zu dem Wergeld hatten gehören sollen, das Svein Blue Tooth gefordert hatte. Knietief watete Ivar in den Schätzen und schleuderte die Kostbarkeiten durch die Halle. Seine Männer verteilten die Reichtümer. Ich sah Hrolf, den geheimnisvollen Torvaldsländer aus dem Osten, der einen Edelstein aus einem Kelch nahm. Er schob den Stein als Erinnerungsstück in seinen Beutel. Ivar Forkbeard kam persönlich zu mir und drückte mir einen wertvollen Saphir aus Shendi in die Hand. »Vielen Dank, Ivar Forkbeard«, sagte ich und tat es Hrolf nach; ich steckte den Edelstein in meinen Gürtelbeutel.

»Ivar!« brüllte Svein Blue Tooth, als die Beute verteilt war, und deutete auf Hilda, die sich in ihrem Sklavenkragen an Forkbeard schmiegte. »Willst du das hübsche kleine Ding nicht auch noch weggeben?«

»Nein!« rief Forkbeard lachend. »Dieses hübsche Stück behalte ich für mich!« Und er nahm Hilda in die Arme.

»Gäste!« rief ein Mann. »Gäste vor der Halle des Svein Blue Tooth!«

Wir blickten zu der Stelle hinüber, wo sich die gewaltigen Portale befunden hatten.

»Heißt sie willkommen«, sagte Blue Tooth und verließ den Tisch, um seine Gäste mit einer Schale Wasser und einem Handtuch zu begrüßen. »Erfrischt euch«, sagte er, »und tretet ein.«

Zwei Männer und ihre Gefolgschaft erwiderten den Gruß. Sie wuschen sich Hände und Gesicht und traten vor. Ich stand auf.

»Wir haben dich gesucht«, sagte Samos aus Port Kar. »Ich hatte schon Angst, daß wir zu spät kommen könnten.«

Ich schwieg.

Er wandte sich um und betrachtete den zottigen Kopf des Kur.

»Was ist denn das?« fragte er.

»Ein Grendel«, erwiderte ich.

»Was heißt das?«

»Ein Spaß«, sagte ich.

Doch neben mir hob Leah erschrocken eine Hand an den Mund.

Ich sah sie an. »Ja«, sagte ich.

Sie kam von der Erde, sie war dort ein freies Mädchen gewesen. Sie begriff, was ich meinte. Ja, die Kriege zwischen den Priesterkönigen und ihren Gegnern, den Kurii, tobten schon sehr lange. Ich wußte nicht, wann es zu den ersten Kontakten gekommen war, wann den Priesterkönigen bewußt geworden war, daß in ihrem System Besucher aufgetaucht waren, gefährliche Eindringlinge, die neuen Lebensraum erobern wollten. Ich hielt es für denkbar, daß der Grendel in den Sagen der Erde ein Kur gewesen war, vielleicht der Überlebende eines Raumschiffabsturzes oder ein Kundschafter.

»Warum habt ihr mich gesucht?« fragte ich.

»Das Gift«, erwiderte er, »von den Schwertern Sarus' aus Tyros fließt noch immer in deinem Körper.«

»Es gibt kein Gegenmittel«, sagte ich. »Iskander aus Turia hat mir das gesagt. Er kannte das Gift.«

»Herr«, sagte der Mann neben Samos. »Ich bringe dir das Gegenmittel.«

»Du bist Sarus aus Tyros«, sagte ich. »Du wolltest mich gefangennehmen und sogar töten. Wir sind uns in den Wäldern als Feinde begegnet.«

»Sprich, Kapitän«, sagte Samos zu Sarus.

Sarus sah mich an. Er war ein hagerer, narbenbedeckter Mann mit hellen Augen. Er entstammte keiner hohen tyrischen Familie, hatte jedoch eine steile Karriere als Seefahrer hinter sich.

Seine Sprache war noch immer von der Hafengegend des Inselubarats Tyros geprägt, wo er jahrelang jugendliche Straßenräuberbanden angeführt hatte, bis er dem See-Sleen Chenbar vorgeführt worden war, der Gefallen an dem jungen Mann fand und ihm den Umgang mit dem Schwert beibrachte. Der junge Kämpfer war im Dienste des Ubars schnell aufgestiegen, und inzwischen galten die beiden als eng befreundet. Es gab niemanden in Tyros, so hieß es, der dem Ubar des Landes treuer ergeben war als Sarus. Und Sarus hatte nach der Befreiung Chenbars aus Port Kar den Auftrag erhalten, in die Wälder des Nordens zu reisen, um Marlenus, den Ubar von Ar, und Bosk, Admiral von Port Kar, gefangenzunehmen. Von beiden Ereignissen habe ich an anderer Stelle berichtet.

»Die Waffen meiner Männer und auch meine Klinge wurden,

ohne daß wir es wußten, vor unserer Abreise von Tyros mit Gift behandelt. Hierfür ist Sullius Maximus, ein ehemaliger Ubar von Port Kar, verantwortlich.« Sullius Maximus hatte zu den fünf Ubars gehört, deren Herrschaft mit der Machtübernahme des Kapitänsrats unter der Führung Samos', des Ersten Kapitäns, zu Ende gegangen war.

Sullius Maximus, der kultivierteste der früheren Ubars, Chemiker, Dichter und Giftmischer, hatte in Tyros um Asyl gebeten, das ihm gewährt worden war.

»Ich schwöre, daß ich die Wahrheit sage«, fuhr Sarus fort. »Wir Tyrer sind Krieger und verabscheuen Gift. Bei meiner Rückkehr nach Tyros erkundigte sich Sullius, ob unsere Gegner verwundet worden waren, und ich berichtete ihm, daß wir dich tatsächlich verletzt hätten. Er stimmte ein wahnsinniges Gelächter an, das mich besorgt machte. Ich preßte ihm die Wahrheit ab – und bin seither nicht mehr zur Ruhe gekommen. Ich und der Rest meiner Männer haben dir das Leben zu verdanken. Marlenus hätte uns mit nach Ar genommen und dort zu Tode gefoltert, wenn du nicht eingegriffen und uns wie Krieger und Schwertbrüder behandelt hättest. Ich verlangte ein Gegenmittel. Als mich Sullius verlachte, zerrte ich ihn vor den Ubar und berichtete ihm, welche Schande dem Ubarat angetan worden war.

Der Ubar drohte Sullius an, er würde ihm in genau zehn Tagen mit dem Gift, das sich ja noch an unseren Klingen befindet, einige Wunden beibringen. Und er riet ihm, bis dahin ein Gegenmittel zu finden. Voller Angst hat sich Sullius Maximus sofort ans Werk gemacht.« Lächelnd hob Sarus ein Fläschchen mit einer purpurnen Flüssigkeit.

»Hat man es ausprobiert?« fragte Samos.

»An Sullius Maximus«, sagte Sarus. »Man brachte ihm am zehnten Tag an den Armen und im Gesicht giftige Schnitte bei, die einige Tage später mit dem Gegenmittel behandelt wurden. Und das Mittel hat gewirkt. Sullius Maximus befindet sich wieder am Hof Chenbars, ziemlich ernüchtert, doch er dient noch immer als Gelehrter und Berater. Übrigens mißfällt ihm die Entstellung seines Gesichts sehr. Er hat wenig für mich übrig, und auch nicht für dich, Bosk aus Port Kar.«

»Er hat dich ›Bosk aus Port Kar‹ genannt?« sagte Ivar Forkbeard neben mir.

Ich lächelte. »So werde ich manchmal genannt.«

Sarus reichte mir das Fläschchen.

»Allerdings«, fuhr Sarus fort, »ist die Einnahme dieses Mittels von Delirium und Fieber begleitet, doch schließlich befreit sich der Körper von dem Gift und dem Gegenmittel. Ich überreiche dir das Mittel, Bosk aus Port Kar, mit der Entschuldigung meines Ubars Chenbar und meiner eigenen, eines Seemanns in seinen Diensten.«

»Ich bin überrascht«, sagte ich, »daß der See-Sleen Chenbar so um mein Wohlergehen besorgt ist.«

Sarus lachte. »Ihm geht es nicht um dein Wohlergehen, Herr. Er sorgt sich einzig und allein um die Ehre Tyros'. Chenbar würde es größte Freude bereiten, dir im Kampfkreis von Tyros gegenüberzutreten. Du hast ihm viel angetan – eine Niederlage, Ketten und ein Verlies, und mein Ubar vergißt so etwas nicht.«

»Und du, Sarus?« fragte ich.

»Ich«, erwiderte Sarus schlicht. »Ich sorge mich um dein Wohlergehen, Bosk aus Port Kar. Du hast mir an der Küste des Thassa das Leben und die Freiheit geschenkt, mir und meinen Männern. Das werde ich niemals vergessen.«

»Du warst ein guter Anführer«, erwiderte ich. »Du hast deine Männer, von denen einige verwundet waren, aus dem hohen Norden nach Tyros zurückgebracht.«

Sarus senkte den Blick.

»In meinem Haus in Port Kar gibt es immer einen Platz für Männer wie dich, wenn du mir dienen möchtest.«

»Mein Platz ist in Tyros«, erwiderte er. »Aber ich danke Euch. Trink, Bosk aus Port Kar, und stelle die Ehre Chenbars und die Ehre Sarus' wieder her.«

Ich entfernte den Korken aus der Flasche.

»Das könnte auch Gift sein«, meinte Samos.

Ich roch an der Flüssigkeit. Sie roch süßlich wie ein turianischer Sirup. »Ja«, sagte ich. »Das mag sein.« Vielleicht enthielt dieses Fläschchen kein Gegenmittel, sondern ein teuflisches Gift, das die ursprünglichen Pläne Tyros', die an der Küste des Thassa fehlgeschlagen waren, nun doch noch erfolgreich beenden sollte.

»Trink das Zeug nicht«, sagte Forkbeard finster.

Doch nach dem Kampf hatte ich schon wieder die seltsame Lähmung gespürt. Kein Zweifel, das Gift kreiste noch in meinem Blutstrom, ein Gift, das mich jederzeit wieder in die bedrückende Einsamkeit des Krankenlagers verbannen konnte. Wenn ich nichts dagegen tat, würde es über kurz oder lang die Oberhand behalten.

»Ich werde das Mittel trinken«, sagte ich zu Forkbeard.

Ivar Forkbeard wandte sich an Sarus von Tyros. »Wenn er stirbt«, grollte er, »wird dein Tod weder schnell noch angenehm sein.«

»Ich bin deine Geisel«, sagte Sarus.

»Du, Sarus, kannst ja als erster trinken«, schlug Ivar vor.

»Dazu reicht das Mittel nicht«, meinte Sarus.

»Dann kettet ihn an«, befahl Forkbeard.

»Aber Sarus aus Tyros ist Gast in der Halle Svein Blue Tooths«, wandte ich ein.

Sarus blieben die Ketten erspart.

Ich hob vor Sarus aus Tyros das Fläschchen. »Ich trinke«, sagte ich, »auf die Ehre Tyros'.«

Dann leerte ich es auf einen Zug.

21

»Willst du nicht mit Sarus und mir nach Port Kar zurückkehren?« fragte Samos.

»Nein, ich fahre mit Ivar Forkbeard«, erwiderte ich lächelnd. »Ich weiß noch immer nicht, wie man dem Angriff mit der Jarls Axt begegnet.«

»Vielleicht können wir von wichtigen Dingen sprechen, wenn du in Port Kar eintriffst«, fuhr Samos fort.

»Vielleicht.«

»Ich glaube eine neue Einstellung zum Leben in dir zu spüren. Vielleicht ist es dir hier im Norden gelungen, dich selbst zu finden.«

An meiner Stirn baumelte der Talmit eines Jarls. Heute früh hatte mir Svein Blue Tooth unter dem Jubel der Männer den Talmit überreicht. »Tarl Rothaar«, hatte er gesagt, »mit diesem Talmit mache ich dich zu einem Jarl von Torvaldsland!« Die Männer hatten mich auf ihre Schilde gehoben. »Noch nie«, fuhr Svein Blue Tooth fort, »ist ein Mann, der nicht aus dem Norden kommt, bei uns zu einem Jarl gemacht worden.« Ich war mir der großen Ehre bewußt, die mir hier zuteil wurde. Als Jarl von Torvaldsland konnte ich nun aus eigenem Antrieb den Kriegspfeil losschicken und Helfer herbeirufen. Ich konnte über Schiffe und Männer befehlen, über die rauhen Kämpfer des Nordens. »Ich bin dir sehr dankbar«, sagte ich zu Svein Blue Tooth.

»Ich wünsche dir alles Gute, Bosk von Port Kar«, sagte Samos.

»Tarl Cabot«, sagte ich.

Er lächelte. »Ich wünsche dir alles Gute, Tarl Cabot.«

»Und ich dir.«

»Ich wünsche dir alles gute, Herr«, sagte Sarus.

»Und ich dir, Sarus aus Tyros.«

Samos und Sarus machten kehrt und gingen zum Schiff des Samos, mit dem sie in den Norden gekommen waren.

Ich sah den Sklavinnen zu, die Forkbeards Schiff, die *Hilda*, beluden. Schwere Säcke, Beutel, Kisten und Körbe mit Gemüse, Sleenhautbeutel voller Geräte und gefüllte Wasserschläuche kamen an Bord – Aelgifu, Gunnhild, Olga, Schmollmund, Hilda und Thyri bereiteten die Abfahrt vor.

Ich sah Rollo an Bord kommen. Er trug seine große Axt und andere Waffen. Er war der erste Ruderer.

Ich blickte zum Himmel empor, der ungemein blau war. Über einen Tag lang war ich im Delirium gewesen, während mein Körper den Kampf zwischen Gift und Gegengift durchstand. Ich hatte geschwitzt und geschrien und getobt, doch schließlich hatte ich die Felle von mir geworfen. »Ich will Fleisch«, hatte ich gesagt, »und eine Frau!« Forkbeard, der die Stunden der Pein bei mir durchwacht hatte, umfaßte meine Schultern. Er hatte heißes Boskfleisch und Milch kommen lassen, und dann Leah zu mir auf die Felle geschickt. Sie war ein geübtes Mädchen. Sie hatte einen herrlichen Körper und zärtliche Hände und Lippen.

Dann ging ich an Bord, stellte mich an die Reling und schaute auf das Thassa hinaus. Es ging ein angenehmer Wind.

Irgendwie hatte ich mich hier im Norden verändert, das wußte ich. Den Tarl Cabot früherer Tage gab es nicht mehr – ich war ein anderer Mensch geworden. Es hatte einmal einen Jungen dieses Namens gegeben, einen Menschen mit einfachen, naiven, eitlen Träumen, die am Verrat seiner Ehrvorstellungen zerbrochen waren, an der Entdeckung einer Schwäche, wo er nur Stärken vermutet hatte. Dieser unbekümmerte Junge war im Voskdelta gestorben; an seiner Stelle war Bosk aus Port Kar erstanden, skrupellos, verwegen – und doch unsicher; doch nun war ein anderer da, den ich vielleicht wieder Tal Cabot nennen konnte. Hier in Gesellschaft Forkbeards auf diesem Meer, in diesem Wind, in diesem Kampf, war ich ein anderer geworden. Im Norden hatte mein Blut sich selbst gefunden, hatte sich selbst erfahren; im Norden hatte ich meine Stärke erkannt, hatte ich es gelernt, für mich allein zu stehen.

Leah kam an Bord. Sie war barfuß. In einem Sleenhautsack trug sie meine Sachen. Ich zeigte ihr, wo sie sie zwischen den Bänken ablegen sollte.

Kurz darauf kletterte Ivar Forkbeard über die Planke, die das Schiff mit dem Land verband. Lachend und kichernd folgten ihm seine Sklavinnen, schließlich auch Ottar und Gorm und die anderen Männer seiner Gefolgschaft. In der Nähe des Masts, mit dem Halsring daran festgekettet, kniete Telima.

Die Leinen wurden losgeworfen, und die *Hilda* wurde mit Stangen vom Pier fortgedrückt. Gorm hielt das Steuer. Die Seeleute nahmen ihre Schilde von der Bordwand und verstauten ihre Sachen unter den Bänken, dann griffen sie nach den Rudern. Langsam wandte sich der Tarnkopfbug des schmalen Schiffes dem Thassa zu. Endlich senkten sich die Ruder langsam ins Wasser. Das gewaltige rotweißgestreifte Segel fiel herab und entfaltete sich knallend. Ich wandte mich dem Land zu.

Forkbeard und ich hoben die Hand, um die dort versammelten Männer zu grüßen. Wir sahen Svein Blue Tooth, den blauen Hunjerwal-Zahn auf der Brust. Er hob die Hand. Neben ihm sahen wir Bera und Bjarni aus dem Thorstein-Lager, der uns mit dem Speer zuwinkte. In seiner Begleitung der junge Mann, sein Freund, sein ehemaliger Schildträger im Duell. Es standen viele Männer am Ufer, die uns verabschiedeten.

In meinem Beutel lagen der Saphir aus dem fernen Shendi, und der schwere Goldring vom Arm des Kur, den ich getötet hatte. In der Ferne sah ich den weißen Gipfel des Torvaldsberges.

Hrolf, der Mann aus dem Osten, hatte sich erboten, den Kriegspfeil zum Torvaldsberg zurückzubringen. Wir hatten ihm den kostbaren Gegenstand gegeben. Als er die Ruinen der Halle Svein Blue Tooths verließ, war ich ihm nachgelaufen und hatte ihn einen Pasang vom Lager entfernt eingeholt. »Wie heißt du wirklich?« hatte ich gefragt.

Er hatte mich angesehen und gelächelt. Und seine Antwort hatte mich erstaunt. »Mein Name«, sagte er, »ist Torvald.« Und dann hatte er sich abgewandt. Ich hatte ihm nachgeschaut, wie er davonschritt, zurück zu dem Berg.

»Ho!« brüllte Forkbeard und versetzte mir einen Schlag auf die Schultern. »Wir haben guten Wind!« Dann wandte er sich ab, um seinen Pflichten an Bord nachzukommen.

Ich ging zwischen den Bänken hindurch zum Bug und blickte über das Meer. Ich dachte an Ar, an Marlenus, an Talena, die mich enttäuscht hatte. Als ich krank war, hatte sie mich verhöhnt, sie hatte sich für zu gut gehalten. Ich hatte sie nach Ar zurückgeschickt und fragte mich nun, ob wir uns eines Tages wiedersehen würden; wenn das geschah, mochte sie einen anderen Mann in mir sehen.

Aber Reichtum und Macht interessierten mich nicht mehr so, wie zu der Zeit, da ich in die Wälder des Nordens gezogen war, um sie zu suchen. Ich hatte unsere Gefährtenschaft wieder aufleben lassen wollen, um auf Gor ein großer Mann zu werden. Aber jetzt waren mir der Himmel und das Meer und das Schiff unter meinen Füßen wichtiger. Ich träumte nicht mehr davon, ein Ubar zu werden. Im Norden hatte ich mich verändert. Die Zivilisation hatte mich geblendet, ihre Lehren waren falsch gewesen. Ein erster Anflug dieser Ahnung war mir gekommen, als ich auf dem Gipfel des Torvaldsberges stand, auf einem windumtosten Felsen, und auf die Gebiete unter uns hinabblickte, auf die herrliche schwarzweiße Landschaft. Sogar die Kurii hatten einen Augenblick innegehalten, um diesen Anblick zu genießen.

Wieder blickte ich über das Meer und auf den Himmel, an dem jetzt weiße Wolken dahinzogen. Irgendwo jenseits des Asteroidengürtels kreisten die Stahlwelten. Diese Information hatte ich von Samos. Sie waren uns jetzt viel näher gerückt. Irgendwo über diesem friedlichen Himmel mit den schnellen weißen Wolken lauerten die Kurii. Ich dachte an den großen zottigen Kopf auf dem Pfahl.

Wenn ich nach Port Kar zurückkehrte, mußte ich mit Samos reden.

Schweigend lauschte ich auf das Wasser, das gegen die Schiffswand plätscherte, und genoß die ungeheure Weite des Himmels und des Meeres.